古典文獻研究輯刊

十七編

曾永義 主編

第23冊

白居易古文研究（下）

王偉忠 著

國家圖書館出版品預行編目資料

白居易古文研究（下）／王偉忠 著 — 初版 — 新北市：花木
蘭文化事業有限公司，2018〔民107〕

目 4+188 面；19×26 公分

（古典文學研究輯刊 十七編：第23冊）

ISBN 978-986-485-340-3（精裝）

1.（唐）白居易 2. 古文 3. 文學評論

820.8　　　　　　　　　　　　　　　　107001710

ISBN-978-986-485-340-3

9 789864 853403

古典文學研究輯刊
十七編　第二三冊　　　　　　ISBN：978-986-485-340-3

白居易古文研究（下）

作　　者　王偉忠
主　　編　曾永義
總 編 輯　杜潔祥
副總編輯　楊嘉樂
編　　輯　許郁翎、王筑　美術編輯　陳逸婷
出　　版　花木蘭文化事業有限公司
發 行 人　高小娟
聯絡地址　235 新北市中和區中安街七二號十三樓
　　　　　　電話：02-2923-1455／傳真：02-2923-1452
網　　址　http://www.huamulan.tw 信箱 hml810518@gmail.com
印　　刷　普羅文化出版廣告事業
初　　版　2018 年 3 月
全書字數　373829 字
定　　價　十七編 26 冊（精裝）新台幣 50,000 元

白居易古文研究（下）

王偉忠　著

目

次

上 冊

第六章　白居易古文的藝術技巧

　　白居易的古文以平易通俗、眞誠懇切的語言，表達自己的情感、思想；用心思、技巧創作淺近達意的篇章，以是呈現情韻之美。無論是實用文或記敘文，不以巧言悅耳之語爲是，而以布局嚴密、條理清晰、主次分明，將其理念完全呈現，如《百道判》、《策林》、《奏狀》、《詔誥》、《律賦》及《箴贊文》等，皆是其例。本章的撰寫參考《唐代文選》、《新譯白居易詩文選》、《白居易詩文選注》、《唐代文選注》、《古文鑑賞辭典》、陳滿銘《文章結構分析》、仇小屏《篇章結構類型論》等書。白居易古文的藝術技巧有：一、「韻古兼具的體製」：銘、贊、箴、謠、偈等；二、「實用古文的結構」：「法理兼顧的百道判」、「說理深入的策林文」、「敘事翔實的詔誥文」、「抒情明志的奏表文」、「八股雛型的律賦」；三、「五種主要句型」：複合、排比、問答、陳述（敘述）、對偶句等；四、「八種修辭技巧」：類疊、排比、譬喻、引用、頂眞、感嘆、設問、對偶等。茲分節論述如次：

第一節　韻古兼具的體製

　　許氏說文：「直言曰言，論難曰語。」《左傳》：「言之無文，行之不遠。」此何也？古人以簡策傳事者少，以口舌傳事者多；以目治事者少，以口耳治事者多。故同爲一言，轉相告語，必有愆誤；是必寡其詞，協其音，以文其言，使人易於記誦，無能增改，且無方言俗語，雜於其間，始能達意，始能行遠。古人歌、詩、箴、謠、銘、偈等文之作，即是以文短有韻行之，以達到便於易記誦之功能。

　　所謂：言之無言，行之不遠。因而寡其詞，協其音，文其言，緊趨之使人易於記誦無能增改，且無方言俗語錯雜其間，方是佳文。又漢字以單音節為是，以單行語文，縱橫恣肆，正與文為修辭以達意，易誦、易記以行遠旨意為是。

　　白居易主張「文章合為時而著，歌詩合為事而作」，其作用在於「補察時政」、「洩導人情」。所以他的古文，也以「辭質而徑」、「言直而切」、「事覈而實」、「體順而律」（〈新樂府序〉）為特色，亦即具有通俗性、現實性與音樂性，尤其是韻古兼具的「銘、贊、箴、謠、偈」等文體，更令人嘆服。

　　白居易「銘、贊、箴、謠、偈」之作，不同詩歌的寫作，須押韻、講求平仄，又有字數、句數的要求。此等古文的寫作要領：遣詞造句可長、可短；可用古句，亦可用四六駢儷，形式是自由的；可押韻、可不押韻。唯一特徵即是以短文為之，有頌讚、警誡等功能，又富韻味。茲逐次分析於後：

一、銘

　　「銘」，按銘者，名也，名其器物以自警也。〔註1〕白居易〈續座右銘〉之作，乃因讀崔瑗座右銘〔註2〕有感而發，是白居易私下慕而作的；雖未能盡行，常書之於屋壁。然其間似有未盡者，因續為之。銘云：

　　　勿慕貴與富，勿憂賤與貧；自問道何如，貴賤安足云？聞毀勿戚戚，
　　　聞譽勿欣欣；自顧行何如，毀譽安足論？無以意傲物，以遠辱於人；
　　　無以色求事，以自重其身。游與邪分歧，居與正為鄰。於中有取捨，

〔註1〕　〔明〕吳訥：《文章辨體序說》（臺北：長安出版社，1978年12月），頁46。
〔註2〕　〔南朝・宋〕范曄〔唐〕李賢等注：《後漢書》「瑗字子玉，早孤，銳志好學，盡能傳其父業。年十八，至京師，從侍中賈逵質正大義，逵善待之，瑗因留游學，遂明天官、歷數、京房易傳，六日七分。諸儒宗之。與扶風馬融、南陽張衡特相友好。初瑗兄璋為州人所殺，瑗手刃報仇，因亡命。會赦，歸家。家貧，兄弟同居數十年，鄉邑化之。臺北：鼎文書局，1979年11月。卷五二，頁1722。又見梁蕭統撰唐李善等註：《增補六臣註文選》，臺北：華正書局，1979年5月，善曰：「崔子玉即崔瑗，范曄《後漢書》有傳。其座右銘：「無道人之短，無說己之長。施人慎勿念，受施慎勿忘。世譽不足慕，唯仁為紀綱。隱心而後動，謗議庸何傷。無使名過實，守愚聖所藏。在涅貴不淄，曖曖內含光。柔弱生之徒，老氏誡剛彊。行行鄙夫志，悠悠故難量。慎言節飲食，知足勝不祥。行之苟有恆，久久自芬芳。」文選卷五六亦有此篇。五臣注云：「濟曰：『瑗兄璋為人所殺，瑗遂手刃其仇；亡命，蒙赦而出，作此銘以自戒，嘗置座右，故曰座右銘。』」，頁1030。

此外無疏親。修外以及內，靜養和與眞。養內不遺外，動率義與仁。
千里始足下，高山起微塵。吾道亦如此，行之貴日新。不敢規他人，
聊自書諸紳。終身且自勗，身歿貽後昆；後昆苟反是，非我之子孫！
（卷 39，頁 878～879）

穆宗長慶二年（西元 822 年）至四年（西元 824 年），白居易出任杭州刺史。
生活自由安定，公餘之暇，沉浸於旖旎江南風光，與友人詩酒唱和，心境悠
悠自得，創作不少山水佳作。杭州美景如：西子湖畔，錢塘江濱，靈隱道上，
孤山寺內，處處留有白居易的身影。著名之〈錢塘湖春行〉即是此時的創作：
「孤山寺北賈亭西，水面初平雲腳低。幾處早鶯爭暖樹，誰家新燕啄春泥？
亂花漸欲迷人眼，淺草纔能沒馬蹄。最愛湖東行不足，綠楊陰裏白沙隄。」
此詩筆觸舒展流暢，風格清新明快，顯示詩人愉快的心境與悠然自得的情調。

　　白居易處閒適之際，仍不忘修身修行，時時警惕自己，自我克制，故有
銘文之創作。銘爲文體一種，置於座右，用以警惕、策勵自己，故云「座右
銘」。白居易一生與邪惡抗爭，堅持正義。此銘以五言爲主，採詩的形式，以
眞（貧、論、人、身、鄰、親、眞、仁、塵、新、紳、孫）爲主韻，混押文
（云）、元（昆、孫）兩韻字。秉持儒家思想，以「修身爲務，養心爲念」；
時時以此歌銘，自我惕勵：得意勿忘形，須謹記於心；並期切實履行「銘」
的規範，以成君子爲務，而有激勵自己的作用外，也有自我警惕之意。

　　白居易早年性急躁，常陷無端災難中，故以「無以意傲物，以遠辱於人。
無以色求事，以自重其身」告誡後人，同時提出「修外以及內，靜養和與眞。
養內不遺外，動率義與仁」的要求，期勉自己要身體力行；同時也勗勉子孫，
切切實實踐行，不如是則非我之子孫。

二、贊

　　贊者，讚美之辭。贊、頌體式相似，貴乎贍麗宏肆，而有雍容俯仰、頓
挫起伏之態，乃爲佳作。〔註3〕元和元年夏，有人以騶虞圖相贈，白居易愛其
外猛而威，內仁而信，讚歎是曠代不覲之作，乃引筆作贊詞曰：

孟山有獸，仁心毛質：不踐生芻，不食生物。有道則見，非時不出：
三季已還，退藏於密。我聞其名，徵之於書；不識其形，得之於圖。
白質黑文，猊首虎軀。是耶非耶，孰知之乎？已矣夫！已矣夫！前

〔註3〕〔明〕吳訥：《文章辨體序說》，頁 47～48。

不見往者，後不見來者。于嗟乎騶虞！（卷39，頁879）

騶虞，義獸也。白虎黑文，不食生物，有至信之德則應之。白居易以四言句式寫作，採詩體形式行文；以入聲四「質」（質、出、密）、五「物」（物）及平聲七「虞」（書、圖、軀、乎、夫、虞）爲韻。末句以感嘆句、設問句交叉應用，顯示白居易的內心所渴望的是眞有仁義之士，肯出來爲國服務，實踐其「兼善」之志。

白居易〈畫鵰贊〉等詩文之寫作，與其早年所創作之諷諭詩，全然不同。其辭云：壽安令白昊，予宗兄也。得丹青之妙，傳寫之要，毛群羽族，尤是所長。長慶元年，以畫鵰貺予。予愛之，因題贊云：

鷙禽之英，黑鵰丁丁；鉤綴八爪，劍插六翎。想入心匠，寫從筆精；
不卵不雛，一日而成。軒然將飛，戛然欲鳴；毛動骨活，神來著形。
始知造物，不必杳冥。但獲天機，則與化爭。韓幹之馬，籍籍知名；
薛稷之鶴，翩翩有聲。硏工覆能，較眞鬥靈。豈無他人？不如我兄！

（卷39，頁880～881）

白居易遭貶謫後，文風丕變。如本文所述，已是日常生活的寫照。其次，是見牛、李黨爭漸白熱化，與穆宗無心政務，以遊畋爲是，更令白居易感到心灰意冷，「吏隱」之心因而興起；白居易任杭州刺史時，儼然將此觀念付諸實踐。

白居易晚年所作之詩文，以一種高雅、幽默、眞誠爲創作主要原素，以傳達其內心之寄託與慰藉。〈畫鵰贊〉之寫作，即是以尋常事務，「畫雕」爲主；採四言、兩韻字（下平聲八「庚」、九「青」）混押的，以「韓幹之馬〔註4〕，籍籍知名。薛稷之鶴〔註5〕，翩翩有聲。硏工覆能，較眞鬥靈。豈無他人？

〔註4〕　臧勵龢：《中國人名大辭典》（臺北：臺灣商務印書館，1977年10月）「韓幹，唐大梁人，一作藍田人，又作長安人。善寫貌人物，尤工鞍馬。初師曹霸，後乃別自成家。王維見其畫，極推獎之。官至太府寺丞。玄宗好大馬，西域大宛，歲有來獻，命幹悉圖懷駿，有玉驄照、夜白等。時岐薛申，寧王廏中有善馬，幹並圖之，遂爲古今獨步。」，頁1704。

〔註5〕　〔後晉〕劉昫：《舊唐書》（臺北：鼎文書局，1979年12月）「薛稷爲薛元超從子。舉進士，累轉中書舍人。時從祖兄曜爲正諫大夫，與稷俱以辭學知名，同在兩省，爲時所稱。景龍末，爲諫議大夫、昭文館學士。好古博雅，尤工隸書。自貞觀、永徽之際，虞世南、褚遂良時人宗其書跡，自後罕能繼者。稷外祖與魏徵家富圖籍，多有虞、褚舊跡，稷銳精模倣，筆態遒麗，當時無及之者。又善畫，博探古跡。」，列傳23，頁2591。

不如我兄。」頌贊其族兄白昊所畫的鵰鳥圖，並以當代名畫家韓幹、薛稷作對比，以凸顯白昊之才能。白昊工花鳥鷹鶻，嘴爪纖利，甚得其趣，而且善歌，常醉酣，歌闋便以畫自娛。〔註6〕

三、箴

　　許慎《說文》云：「箴，諴也。」蓋箴者，規諴之辭，若鍼之療疾，故以為名。白居易〈續虞人箴〉，仿魏徵諫太宗而作。《資治通鑑》載：「其說曰：『太宗嘗得佳鷂自臂之，望見魏鄭公來，匿懷中。公奏事故久不已，鷂死懷中。』」此係記載太宗、魏徵，獻替從容溫言聽納之舉也〔註7〕。

　　白居易〈續虞人箴〉之作，蓋諷穆宗好畋獵，荒忽政務，只顧自己的享樂，不顧民生疾苦。此為作箴文的主要用意，其文云：

> 唐受天命，十有二聖。業業惕惕，咸勤于政。鳥生深林，獸在豐草；春蒐冬狩，取之以道。鳥獸蟲魚，各遂其生；君民朝野，亦克用寧。在昔玄祖，厥訓孔彰：馳騁畋獵，俾心發狂。何以驗之？曰羿與康；曾不是諴，終然覆亡。故我列聖，鑑彼前王；雖有畋遊，樂不至荒。高祖方獵，蘇長進言：不滿十旬，未足為歡。上心忽悟，為之輟畋。故武德業，垂二百年。降及宋璟，亦諫玄宗。溫顏聽納，獻替從容；及璟趨出，鷂死懷中。故開元事，播于無窮。噫！逐獸於野，走馬於路；豈不快哉？術概可懼！噫！夜歸禁苑，朝出皇都；豈不樂哉？寇戎可虞！

> 臣非獸臣，不當獻箴；輒思出位，敢諫從禽。螻蟻命小，安危計深。苟裨萬一，臣死甘心。（卷39，頁881）

白居易於元和十五年（西元820年），四十九歲，任忠州刺史僅年餘，突獲拜除尚書司門員外郎之消息。白居易喜出望外，立即寫下〈初除尚書郎脫刺史緋〉詩：「親賓相賀問何如，服色恩光盡反初。頭白喜拋黃草峽，眼明驚拆紫泥書。便留朱紱還鈴閣，卻著青袍侍玉除，無奈嬌痴三歲女，繞腰啼哭覓銀魚。」此時，白居易心情是喜悅地，因為他有機會再展抱負，可為國、為君、

〔註6〕　臧勵龢：《中國人名大辭典》「白昊，唐人，昊又作旻，官澄城。工畫花鳥鷹鶻，觜爪纖麗，甚得其趣。」，頁209。
〔註7〕　〔宋〕司馬光：《資治通鑑》（北京：中華書局，1997年11月），卷193，頁1542。

為民服務。

　　白居易回京後，見穆宗無心於政治，沉迷於畋游之樂，因而寫下〈續虞人箴〉以諷之。箴文之作是有禦過意，所以為文注重文資確切；箴文完全為了防止過失而作。又箴者，所以攻疾患，喻鍼石也。白居易箴文之作，沿前代成規，多為四言韻文，內容十分豐富，本文之作則是以臣下對君主規戒之意。白居易是以沉痛之心，提出自己的建言，並以「螻蟻命小，安危計深。苟裨萬一，臣死甘心。」的誠意向穆宗提見言。希望君王能有所覺悟，痛改前非，有所作為。白居易對穆宗的一片赤誠，是有心為國做一番事業，而穆宗對白居易所有奏章、諫言、箴文，則以不理不睬來回應，真寒了他的心，失望至極了！

四、謠

　　「謠」者，歌謠也；乃朝野詠歌之辭。白居易之〈自誨〉，作於憲宗元和十年（西元 815 年），因越職諫言，而遭貶謫；在長安等候發落江州之時，其心情苦悶頹喪至極，精神瀕於崩潰邊緣。題曰「自誨」，意為吸取此事之教訓，從今以後不再關心國計民生，過一種醉生夢死之生活；文中充滿「信而見疑，忠而被謗」之冤憤與痛苦，由此可知此乃白居易思想之轉捩點，其詞云：

　　　　樂天樂天，來與汝言：汝宜拳拳，終身行焉。物有萬類，錮人
　　　　如鎖；事有萬感，熱人如火。萬類遞來，鎖汝形骸；使汝未老，形
　　　　枯如柴。萬感遞至，火汝心懷；使汝未死，心化為灰。樂天樂天，
　　　　可不大哀！汝胡不懲往而念來？人生百歲七十稀，設使與汝七十
　　　　期：汝今年已四十四，卻後二十六年能幾時？汝不思二十五六年來
　　　　事？疾速倏忽如一寐。往日來日皆瞥然，胡為自苦於其間？樂天樂
　　　　天，可不大哀！而今而後，汝宜飢而食，渴而飲；晝而興，夜而寢。
　　　　無浪喜，無妄憂；病則臥，死則休。此中是汝家，此中是汝鄉。汝
　　　　何捨此而去，自取其遑遑？遑遑兮欲安往哉？樂天樂天歸去來！（卷
　　　　39，頁 885）

此為一篇古文句、歌謠體的韻文，以四言句起首，傾瀉世間事物給自己帶來種種痛苦；用語有平和、有激動、有無奈，終歸是心灰意冷。歌謠自第一個「樂天樂天，可不大哀」以下，採一連串反問形式，用以自責；同時採古文的長句表現，語氣越來越強硬、也越感無奈。而他內心的感情，則是越來越

激動，因而以「自誨」一文，抒發其內心的痛苦與悔恨。

　　第二個「樂天樂天，可不大哀」以下，告誡自己今後應當更換另一種生活方式；改用三字句與五字句，語氣稍見和緩。但他所呈現的是一個不再關心國事民生，只知醉生夢死，恰似行屍走肉的形象。因此其語氣雖顯和緩，但也更加悲憤與無奈。

　　末段則以「汝何捨此而去，自取其遑遑？」句由陶淵明〈歸去來兮辭〉中的「已矣乎！寓形宇內復幾時？曷不委心任去留？胡爲遑遑欲何之？」轉化而來的，又以「歸去來」三字，大聲疾呼，其實是不能忘記，也無法做到的事是悲痛至極的反語，更顯示出白居易沉痛的苦悶。「自誨」之文句，自三言至十言（按：「樂天樂天」，視爲四言），混合交錯；用韻短僅兩句，長至十一句始押一韻，而以「焉」、「來」、「灰」、「時」等字用韻；以自由方式押韻行文，完全不受形式與格律之限制，以自由奔放之情境抒寫，此正是詩人精神上憤怒與痛苦至臨界點之表現。

　　白居易貶官至江州後，非常懂得欣賞山水之美，也眞能從自然中得到溫存與安慰。〈三謠〉（含〈蟠木謠〉、〈素屛謠〉、〈朱藤謠〉）之作，即是一種心境的改變，有豁然開朗的感受。白居易在序文中云：「予廬山草堂中，有朱藤杖一、蟠木机一、素屛風二，時多杖藤而行，隱机而坐，掩屛而臥。宴息之暇，筆硯在前，偶爲〈三謠〉，各導其意。亦猶〈座右銘〉、〈陋室銘〉之類爾。」其〈蟠木謠〉云：

> 蟠木蟠木，有似我身：不中乎器，無用於人。下擁腫而下轣菌，梢
> 不梢兮輪不輪。天子建明堂兮，既非梁棟；諸侯斲大輅兮，材又不
> 中。唯我病夫，或有所用。用爾爲几，承吾臂、支吾頤而已矣。不
> 傷爾朴，不枉爾理，爾快快，爲几之外，無所用爾。爾既不材，吾
> 亦不材，胡爲乎人間徘佪！蟠木蟠木，吾與汝歸草堂去來！（卷39，
> 頁882）

序中所謂之〈座右銘〉，係崔瑗所作；〈陋室銘〉係劉禹錫所作［註8］。〈蟠木謠〉詩歌引古人名言爲警惕，有自我勗勉之意。如「下擁腫而下轣菌，梢不

〔註8〕 劉禹錫：《劉禹錫集》（北京：中華書局，1990年3月）「山不在高，有僊則名，水不在深，有龍則靈。斯是陋室，惟吾德馨。苔痕上階綠，草色入簾青。談笑有鴻儒，往來無白丁。可以調素琴，閱《金經》。無絲竹之亂耳，無案牘之勞形。南陽諸葛廬，西蜀子雲亭。孔子云：何陋之有。」頁628。

梂兮輪不輪」句,以莊子《逍遙遊》「吾有大樹,人謂之樗。其大本擁腫而不中繩墨,其小枝卷曲而不中規矩。立之途,匠者不顧。」〔註9〕蓋大樹之所以能生存於人世間,即因其無用於世;既不能爲屋,又不能爲舟,因此不爲木匠所重視,所以能生存於世間。白居易今後將學大樹,以無用無能之態度處世,遠離長安是非之地,然其心中實有極深之苦楚與萬般之無奈!又〈素屏謠〉云:

> 素屏素屏,胡爲乎不文不飾,不丹不青?當世豈無李陽冰之篆字,張旭之筆跡;邊鸞之花鳥,張藻之松石?吾不令加一點一畫於其上,欲爾保眞而全白。吾於香爐峰下置草堂,二屏倚在東西牆。夜如明月入我室,曉如白雲圍我牀。我心久養浩然氣,亦欲與爾表裏相輝光。爾不見:當今甲第與王宮,織成步障錦屏風;綴珠陷鈿帖雲母,吾金七寶相玲瓏。貴豪待此方悅目,然肯寢臥乎其中。素屏素屏,物各有所宜,用各有所施。爾今木爲骨兮紙爲面,捨吾草堂欲何之?

（卷39,頁882～883）

文中引用「李陽冰之篆字〔註10〕,張旭之筆跡〔註11〕,邊鸞之花鳥〔註12〕,張藻之松石〔註13〕」爲例,此四人即是唐代最有成就、名望、地位的書畫家,爲人所敬仰;是最著名,最有用的人士。而「素屏」則是「吾不令加一點一畫於其下,欲爾保眞而全白」,方能養浩然之氣,表裏相輝光。白居易此文乃

〔註9〕 〔清〕王先謙:《莊子集釋》(臺北:大明王氏出版公司,1975年,8月),頁39。

〔註10〕 臧勵龢:《中國人名大辭典》「李陽冰,唐趙郡人,字小溫,李白之從叔。乾元間爲縉雲令,後遷當塗令。官至將作監。工篆書,舒元輿謂其不減李斯。」,頁429。

〔註11〕 〔宋〕歐陽修等:《新唐書》(臺北:鼎文書局,1979年12月),卷202,頁5764。又同註54,《中國人名大辭典》。「張旭,唐吳人,字白高,仕爲常熟尉。善草書,嗜酒,每大醉呼叫狂走,乃下筆;或以頭濡墨而書。既醒,自視以爲神,不可復得也。世號張顚,又稱草聖。自言始見公主擔夫爭道,又聞鼓吹而得筆法意,觀倡公孫舞劍器得其神。文宗時以李白歌詩,裴旻劍舞,張旭草書爲三絕。」,頁931。

〔註12〕 臧勵龢:《中國人名大辭典》「邊鸞,唐京兆人,爲右衛長史,少攻丹青。最長花鳥,柳枝之妙,古所未有。」,頁1760。

〔註13〕 臧勵龢:《中國人名大辭典》「張藻,唐吳郡人,藻字又作璪,字文通。歷檢校祠部員外郎,鹽鐵判官,坐事貶衡州司馬,移忠州。工畫樹石山水,嘗畫松,以手握兩筆齊下,一爲枯枝,一爲生枝,時號神品。有《繪境》。」,頁973。

明志之作，故云「物各有所宜，用各有所施」，不以羨慕之心，或長他之氣而自我矮化，此歌謠可說是白居易的不平之鳴。

又，〈朱藤謠〉更明白道出朱藤杖是白居易失意時，隨身陪在身旁的良友，也是他唯一的精神支拄。其文云：

> 朱藤朱藤，溫如紅玉，直如朱繩。自我得爾以為杖，大有裨於股肱。前年左遷，東南萬里。交遊別我於國門，親友送我於滻水。登高山分車倒輪摧，渡漢水分馬跙蹄開。中途不進，部曲多迴。唯此朱藤，實隨我來。瘴癘之鄉，無人之地；扶衛衰病，驅呵魑魅。吾獨一身，賴爾為二。或水或陸，自北徂南；泥黏雪滑，足力不堪。吾本兩足，得爾為三。紫霄峰頭，黃石巖下。松門石磴，不通輿馬。吾與爾披雲撥水，環山繞野；二年踏遍匡廬間，未嘗一步而相捨。雖有隸子弟，良友朋。扶危助寒，不如朱藤。嗟乎！窮既若是，通復何如？吾不以常杖待爾，爾勿以常人望吾。朱藤朱藤，吾雖青雲之上，黃泥之下，誓不棄爾於斯須！（卷39，頁883）

白居易曾有〈紅藤杖〉詩：「交親過滻別，車馬到江迴。唯有紅藤杖，相隨萬里來。」是知紅藤杖為白居易貶謫時所依賴之隨身物。又其〈朱藤杖紫驄吟〉詩更明白指出：「拄上山之上，騎下山之下；江州去日朱藤杖，忠州歸日紫驄馬。天生二物濟我窮，我生合是栖栖者」，末句「栖栖者」，引《論語・憲問》：「微生畝謂孔子曰：『丘何為是栖栖者與？無乃為佞乎？』孔子曰：『非敢為佞也，疾固也。』」〔註14〕，由此可知，白居易早年欲學孔子，栖栖遑遑行道，以化世之固執。而今惟有持紅藤杖，步行於江州山水，二年踏遍匡廬間，未嘗片刻相捨；朱藤杖對白居易而言，誠是忠心耿耿之隨身者，其無奈悲憤之心情，亦可知也。

其實〈三謠〉之作，是白居易以自身之沉痛悲涼為基調，故作曠達之語，此中暗寓著人事之滄桑與不幸，故發而為歌。所以感慨才是〈三謠〉基調之所在，是白居易自我矜憐之意，兼有諷刺之。

元和十年（西元815年），白居易以騷體詩，作〈無可奈何〉一文，表明他的意念。文中白居易將其一生不能自主之生死、窮通歸結於「時」與「命」；勸誡自己要委順隨化，知足保和，才能達到安心立命的境地。白居易雖有這種思維，但在實際的生活中，是很無奈的；在無可奈何時，又不能奈何時命，

〔註14〕　〔清〕阮元：《十三經注疏》（北京：中華書局，1979年11月），頁2512。

時命也不能突破困境。因此,才有「無可奈何」的創作。文云:

> 無可奈何兮,白日走而朱顏頹,少日往而老日催。生者不住兮,死
> 者不迴。況乎寵辱豐頓之外物,又何常不十去而一來!去不可挽兮,
> 來不可推。無可奈何兮!已焉哉!惟天長而地久,前無始兮後無終。
> 嗟吾生之幾何?寄瞬息乎其中!又如太倉之稊米,委一粒於萬鐘。
> 何不與道逍遙,委化從容?縱心放志,洩洩融融。胡為乎分愛惡於
> 生死,繫憂喜於窮通?倔強其骨髓,齟齬其心胸。合冰炭以交戰,
> 秖自苦兮厥躬!彼造物者,于何不為?此與化者,云何不隨?或煦
> 或吹,或盛或衰:雖千變與萬化,委一順以貫之。為彼何非?為此
> 何是?誰冥此心?夢蝶之子。何禍非福?何吉非凶?誰達此觀?喪
> 馬之翁。俾吾為秋毫之杪,吾亦自足,不見其小。俾吾為泰山之阿,
> 吾亦無餘,不見其多。是以達人,靜則脗然與陰合跡,動則浩然與
> 陽同波。委順而已,熟知其他?時耶命耶?吾其無奈彼何。委耶順
> 耶?彼亦無奈吾何。夫兩無奈何,然後能冥至順而合大和。故吾所
> 以飲大和,扣至順,而為無可奈何之歌。(卷39,卷883~884)

這是一首騷體韻文,作於元和十年(西元815年)。白居易將一生不能自主的
生死窮通歸結於時與命。勸誡自己要委順隨化,知足保和,達到自己固然不
能奈何時與命。本文以「無可奈何」發端,說明自己對人之衰老死亡、社會
之寵辱豐頓的去來無可奈何。文末復以「無可奈何」結束,則是另一意義,
更有深遠的意涵。

白居易意識到,對時勢與命運全然無可奈何,唯有「與道逍遙,委化從
容」,方足以處之。此思想淵源於陶淵明〈形影神〉詩:「甚念傷吾生,正宜
委運去。縱浪大化中,不喜亦不懼」〔註15〕,由此可知,時勢與命運對自己
是無可奈何的。唯有達到「冥至順而合大和」的自在境界方能解脫,此種認
識也是白居易老莊哲學的表現。白居易後來任杭州刺史有詩云:「鳳詔停舍
人,魚書除刺史。置懷齊寵辱,委順隨行止。我自得此心,於茲十年矣。」(卷
8,頁 148)是知白居易接受老莊思想,是在元和十年貶江州前後,至長慶二
年,首尾僅七年,以寄託他對事的無奈,十年是舉成數而言,而非真正的數
據。

〔註15〕 丁仲祜:《陶淵明詩箋注》,卷二〈形影神詩之三〉。臺北:藝文印書館,1977
年5月,頁45。

其次，是「委順而已」的人生態度，滔滔汨汨，一氣呵成。由歌謠引用《莊子》、《列子》中的寓言，又大量運用排比、對比、比喻手法，表現他的人生哲理，既生動又鮮明，且不流於枯槁晦澀。然由文中也可知，儘管白居易內心充滿矛盾，但他並沒有放棄所堅持他所要的道德原則，與他所堅持的政治立場。

五、偈

白居易於貞元十九年秋八月，有大師曰凝公，遷化于東都聖善寺鉢塔院。白居易爲他寫了〈八漸偈〉，並在序中清楚說出他對佛教大師曰凝的崇敬。序曰：「越明年二月，有東來客白居易作〈八漸偈〉，偈六句四言以讚之。初，居易常求心要於師，師賜我八言焉：曰觀、曰覺、曰定、曰慧、曰明、曰通、曰濟、曰捨。由是入於耳，貫於心，達於性，於茲三四年矣。嗚呼！今師之報身則化，師之八言不化。至哉八言！實無生忍觀之漸門也。故自觀至捨，次而讚之；廣一言爲一偈，謂之〈八漸偈〉。蓋欲以發揮師之心教，且明居易不敢失墜也。既而升于堂，禮于牀，跪而唱，泣而去。而作八漸偈。」偈曰：

觀偈：以心中眼，觀心外相。從何而有？從何而喪？觀之又觀，則辯眞妄。

覺偈：惟眞常在，爲妄所蒙。眞妄苟辯，覺生其中。不離妄有，而得眞空。

定偈：眞若不滅，妄即對起。六根之源，湛如止水。是爲禪定，乃脫生死。

慧偈：慧之以定，定猶有繫。濟之以慧，慧則無滯。如珠在盤，盤定珠慧。

明偈：定慧相合，合而後明。照彼萬物，物無遁形。如大圓鏡，有應無情。

通偈：慧至乃明，明則不昧。明至乃通，通則無礙。無礙者何？變化自在。

濟偈：通力不常，應念而變。變相非有，隨求而見。是大慈悲，以一濟萬。

捨偈：眾苦既濟，大悲亦捨。苦既非眞，悲亦是假。是故眾生，實

無度者。(卷 39,頁 886～887)

「偈」是有韻律的一種文體,爲佛教語,意同頌,有讚美之意。偈文之作,可用三言、四言乃至多言,本偈文則以四言六句爲度。白居易此文作於貞元十九年(西元 804 年),年三十三,居長安。由此可知,白居易年輕時即是一位虔誠的佛教徒。由偈文亦可知,白居易行文喜用類疊、頂眞、複合句法陳述,使語意自然緊湊,又有層次,讀來頗有節奏感。

第二節　實用古文的結構

白居易古文,如判、策、章表奏狀、賦、書記、序、銘文、傳記、碑銘、祭文、箴、謠、偈、雜記、小品等文體,素爲學界所忽視,誠爲不公。又,白居易於翰林學士與中書舍人所創制之制詔,每爲新入學士求訪,寶重過於六典。而元稹稱白居易文章爲人所爭相學習,端在其文章之結構,亦是章法之謂也。

所謂「結構」,係指文章由句成節,聯節成篇而言。此種組織型態,細分之,可指文章內容、文章布局、文意脈絡等。就結構言之,可分爲二種;一指內容,但內容千變萬化,無法規範;二爲形式,可依方法組成分析,此方法即是「章法」;又有「結構」之稱;蓋章法係指一篇文章言之,質言之即爲結構。而章法的內容,可分「秩序、變化、銜接或聯貫、統一」〔註 16〕等四大原則。本節參考書有《唐代文選》、《白居易詩文選注》、《新譯白居易詩文選》、《辭賦流變史》、《八股文概說》、《文章結構》等。今以白居易《百道判》與制誥、制誥、表章、策林、律賦等五種應用文,說明其結構如次:

一、法理兼顧的百道判

《百道判》是白居易參與吏部考試前之模擬習作題〔註 17〕,內容包括:家庭、婚姻、科舉、教育、喪葬、禮儀、政治、軍事、品行、操守、法律、

〔註 16〕 陳滿銘:《文章結構分析》(臺北:萬卷樓圖書有限公司 1999 年 5 月),頁 336 ～54。

〔註 17〕 〔後晉〕劉昫:《舊唐書》:《白居易傳》(臺北:鼎文出版社,1979 年,12 月),卷 166,列傳 116,頁 4360。「貞元十四年,始進士就試,禮部侍郎高郢擢升甲科,吏部判入等,授秘書郎。元和元年四月,憲宗策試制舉人,應才識兼茂、明於體用科,策入第四等,授盩屋縣尉、集賢校理。」

犯禁等國家、社會、家庭等問題。《百道判》有鮮明的法制觀念、濃厚的儒思想，以及人文精神與現實情懷等。如卷六十六〈得軍帥選將，多用儒之士。兵部詰其無武藝。帥云：取其謀也〉：

（一）正文：

判題：得軍帥選將，多用儒之士。兵部詰其無武藝。帥云：取其謀也。

判詞：忘身死節，誠重武夫；制敵伐謀，則先儒士。將籌策而可尚，奚騎射之足稱？軍帥明以知兵，精於選將；以爲彎弧學劍，用無出於一夫；悅《禮》敦《詩》，道可弘於七德。功宜保大，理貴從長。若王師之有征，以謀則可；苟戎略之無取，雖藝何爲？況晉謀中軍，選於義府；漢求上將，舉在儒流。豈惟我武惟揚，誠亦斯文不墜。元戎舉德，未爽能軍；兵部執言，恐爲辱國。（卷 66，頁 1381）

（二）結構分析：

主文：總起：得軍帥選將，多用儒之士。兵部詰其無武藝。帥云：取其謀也。

本論：（1）分述：忘身死節，誠重武夫……奚騎射之足稱？

（2）分述：軍帥明以知兵，精於選將……誠亦斯文不墜。

結論：總結：元戎舉德，未爽能軍；兵部執言，恐爲辱國。

（三）分析說明：

《百道判》之寫作以三段論述法爲主，類似今日法院「判決書」之寫作。主文即是判題，事由之陳述，是判詞歸屬標識，是判詞賴以產生之背景形成基礎。判詞是判題規定下爲糾紛、訴訟者做出合情入理的最終裁決。由此可知，判題、判詞是相互依存，互爲表裡，兩者是構成一道完整之判文，不可或缺的要素。

1、主文：爲事件原因。「得」字爲假設詞，而後即是判詞之寫作。

爲總起糾紛訴訟起因，及當事雙方所持立場態度之簡要概述。

2、本論：

（1）分述是依據主文要件加以說明：斷案者或釋紛者，對案件處理之基本態度，是案件總體基調。

（2）分述是依據主文要件加以說明：斷案者或釋紛者，對案件剖析，

　　　　　　　　　　　　　　　曲直給予詳實評論。

3、結論：結尾總結，針對本論（1）（2）說明：斷案者或釋紛者，爲案
　　　　　　　　　　　　　　　　件最終判決。

　　由判詞可知，白居易《百道判》之寫作，依四六句式、陳述句法行文。
開頭以四言以四句，而後即是六言二句；中間說明則六四、四六、四四句式
等交替使用，陳述說明事由經過，其中「道可弘於七德」、「晉謀中軍，選於
義府」即是引用左傳宣公十二年「夫武，禁暴、戢兵、保大、定民、和眾、
豐財者也」，及左傳秦晉殽之戰及晉楚城濮之戰，先軫之典故；又「漢求上將，
舉在儒流」一句即引漢書項羽列傳，宋義之典故。結論部分，又以四言四句
呼應首句，與人則有一氣合成之感。如卷六十六〈得丁冒名事發法司准法科
罪。節度使奏丁在官有美政，請免罪眞授，以勸能者。法司以亂法不許〉：

（四）正文：

判題：得丁冒名事發，法司准法科罪。節度使奏丁在官有美政，請免罪
　　　眞授，以勸能者。法司以亂法，不許。

判詞：宥者利淫，誅則傷善；失人猶可，壞法實難。丁僭濫爲心，偃偔
　　　從事：始假名而作僞，咎則自貽；終勵節而爲官，政將可取。節
　　　使以功惟補過，請欲勸能；憲司以仁不惠姦，議難亂紀。制宜經
　　　久，理貴從長。見小善而必求，材雖苟得；踰大防而不禁，弊將
　　　若何？濟時不在於一夫，守法宜遵乎三尺。盍懲行詐？勿許拜眞。
　　　（卷 66，頁 1379～80）

（五）結構分析：

主文：總起：得丁冒名事發法司准法科罪……法司以亂法不許。

本論：（1）分述：宥者利淫，誅則傷善……終勵節而爲官，政將可取。

　　　（2）分述：節使以功惟補過……踰大防而不禁，弊將若何？

結論：總結：濟時不在於一夫，守法宜遵乎三尺。盍懲行詐，勿許拜眞。

（六）分析說明：

　　依《唐律》卷二十五〈詐僞律〉：「詐假官假與人官」條：「諸詐假官，假
與人官及受假者，流二千里。」《疏議》曰：「詐假官，謂虛僞詐假以得官，
若虛假授與人官及受詐假官者，并流二千里。」由上述典例可知，唐律對官
員之控管謹嚴，豈是節度使所能左右。

1、主文：總起：節度使爲冒名官員，陳情事件之說明。

2、本論：

　　（1）分述是依據主文要件加以說明：斷案者或釋紛者，事件性質之說明，亦是判者對其事故，表明其基本態度。

　　（2）分述是依據主文要件加以說明：斷案者或釋紛者，剖析案件，說明行事之重要性，否定並指責節度使之不是。

3、結論：結尾總結，針對本論（1）（2）說：斷案者或釋紛者，最終判決，明確否決節度使之陳情。

就判詞而言，當然涉及唐代法律用語，因而辭藻華麗、典故疊現於唐代判詞不在少數，所以於說明時必然涉及很多文學用語。而此篇句法、句式仍以四六句爲主，中有變化，以古文句入文，白居易是有心改變。如結論「濟時不在於一夫，守法宜遵乎三尺。盍懲行詐，勿許拜眞。」即是。

由上述可知白居易《百道判》之撰寫，有判題、判詞。寫作結構爲：主文是事實之陳述，一爲原告，一爲被告；再次，爲理由說明，按律而爲，依本事而判，據事實結論。白居易於判詞中，對丁之美政有所認同，但無原有其違法行爲。

總觀白居易《百道判》之寫作，依事件發生的原因，以關懷同理心處理案件。以合情、合理、合法之態度撰寫判詞（判決書）。而無法匠之器，或照本宣科，以事實陳述，據事實做結論，依人道而爲之。

二、說理深入的策林

白居易於《策林序》云：「元和初，予罷校書郎，與元微之將應制舉。退居於上都華陽觀，閉門累月，揣摩當代之事，構成策目七十五門……凡所應對者，百不用其一二，其餘自以精力所致，不能棄捐，次而集之，分爲四卷，命曰《策林》云耳。」今以〈養老〉在使之壽富貴一文爲例，說明如次：

（一）正文：

　　臣聞：昔者西伯善養老，而天下歸心。善養者，非家至戶見，衣而食之，蓋能爲其立田里之制，以安其業；導樹畜之產，以厚其

生。使生有所養,老有所終,死有所送也。近代之主,以爲老者,非帛不暖,非肉不飽;而特頒布帛肉粟之賜,則爲養老之道,盡於是矣。臣以爲小惠也,非大德也。何則?賜之以布帛,仁則仁矣;不若勸其桑麻之業,使天下五十者可以衣帛矣。賜之以肉粟,惠則惠矣;不若教其雞豚之畜,使天下七十者可以食肉矣。然後牧以仁賢,慎其刑罰;雖不與之年,而老者得以壽矣。不奪其力,不擾其時;雖不與之財,而老者得以富矣。使幼者事長,少者敬老;雖不與之爵,而老者得以貴矣。此三代盛王,所以不遺年而興孝者,用此道也。(卷65,頁1375)

(二)結構分析:

第一段,開頭:起:臣聞:昔者西伯善養老,而天下歸心。(起)

第二段,本論:

    (1)正:善養者,非家至戶見……死有所送也。(正)

    (2)反:近代之主,以爲老者……盡於是矣。(反)

    (3)轉:臣以爲小惠也,非大德也。何則?(轉、出題)

        :賜之以布帛……七十者可以食肉矣。(正——辦法之一)

        :然後牧以仁賢……而老者得以貴矣。(正——辦法之二)

第三段,結論,合:此三代盛王,所以不遺年而興孝者,用此道也。(合)

(三)分析說明:

1、此文爲《策林》第七十五篇,文以三段式(是什麼、爲什麼、怎麼樣或該怎麼辦)的一種布局方法,三者的順序,可依主題或重點靈活變化,本文採「問答法」進行〔註18〕。文中白居易提出自我見解,說明養老在使之壽富貴的觀念。引用孟子對梁惠王提出養民之道的典故來明〔註19〕。

2、第一段:「起」爲總綱,說明原因,文眼以「養」爲主。開頭先提出

〔註18〕 仇小屏:《篇章結構類型論‧冊下》(臺北:萬卷樓圖書有限公司,2000 年 2 月),頁 484〜501。

〔註19〕 〔清〕阮元:《十三經注疏‧孟子》(北京中華書局,1979 年 11 月),頁 2665。「養生送死無憾,王道之始也。五畝之宅,樹之以桑,五十者可以衣帛矣。雞豚狗彘之畜,無失其時,七十者可以食肉矣。百畝之田,勿奪其時,數口之家,可以無飢矣。盡庠序之教,申之以孝悌之義,頒白者,不負戴於道路矣。」

西伯善養民，於是天下人心歸之。

3、第二段本論：

    （1）以「正」順「起」依總目標，提出（正面）辦法。

        白居易自我見解，善養者應以「田里」制度為優先，而後免養生送死之苦。

    （2）「反」提出說明，近代則以小惠養老，觀念錯誤。與（1）「正」對比法，說明今昔不同養老做法。

    （3）「轉」辦法要旨，「何則？」出題承上啟下而論述。

    （4）以「正一方法」反駁，並提出解決之道一。桑麻、雞豕之蓄。

        以「正一方法」解決之道二：仁賢、刑罰、不擾民、順時序而為。

4、第三段結論：「合」呼應首段。

本文以正反法行文，並以今昔為對比，為白居易早年思想之根源。再以〈塞人望歸眾心〉為例：

> 夫欲使人望塞，眾心歸者，無他焉，在陛下慎初之所耳。臣聞：天子動則左史書之，言則右史書之。言動不書，非盛德也；書而不法，後嗣何觀焉？若王者言中倫，動中度：則千里之外應之，百代之後歌之，況其邇者乎？若言非宜，動非禮：則千里之外違之，百代之後笑之，況其邇者乎？是以古之天子，口不敢戲言，身不敢妄動：動必三省，言必再思。況陛下初嗣祖宗，新臨兆庶：臣伏見天下之目，專專然以觀陛下之動也；天下之耳，顒顒然以聽陛下之言也。則陛下出一言，不終日而達於朝野；動一事，不決辰而聞於華夷。蓋是非之聲，無翼而飛矣。損益之名，無脛而走矣。陛下得不慎之哉？伏惟觀於斯，察於斯，使一言一動，無所苟而已矣。言動不苟，則天下之望塞焉，天下之心歸焉。（卷62，頁1291～1292）

5、以「在慎言動之初」為行文主旨，以「釋義、闡論、結論」三段式結構，也是以「問答法」方式行文。

6、以對偶，比較、正反、因果、疑問句式進行說理，詞語懇切，並提出政策。

白居易策文，為當代學子、文士爭相模擬習作，蓋其能破常格為行文。以三段式結構書寫，在駢體文句中引用古句，以詞語淺淡、簡易為其行文標的，故能成為士人們競相模仿的範文，此乃白居易篇章結構使然。

三、敘事翔實的詔誥

詔令、制誥都是皇帝發布的政令。漢初規定禮儀，把皇帝的文告分成策書、制書、戒敕四種，策書用以封王、侯等爵位，制書用以布敕令，詔書指示文武百官，戒敕對州郡長官發布指令。但後來這些界線已不分了。在唐代，武后稱帝時，因她名曌，與「詔」字音近，為了避諱；她下的詔書一律稱「制」。而後由皇帝發布的命令稱「制」、「敕」。起草這些詔令的人，都具有較高文化修養，一般由中書舍人起草，有些詔書則由翰林學士起草。白居易、元稹等人都曾擔任過這樣的職務。白居易詔誥文為朝廷之實用文，是替皇帝、宰相政所撰寫之下行文。白居易詔誥文是其任翰林學士與中書舍人時，所撰寫之官方公文，有四百三三篇，在白居易古文中，佔有二分之一可謂多矣。

就寫作而言，是有一定行文規範。就內容而言，則有認識、政治、文化方面作用，如職官爵位、君臣禮儀、典章制度、中唐形式、對外關係，以及個人修養、施政要義、獎懲制度與忠君孝親、弘恩博愛、婦道母儀、宣揚釋道等。

白居易詔誥文，類似今日之公文，是有固定行文結構；公文用語，則以當時駢文為主。「詔」照也，帝王下詔，即有昭示臣民之意。「誥」告也，上告發下曰誥。「制」裁也，裁斷引申為帝王命令。「詔、誥、制」如同今日之「命令」。如〈李皋安州刺史制〉：

（一）正文

宿州刺史李皋：勳閥之門，嗣生才略；久參戎衛，頗著勤勞。試守列城，觀其為政。屬汴泗之右，創畫州居；府署城池，委之經始：一日必葺，三年有成。且聞公勤，宜有遷轉。重分憂寄，再佇良能；往安吾人，無忝厥命！可安州刺史。（卷55，頁1162～1163）

（二）結構分析：

主旨：宿州刺史李皋：勳閥之門……守列城，觀其為政。

說明：屬汴、泗之右，創畫州居，府署城池……往安吾人，無忝厥命。

辦法：可安州刺史。

（三）分析說明：

1、此文是白居易為翰林學士時，作於唐憲宗元和二年（西元807年）至元和六年（西元811年），於長安。

2、白居易此類文體之創作是以主旨、說明、辦法（結論）三段式寫作法。

　　主旨：爲全文精要，說明李暈才能，以簡單具體扼要爲是。

　　說明：依據事實敍述，說明目的與期望李暈有所做爲。

　　辦法：提出具體要求，核示人事命令。

3、白居易詔誥文以正確、清晰、簡明、周詳發揮其文學素修，力求文字通曉，不以華麗行文，而以淺易平淡爲主軸。

其次有關外交之誥文，〈冊迴鶻可汗加號文〉爲例分析如下：

（四）正文：

　　　維長慶元年歲次、辛丑，某月朔、某日，皇帝若曰：北方之強，代有君長，作殿玄朔，賓于皇唐。粵我祖宗，錫乃婚媾，五聖六紀，二邦一家。此無北伐之師，彼無南牧之馬。兵匣鋒刃，使長子孫。葉德保和，以至今日。

　　　咨爾迴鶻君登里羅羽錄沒密施句主毗伽可汗：義智忠肅，武決勇健，天之所授，時而後生。故東漸海夷，西互山狄，惠寧威制，鱗帖草偃；聲有聞於天下，氣無敵於荒外。而能事大圖遠，納忠貢誠；請仍舊姻，誓嗣前好。

　　　朕惟睦鄰是務，柔遠爲心。既降和親之命，遂申飾配之禮。禮物大備，寵章有加；喜動陰山，光增昂宿。

　　　夫以迴鶻雄傑如彼，慶榮若此，雖自貴曰天驕子，未稱其盛；雖自尊曰天可汗，未稱其美；宜賜嘉號，以大誇將來。今遣使某官某、副使某官等、持節加冊爲信義勇智雄重貴壽天親可汗。

　　　嗚呼！鼇降展親，大德也。進冊加號，大名也。宜乎思大德，稱大名，懋哉始終，欽若唐之休命！（卷50，頁1044～1045）

（五）結構分析：

主旨：維長慶元年辛丑，某月朔某日，皇帝若曰……叶德保和，以至今日。

說明：

　　1、咨爾迴鶻君登里羅羽錄沒密施句主毗伽可汗，……時而後生。

　　2、故東漸海夷，西互山狄……請仍舊姻，誓嗣前好。

　　3、朕惟睦鄰是務，柔遠爲心……喜動陰山，光增昂宿。

辦法：

    1、夫以迴鶻雄傑如彼……爲信義勇智雄重貴壽天親可汗。

    2、嗚呼！釐降展親，大德也……欽若唐之休命。

（六）分析說明：

1、此文作長慶元年（西元 821 年），白居易五十歲，長安，主客郎中、知制誥。依《舊唐書》卷一九五迴鶻傳：「長慶元年五月，迴鶻宰相都督摩尼等五百七十三人入朝迎公主，於鴻臚寺安置。敕：太和公主出降迴鶻爲可敦，宜令中書舍人王起赴鴻臚寺宣示，以左金吾衛大將軍胡證檢校戶部尚書、充送公主入迴鶻及冊可汗使，光祿卿李憲加兼御史中丞、充副使。」〔註20〕當即此制所指。

2、第一段：主旨，說明理由。

    「北方之強，代有君長。作殿玄朔，賓于皇唐。粵我祖宗，錫乃婚媾」具體扼要。

第二段：說明，依據事實提出說明。

    （1）摘述要旨：義智忠肅，武決勇健。天之所授，時而後生。

    （2）敘述迴鶻事跡：故東漸海夷，西互山狄……請仍舊姻，誓嗣前好。

    （3）允許和親並備大禮：朕惟睦鄰是務，柔遠爲心……喜動陰山，光增昂宿。

第三段：辦法：提出具體處理方法。

    （1）冊封爲：「……信義勇智雄重貴壽天親可汗」。

    （2）頌贊：嗚呼！釐降展親，大德也……欽若唐之休命！

3、白居易詔誥文中存有反映對外關係之書信十二道〔註21〕。由此可知，

〔註20〕朱金城《白居易集箋校》（上海古籍出版社，1988 年 12 月），頁 2948。

〔註21〕表 6-1：

卷	篇名
50	冊新回鶻可汗
50	冊新回鶻可汗加號文
50	回鶻弔祭冊立使制
51	祭回鶻可汗文
52	渤海王子加官制
53	新羅賀正使金良忠授官歸國制
56	與吐蕃宰相鉢闡布敕書

　　唐王朝頻繁之對外交往，與眾多外交往來之中，相較之下或許不算多；然於文中，即可窺見一斑，而知全貌。由眾多詔誥文中，即可得知唐王朝之國際地位、對外政策、交往禮儀、與及處理糾紛之概況。

4、文中可知，「請仍舊姻，誓嗣前好」，此爲外交手段之一，甚至連加尊號「雖自貴曰天驕子，未稱其盛。雖自尊曰天可汗，未稱其美。宜賜嘉號，以大誇將來」此類自家即能辦的事，須經唐朝皇帝親自冊封，方可稱意、方覺榮耀。迴鶻此舉，是對唐王朝之尊重、依賴與敬畏，同時極重視此詔書。

四、抒情明志的奏表

　　疏、表、議、狀都是臣下向皇帝進呈的文章。先秦時，臣民向君主敘說事情或寫信，都稱「上書」。秦始皇定下制度，改稱「上書」爲「奏」。漢初規定禮儀，將「奏」分爲章、奏、表、議四種。章用於向皇帝謝恩，奏用於彈劾官員錯誤，表用於陳述事情、及所有的請求和推舉人才，議用於表示不同意見。

　　白居易奏表之作，在文集卷五十八至六十一共卷，共五十八篇，而其內容爲：陳情感恩，表明心志；或憂慮軍政，提出見言；或糾彈不法，揭斥權貴；或體恤人情，爲民請命；或密陳面奏，正言直書。以〈初授拾遺獻書〉爲列說如次：

（一）正文：

　　　　五月八日，翰林學士、將仕郎、守左拾遺臣白居易頓首，謹昧死奉書於旒扆之下：臣伏奉前月二十八日恩制，除授臣左遺、依前充翰林學者。臣與崔羣同狀陳謝，但言忝冒，未吐衷誠。今者再黷宸嚴，伏惟重賜詳覽。

56	與吐蕃宰相尚綺心兒等書
56	代王佖答吐蕃北道節度使論贊勃藏書
56	與新羅王金重熙等書
57	與南昭請平書
57	與回鶻可汗書

本表依《白居易集》卷50至57共八卷繪製而成，由表可知，白居易任左拾遺與中書舍人時，爲皇上所撰寫的外交詔誥文。製表人：王偉忠。

　　臣謹按《六典》：左右拾遺掌供奉、諷諫，凡發令舉事，有不便
於時，不合於道者，小則上封，大則庭諍。其選甚重，其秩甚卑。
所以然者，抑有由也。大凡人之情，位高則惜其位，身貴則愛其身。
惜位則偷合而不言，愛身則苟容而不諫，此必然之理也。

　　故拾遺之置，所以卑其秩者，使位未足惜，身未足愛也。所以
重選者，使上不忍負恩，下不忍負心也。夫位未足惜，恩不忍負；
然後能有闕必規，有違必諫；朝廷得失無不察，天下利病無不言，
此國朝置拾遺之本意也。由是而言，豈小臣愚劣闇懦所以宜居之哉？

　　況臣本鄉里豎儒，府縣走吏，委心泥滓，絕望煙霄；豈意聖慈，
擢居近職。每宴飫無不先及，每慶賜無不先霑；中廄之馬代其勞，
內廚之膳給其食。朝慚夕惕，已逾半年。塵曠漸深，憂愧彌劇。未
伸微效，又擢清班。臣所以授官已來，僅將十日：食不知味，寢不
遑安；唯思粉身，以答殊寵，但未獲粉身之所耳。

　　今陛下肇建皇極，初受鴻名，夙夜憂勤，以求致理。每施一政，
舉一事，無不合於道，便於時；故天下之心，顒顒然日有望於太平
也。然今後萬一事有不便於時者，陛下豈不欲聞之乎？萬一政有不
合於道者，陛下豈不欲革之乎？候陛下言動之際，詔令之間，小有
遺闕，稍關損益；臣必密陳所見，潛獻所聞，但在聖心裁斷而已。

　　臣又職在中禁，不同外司；欲竭愚衷，合先陳露。伏希天鑒，
深察赤誠。無任感恩欲報，懇款屏營之至！謹言。（卷58，頁1228
～1229）

（二）結構分析：

理由：總起：先簡介上書之意。五月八日，翰林學士……伏惟重賜詳覽。

說明：1、分述：臣謹按《六典》……愛身則苟容而不諫，此必然之理也。

　　　2、分述：故拾遺之置，所以卑其秩者……豈小臣愚劣闇懦所以宜
　　　　　　　居之哉？

　　　3、分述：況臣本鄉里豎儒……唯思粉身，以答殊寵，但未獲粉身
　　　　　　　之所耳。

　　　4、分述：今陛下肇建皇極，初受鴻名，夙夜憂勤……但在聖心裁
　　　　　　　斷而已。

結論：總結：臣又職在中禁，不同外司……感恩欲報，懇款屏營之至！
　　　　謹言。

（三）分析說明：

1、此文作於元和三年（西元 808 年），年三十七，居長安，任左拾遺、
　翰林學士。從文中可知居易授左拾遺，有心應賢良方正能直言極諫，
　盡自己之職責，感謝盡皇恩之遇。

2、本文結構以三段式「順敘法」：依照時間、因果先後進行；先寫原因，
　再寫經過，後寫結果。於段中採起、承、轉、合四小段分述說明，此
　法又稱「正敘」，是一種最常見之布局。
　　主要在說明上書之意，為下文開啓敘述之說明。結論為表明心志以報
　知遇之恩。

3、本文連繼應用錯綜疊、陳述句行文。如「位高則惜其位，身貴則愛其
　身。惜位則偷合而不言，愛身則苟容而不諫」、「所以卑其秩者，使位
　未足惜，身未足愛也。所以重選者，使上不忍負恩，下不忍負心也」、
　「每宴飫無不及，每慶賜無不先霑」等皆是，文中不斷，流露其內心
　之渴望，熱忱積極為國服務之心躍然紙上。又如〈杭州刺史謝上表〉：

（四）正文：

　　臣某言：去七月十四日，蒙恩除授杭州刺史。屬汴路未通，取
襄漢路赴任。水陸七千餘里，晝夜奔馳，今月一日到本州，當日上
任訖。

　　上分憂寄，內省庸虛，仰天載恩，蹐地失次。臣某。中謝。臣
謬因文學，忝厠班行；自先朝黜官已來，六年放棄；逢陛下嗣位之
後，數月徵還。生歸帝京，寵在郎署。不踰年，擢知制誥；未周歲，
正授舍人。出泥登霄，從骨生肉；唯有一死，擬將報恩。旋屬方隅
不寧，朝廷多事；當陛下旰食宵衣之日，是微臣輸肝寫膽之時。雖
進獻愚衷，或期有補；而退思事理，多不合宜。

　　臣猶自知，況在天鑒？忝非土木，如履冰泉。合當鼎鑊之誅，
尚忝藩宣之寄。才小官重，恩深責輕；欲答生成，未知死所。唯當
夙興夕惕，焦思苦心，恭守詔條，勤恤人庶，下蘇凋瘵，上副憂勤。
萬分之恩，莫酬一二。

仰天舉首，望闕馳心。葵藿之志徒傾，螻蟻之誠難達。無任感
恩激切之至！謹奉表稱謝以聞。長慶二年。（卷61，頁1283～1284）

（五）結構分析：

理由：總起：臣某言：去七月十四日，蒙恩除授杭州刺史……當日上任
　　　　　訖。（今）

說明：（1）分述：上分憂寄，內省庸虛，仰天載恩，蹐地失次。臣某。
　　　　　　　中謝。（昔）

　　　（2）分述：臣謬因文學，忝廁班行……唯有一死，擬將報恩。（昔）

　　　（3）分述：旋屬方隅不寧，朝廷多事……臣猶自知，況在天鑒。
　　　　　（昔）

結論：總結：忝非士木，如覆冰泉……謹奉表稱謝以聞，（今）

時間：長慶二年。

（六）分析說明：

1、此文作於長慶二年（西元822年），五十一歲，時任杭州刺史，《舊唐
　　書》十六卷穆宗紀：「壬寅（十四日），出中書舍人白居易為杭州刺史。」

2、白居易此表之結構，以三段式「倒敘法」行文亦是總分法結構寫作。

3、第一段，以總述「今日」事由，後以「今日」補述到任經過。而後為
　　任職的報告陳述。

4、第二段，中間說明分述部分自成一大段：

　　（1）小段以「上分憂寄，內省庸虛，仰天載恩，蹐地失次。臣某。中
　　　　　謝。」出題，又稱過接；為以後三小目陳述用。以敘事方式表明
　　　　　心志，為民負責。

　　（2）小段，陳述為舍人之經過。「臣謬因文學，忝廁班行……未周歲，
　　　　　正授舍人。出泥登霄，從骨肉；唯有一死，擬將報恩。」

　　（3）陳述欲報陛下知遇之恩，然所提意不被採納「旋屬方隅不寧，朝
　　　　　廷多事……臣猶自知，況在天鑒？」。

　　　第二段中間段，為說明是本主體，以真摯之情，陳述內心感激之情。
　　　一邊敘事、一邊抒情，細膩有味，才能撼動人心，感人肺腑。

5、第三段，結論：總結（1）（2）（3）為「昔日」的經過加以陳述、說
　　明，並表明心志。蒙寵恩受刺史之官，當為民盡責，報答陛下知遇之

恩。呼應第一段「今日」，是總結段落，獨立成一段，陳述今後刺史
應盡的職責。

6、對偶句法表明心志，「仰天舉首，望闕馳心。葵藿之志徒傾，螻蟻之
　　誠難達」等句法，以四四六六句型寫作，如詩一般，親切有韻味。

　　總之，以上二篇文章，在結構上雖有「順敘」、「倒敘」不同章法。文中
不難見到，白居易從政以來，不改初衷的職志，以單純、熱情的一顆「爲國」、
「爲民」服務的心，盡力而爲，永不改變，不論爲朝官、州官，始終如一。

五、八股雛型的古賦

　　白居易詩文集第卷三十八，有詩賦十五篇。有體物、言情、紀
事、說理、論文等五類〔註22〕。白居易於貞元十六年（西元800年）
二月十四日，由中書侍郎高郢主試下，試《性習相近遠賦》以「君
子之所慎焉」爲韻，依次用焉，限三百五十字已上成文〔註23〕，特
以此文，說明如次：

（一）正文：

　　噫！下自人，上達君；德以慎立，而性由習分。

　　習則生常，將俾夫善惡區別；慎之在始，必辯乎非糾紛。原夫
性相近者，豈不以有教無類，其歸於一揆？習相遠者，豈不以殊途
異致，乃差於千里？

〔註22〕表6-2：

類別	篇名
體物賦	雞距筆賦、敢諫鼓賦
言情賦	泛渭賦、傷遠行賦、窗中列遠岫詩
記事賦	宣州試射中正鵠賦、漢高皇帝新斬白蛇賦、黑龍飲渭賦、玉水記方流詩
說理賦	動靜交相養賦、省試性習相近遠賦、求玄珠賦、大巧若拙賦、君子不器賦
論文賦	賦賦

　　本表依《白居易集》卷38詩賦而繪製，除〈宣州試射中正鵠賦〉、〈省試性習
相近遠賦〉及〈窗中列遠岫詩〉、〈玉水記方流詩〉爲應舉之作，或有感而作
之抒情賦外，餘者皆爲白居易模擬之作。製表人：王偉忠。

〔註23〕朱金城《白居易年譜》（臺北：文史哲出版社，1991年12月），頁20。「此外，
尚有《玉水記方流詩》、策五道，以第四人及第，十七人中年最少。及第後，
歸洛陽。」

昏明波注，導爲愚智之源；邪正歧分，開成理亂之軌。安得不稽其本，謀其始；觀所恆，察所以？考成敗而取捨，審臧否而行止。俾流遁者反迷塗於騷人，積習者遵要道於君子。

且夫德莫德於老氏，乃曰道是從矣；聖莫聖於宣尼，亦曰非生知之。則知德在修身，將見素而抱樸；聖由志學，必切問而近思。在乎積藝業於黍累，慎言行於毫釐。

故得其門，志彌篤分，性彌近矣。由其徑，習愈精分，道愈遠爾。其旨可顯，其義可舉。勿謂習之近，徇跡而相背重阻；勿謂性之遠，反眞而相去幾許。亦猶一源派別，隨混澄而或濁或清；一氣脈分，任吹煦而爲寒爲暑。是以君子稽古於時習之初，辯惑於成性之得所。然則性者中之和，習者外之徇。中和思於馴致，外徇戒於妄進。非所習而習則性傷，得所習而習則性順。

故聖與狂，由乎念與罔念；福與禍，在乎慎與不慎。慎之義，莫匪乎率道爲本，見善而遷。觀炯誡於旣往，審進退於未然。

故得之則至性大同，若水濟水也；失之則眾心不等，猶面如面焉。

誠哉！性習之說，吾將以爲教先。（卷三十八，頁 867～8）

（二）結構分析：

第一段，開頭：破題：噫！下自人，上達君；德以慎立，而性由習分。（揭題）

第二段，本論：承題：習則生常，將俾夫善惡區別……，乃差於千里？（承）

　　　　　　　起講：昏明波注，導爲愚智之源……積習者遵要道於君子。（起講、轉）

　　　　　　　（1）分述：且夫德莫德於老氏，……慎言行於毫釐。

　　　　　　　（2）分述：故得其門，志彌篤分……任吹煦而爲寒爲暑。

　　　　　　　（3）分述：是以君子稽古於時……習則性順。

　　　　　　　（4）分述：故聖與狂……審進退於未然。

　　　　　　　（5）分述：故得之則至性大同……猶面如面焉。

結論：誠哉！性習之說，吾將以爲教先。（合）

（三）分析說明：

1、先簡單說明，提出：「修習」、「慎德」之重要性，爲引論動機，又稱揭題（即是破題之謂也）。白居易律賦，以「揭題、起敘（承、轉）、結尾（合）」三段式行文。其次，本文以「君子所慎焉」爲韻，就韻而言，「君」爲上平十二支韻，「子」爲上聲四紙抑可是上平四支韻，「所」字爲上聲六語韻，「慎」字爲去十二震韻，「焉」字爲下平先韻。

2、揭題即是破題、起敘即是承題，爲全篇緊要處，必須有籠罩全篇，突兀挺拔之勢。結尾乃律賦全篇之精神，必須與起始呼應，要有一氣貫串之勢，方稱佳妙。李調元《賦話》卷一中云：「白居易《性習相近遠賦》噫！下自人，上達君；德以慎立，而性由習分。李涼公逢吉大奇之，爲寫二十餘本。」白居易此賦破題之所以被稱道，主要在於其以簡練語句，對命題作深入之理解。

3、起敘部分：層次分明，逐一解說明「修習」與「慎德」之重要性。

第二段之一：爲承題，以「性相近、習相遠」對比爲承上啓下。

第二段之二：起講，亦是轉。啓下文五小段。

(1) 分述：「德莫德於老氏，乃曰道是從矣；聖莫聖於宣尼，亦曰非生知之。」

(2) 分述：「勿謂習之近，徇跡而相背重阻；勿謂性之遠，反眞而相去幾許。」、「一源派別，隨混澄而或濁或清；一氣脈分，任吹煦而爲寒爲暑。」

(3) 分述：「非所習而習則性傷，得所習而習則性順。」

(4) 分述：「故聖與狂，由乎念與罔念；福與禍，在乎慎與不慎。」

(5) 分述：「得之則至性大同，若水濟水也；失之則眾心不等，猶面如面焉。」

以上（1）至（5）小段的分述，連續以對比、排比句法陳述。皆是律賦中少有的長句，具有靈動之氣的古文句式，呈現說明「修習」、「慎德」之重要。

4、總結：呼應首段，「誠哉！性習之說，吾將以爲教先。」以畫龍點睛之妙，綜合全文之意，歸納提出結論。

由上述可知，白居易律賦之創作，無論謀篇命意或是遣詞用句，皆出律賦之常規而以古體入於文中，以古句、長句破四六之板滯，縱放自如、長短

兼用之行文風格。其次，是白居易律賦之作，已有對比、數字限制，已具有明、清八股文之雛型。惟獨缺破題、承題、起講、提比、小比、中比、後比、收束八段之結構〔註24〕，本文採正反說來論述、說明。今再以〈動靜交相養賦〉一文為例，文也以正反說寫作：

> 天地有常道，萬物有常性：道不可以終靜，濟之以動；性不可以終動，濟之以靜。（破題）養之則兩全而交利，不養之則兩傷而交病。故聖人取諸《震》以發身，受諸《復》而知命。所以《莊子》曰：「智養恬。」《易》曰：「蒙養正」吾觀天文，其中有程：日明則月晦，日晦則月明。明晦交養，晝夜乃成。（承題）吾觀歲功，其中有信：陽進則陰退，陽退則陰進。進退交養，寒暑乃順。且躁者、本於靜也。斯則躁為民，靜為君；以民養君，教化之根：則動養靜之道斯存。且有者，生於無也。斯則無為母，有為子；以母養子，生成之理：則靜養動之理明矣。（起講）所以動之為用，在氣為春，在鳥為飛，在舟為楫，在弩為機。不有動也，靜將疇依？所以靜之為用，在蟲為蟄，在水為止，在門為鍵，在輪為柅。不有靜也，動奚資始？（提比）則知動分靜所伏，靜分動所倚。吾何以知交養之然哉以此。有以見人之生於世，出處相濟，必有時而行，非匏瓜不可以長繫。人之善其身，枉直相循，必有時而屈，故尺蠖不可以長伸。（小比）

> 嗟夫！今之人，知動之可以成功，不知非其時，動必為凶。知靜之可以立德，不知非其理，靜亦為賊。（中比）

> 大矣哉！動靜之際，聖人其難之，先之則過時，後之則不及時，交養之間，不容毫釐。故老氏觀妙，顏氏知幾。（後比）

> 噫！非二君子，吾誰與歸？（收束）（卷38，頁862）

6、文中，前六句即是破題，而其結構，則以「一正一反」行文，已有八股模型出現。

> 「養之則全而交利，不養之則兩傷而交病。……明晦交養，晝夜乃成。」即是（承題），而後是「吾觀歲功，其中有信：陽進則陰退。……不有靜也，動奚資始？」的寫作（提比），再次，則以「則知動分靜

〔註24〕啟功、張中行、金克木：《說八股文》，北京，中華書局，2000年6月，頁1～58。

所伏……故尺蠖不可以長伸」（小比）、「嗟夫！今之人，……靜亦爲賊。」（中比）「大矣哉！動靜之際，……故老氏觀妙，顏氏知幾。」（後比）、「噫！非二君子，吾誰與歸？」（收束）此爲八股之雛型，又所謂的「比」就是對偶之意，換言之即是文句的對偶排比的句式。

7、李調元於《賦話》卷二云：「唐白居易動靜交相賦有云：『所以動之爲用，在氣爲春，在鳥爲飛，在舟爲楫，在弩爲機。不有動也，靜將疇依？所以靜之爲用，在蟲爲蟄，在水爲止，在門爲鍵，在輪爲柅。不有靜也，動奚資始？……』超超玄箸中，多見道之言，不當徒以慧業文相目，且通篇局陣整齊，兩兩相比，此調自樂天爲之，後來制義分股之法，實濫觴於此種。」

8、駢賦之隔對，以短隔對爲常見，若長隔對則少見，最多是四六之輕隔與重隔對交互運用。但自白居易突破隔對句形與數字後，愈演愈長，因之而有長隔對句形，如：「天地有常道，萬物有常性。道不可以終靜，濟之以動；性不可以終動，濟之以靜。養之則兩全而交利，不養之則兩傷而交病。故聖人取諸《震》以發身，受諸《復》而知命。」白居易常見今之立身從事者，有失於動，有失於靜，斯由動靜俱不得其時與理也。因述其所以然，用自警導。

　　律賦之章法有其特殊要求，主重破題、布局、結論。所謂破題，是作者審題之理解，爲布局的首要條件。就賦的結構、句式而言，此賦對後世之制義有其深遠影響，尤其是明清的八股文，即是由律賦的形式改造而來。

　　總之，律賦係應制體，其結構、篇章必須以破題、起敘、結尾三方面爲主要的寫作要領，當時試場的主試官，皆以此爲取捨準則。律賦之破題、起敘、結尾，必須以雅正爲宗，工麗密緻爲上，白居易的賦體創作之所以受人喜愛與接受，即是以「雅正」、「工麗」的寫作技巧，最受當代士子所欽慕，也是爭相模仿習作的範文。

第三節　五種主要句型

　　劉勰《文心雕龍・總術》云：「凡精慮造文，各競新麗，多欲練辭，莫肯研術。落落之玉，或亂乎石；碌碌之石，時似乎玉。」〔註25〕所以爲文者宜

〔註25〕范文瀾註，劉勰著：《文心雕龍注》（臺北：學海出版社，1991年2月），頁655。

識古文精髓，明白其法則爲第一要務。白居易於中唐之際，所作《策林》、《百道判》、《翰林制誥》、《中書制詔》、《章表奏狀》等實用文，爲當代士子與執政者所珍惜重視，並爭相模擬撰寫。考其爲文之法，除用詞造語平易淺近外，其行文亦有其法則可循。茲今特將其序文、百道判文、策文、書信、賦文等文體說明舉例。本文之撰寫參考《唐代文選》、《白居易詩文選注》、《新譯白居易詩文選》、《歷代古文析評・唐宋之部》、《歷代辭賦辭典》等書。今就白居易古文常用的主要五種句型，舉例析論如次：

一、複合句

　　白居易的序文有詩序、遊記序、雜文序等。就白居易古文文句而言，長者有百字，短者有數十字，如〈秦中吟十首・并序〉云：「貞元、元和之際，予在長安，聞見之間，有足悲者。因直歌其事，命爲秦中吟。」（卷 2，頁 30）序文中已說明其寫作之原因、時間、地點、事由，短短數句，交代清晰。其句式是由二個單句所組成爲一個複句〔註 26〕，一目了然，有如詩句一般，令人易懂易記。再如〈三謠・并序〉云：「予廬山草堂中，有朱藤杖一、蟠木机一、素屛風二。時多杖藤而行，隱机而坐，掩屛而臥。宴息之暇，筆硯在前。偶爲〈三謠〉，各導其意，亦猶座右、陋室銘之類爾。」（卷 39，頁 882）此文作於元和十三年（西元 818 年），白居易四十七歲，貶官江州，爲江州司馬。序中表明不因貶謫而傷志，以適懷爲是。文由三個單句組成爲一複句，其單句並由數詞組合而成句：「有朱藤杖一、蟠木机一、素屛風二」；並以排比短句順序將怡悅之心情道出，教人隨其喜樂而享受其情境：「時多杖藤而行，隱机而坐，掩屛而臥。宴息之暇，筆硯在前，偶爲三謠，各導其意。亦猶座右、陋室銘之類爾。」〔註 27〕其次是〈琵琶行・并序〉：

〔註 26〕何永清：《現代漢語語法新探》（臺北：臺灣商務印書館，2008 年 11 月）「將兩個或兩個以上的單句按照語法聯繫在一起，以表達複雜的語意稱爲『複句』，而複句組成的單句叫做『分句』」，頁 211。

〔註 27〕朱金城：《白居易集箋校・續座右銘并序》（上海：上海古籍出版社，1979 年 12 月），卷 39，頁 2625～2626。「崔子玉座右銘，余竊慕之。雖未能盡行，常書屋壁。然其間似有盡者，因續爲座右銘云：勿慕貴與富，勿憂賤與貧。自問道何如？貴賤安足云。聞毀勿戚戚，聞譽勿欣欣。自顧行何如？毀譽安足論。無以意傲物，以遠辱於人。無以色求事，以自重其身。游與邪分歧，居與正爲鄰。於中有取捨，此外無疏親。修外以及內，靜養和與眞。養內不遺外，動率義與仁。千里始足下，高山起微塵。吾道亦如此，行之貴日新。不敢規他人，聊自書諸紳。終身且自勗，身歿貽後昆苟反是，非我之子孫。」

元和十年，予左遷九江郡司馬。明年秋，送客湓浦口，聞舟中夜彈琵琶者。聽其音，錚錚然有京都聲。問其人，本長安倡女，嘗學琵琶於穆、曹二善才，年長色衰，委身爲賈人婦。遂命酒，使快彈數曲，曲罷，憫默。自敘少小時歡樂事，今漂淪憔悴，轉徙於江湖間。予出官二年，恬然自安；感斯人言，是夕始覺有遷謫意。因爲長句，歌以贈之，凡六百一十六言，命曰〈琵琶行〉。（卷12，頁241～242）

此序先略敘作文動機，次追敘左遷：「元和十年，予左遷九江司馬」：由兩個詞語並列組成一句，以主謂詞組「予左遷司馬」爲要。而以「予」、「左遷」、「九江」與「司馬」連接成偏正詞組，並點明左遷時間、官職、來此原因。

送客：「明年秋，送客湓浦口」：暗埋作文動機，點出作文時間、發生地點。落實：「聞舟中夜彈琵琶者」：筆法由遠而近。「聽其音，錚錚然，有京都聲」補敘上句；「錚錚然」，爲狀聲詞，指琵琶音；「有京都聲」是偏正詞，勾起作者去國懷鄉之愁緒，爲下文感歎埋下伏筆。

問人：承上文「有京都聲」句而來。「問其女，本長安倡女」、倡女；「長安」，照應上文「有京都聲」。「嘗學琵琶於穆曹二善才」：學自名門，預爲下文琵琶音美妙舖設張本。因「年長色衰，委身爲賈人婦」，爲二句偏正複詞，言其坎坷之身世，爲下文之感歎而預作張本。

感歎：以琵琶女爲賓，帶出主位作者之感歎。「曲罷，憫然自敘少小時歡樂事」：揚筆；幼小時候，「今漂淪憔悴，轉徙於江湖間」抑筆；現在情形，作者暗自痛惜。以長短句型表達其內心之不平，而以今昔作對比，令人爲之感傷不已。

動機：「予出官二年，恬然自安」：揚筆。「感斯人言，是夕始覺有遷謫意」：抑筆；因有遷謫之意，所以寫成此首詩歌。「因爲長句，歌以贈之」以聯合詞組，收束序言所有文字；「凡六百一十六言，命曰：琵琶行」：總啓下文。

由上述引文可知，白居易序文之作，皆以複合句爲之。複合句是白居易將其內心的複雜情緒完全表達於文章中，此種句型也是他宣洩憤懣情緒的方式，令人讀後，爲之感動，亦有寄託寓意的功效。

二、排比句

白居易《百道判》的創作，給人的印象是短小精幹，是當時實用文體的

一種。「判」是對發生爭執雙方所進行之釋難解紛，是對違律犯禁者應受徵罰之斷案量刑；是對敗俗悖理者之勸告與遺責，是對躬行直道者之褒揚與推崇。故其行文具有結論性與概括性，必然呈現出語短體小、簡約精致的特點。

據洪邁《容齋隨筆・文壇軼事篇》記載：「唐史稱張鷟早慧絕倫，以文章瑞朝廷，屬文，下筆輒成。八應制舉，皆甲科。今其書傳於世者，《朝野僉載》、《龍筋鳳髓判也》。僉載紀事，皆瑣尾摘裂，且多媒語。百判純是當時文格，全類俳體，但知堆垛故事，而於蔽罪議法處不能深切，殆是無一篇可讀、一聯可味。如白樂天《甲乙判》，則讀之愈多，使人不厭。聊載數端於此：如甲去妻後，妻犯罪請子蔭贖罪，甲不許；乙夫遇盜而死，求殺盜者而爲之妻。或責其失節，不伏；丙居喪年老毀疾，或非其過，禮曰哀情所鍾……。」〔註28〕共八篇之多，可見白居易受張鷟重視確是有其因：亦即行文平易近人，樸實無華；議論振振，以排比句型將事理敘述得宜，識見精純；其文不背人情，合於法意，援經引史，比喻甚明；析理透徹，言之有物使然也。

總體而言《百道判》，從判題與判詞兩者相合之數字，約百餘字左右。由外在結構言之，每道判均由兩部分組成，即是判題與判詞。判題爲對糾紛、訴訟之起因，以及當事人雙方所持之立場、態度之簡述；判詞是仲裁人即判官，依法律文、道德原則、世俗人情對糾紛、訴訟所做判斷。判題是判詞歸屬之標識，更是判詞賴以產生之背景、形成之基礎；判詞爲判題定下之糾紛、訴訟之合情入理之最終裁決。如第六道判，判題：〈得景居喪，年老毀瘠，或非其過禮。景云：哀情所鍾。〉：

> 判詞：孝乃行先，則當銜恤；子爲親後，安可危身？景喪則未終，老其將至：懷荼蓼之慕，誠合盡哀；迫桑榆之光，豈宜致毀？所以爰資肉食，唯服麻綫。況血氣之既衰，老夫耄矣；縱哀情之罔極，吾子忍之。苟滅性而不勝，則傷生而非孝。因殺立節，庶畢三年之喪；順變從宜，無及一朝之患。既虧念始，當愧或非。（卷66，頁1380）

夫孝，德之本也。禮記曰：「居處不莊，非孝也；事君不忠，非孝也；涖官不敬，非孝也；朋友不信，非孝也；戰陣無勇，非孝也。」是故百善孝爲先；立德孝爲本。孝親之道大焉，孝經曰：「身體髮膚，受之父母，不敢毀傷，孝

之始也；立身行道，揚名後世，以顯父母，孝之終也。」至於飲食能養，猶其小焉。烏反哺，羊跪乳，人焉能不知孝乎？

　　由判題、判詞可知，景年事已高，於守喪期間，一味沉溺哀傷之中，以致損毀己身，因而引起他人非議，言其哀傷過禮，而傷身非孝道之爲也。「景」字，爲擬判之假設人物。景則以判題中提出「哀情所鍾」；以偏正詞語，言其感傷而無法忘情，以排比句式，敘說己之哀痛。

　　白居易對景之作法，以與肯定，而以兼語關係「誠合盡哀」一語〔註29〕，表明景之孝心。然對其行孝而不知節哀順變、保養自己的做法提出批評。而以二句單句所組成之複合句：「子爲親後，安可危身？」，強調儒家倫理孝道之論，反詰景之行徑是有違倫常？同時，以排比句法明確反對因守喪而毀損身體。

　　首先，就判題而言，其結構模式是多樣，從一百零一道判題，其主要結構模式爲：甲做某某事乙責之甲辭云，或甲做某某事乙不許，甲做某某事乙詰之，甲做某某事，乙做某某事，未知孰是；其次爲甲做某某事，乙不許，甲云；甲做某某事，乙做某某事，丙論之；甲做某某事，乙做某某事，丙請求乙不許；甲做某某事，乙做某某事，甲請某某；甲做某某事，乙做某某事，丙斷之，丁不伏等結構〔註30〕。至於引文所用之結構爲「甲某某乙責之甲辭云」，句式前二句爲四字句「得景居喪，年老毀瘠」，屬偏正詞語表達；末句亦以四字「或非其過禮。景云：哀情所鍾」，偏正詞語結束判題。

　　其次，就判詞而言，其外在形式變化繁富，每一道判詞均由三部分組成：即是開頭、中間、結尾爲其基本結構。若依各部分具體功能而言，開頭往往是斷案者對案件處理之態度或基本原則；中間部分則是斷案者對案件之剖析，由文中可知，白居易以排比句法說明案情；而判文爲對雙方當事人之基本評價，或指責、否定、稱許、或肯定等；結尾則是斷案者對事件之判決。就白居易判詞而言：有開頭、中間、結尾三部分構成爲一完整體係：開頭部分是調和、是基本態度，中間部分則是對案件、糾紛進一步細化以及對當事

〔註29〕張志公：《語法與修辭》（臺北：新學識文教出版中心，1998年10月），頁106。
　　　　「在固定詞組裏，詞與詞的組合一般是比較自由，但有一些詞組，詞與詞的組合是比較固定的，叫固定詞組。它用以表示某些專用的名稱或特定的事物和概念，造句時相當於一個詞的作用。固定詞組種類不少有：專有名稱、術語、習慣用語、成語。「誠合盡哀」爲成語類。
〔註30〕傅興林《白居易散文研究》，頁39～111。

人是非、曲直的細部評論，通常以排比句法論述或敘述句陳事理；結尾部分提出量刑結果，或處理意見。從總體結構而言，開頭統率中間，中間決定結尾，章法前後相呼應。

　　若由上述引文而言，其判詞總體格式為：開頭、結束遵循「開首四個四字句，「孝乃行先，則當銜恤；子為親後，安可危身？」結束為前四字二句「既虧念始，當愧或非。」中間部分以排比句式說明事由，以三組五四字，排比長句、疑問句提問，如：「景喪則未終，老其將至。懷荼蓼之慕，誠合盡哀；迫桑榆之光，豈宜致毀？」而後即以三組六四字，組成排比句長語及疑問句：「所以爰資肉食，唯服麻縷。況血氣之既衰，老夫耄矣；縱哀情之罔極，吾子忍之？」此段以複合長句說理並提問；其次，則是以六句（六六四六四六）總分複句〔註31〕，兼韻文古文體的句法表達〔註32〕：「苟滅性而不勝，則傷生而孝。因殺立節，庶畢三年之喪，順變從宜，無及一朝之患」，如此將道理說清楚，講明白，令人讀來頓覺理所當然，不得不服從。此判詞以四言句居多，這與他所提倡學習《詩經》風格是有關係的，也與文人喜以四字句行文有關係。判詞中尚有六五字句雜入其間，給人情緒交錯的感覺。

　　其次，再以第八十五道判〈得州府貢士，或市井之孫，為省司所詰。申稱：群萃之秀出者，不合限以常科。〉為例：

> 判詞：惟賢是求，何賤之有？況士之秀者，而人其捨諸？惟彼郡貢，
> 或稱市籍：非我族類，則嫌雜以蕭蘭；舉爾所知，安得棄其
> 翹楚？誠其惡於禪敗，諒難捨其茂異。揀金於砂礫，豈為類
> 賤而不收？度木於澗松，寧以地卑而見棄？但恐所舉失德，
> 不可以賤廢人。況乎識度冠時，出自牛醫之後；心計成務，
> 擢於賈堅之中。在往事而足徵，何常科而是限？州申有據，
> 省詰非宜。（卷 67，頁 1416）

由原題所述此判為：地方州府進送京師之鄉貢士中，有人為商賈之子孫，而遭禮部詰難，州府申辯云：「該員於貢士中最為傑出，不應受一般規定之限制，宜以從優審核。」白居易此文即是主張選拔人才「唯賢是求」，因評判州府之

〔註31〕張志公：《語法與修辭》（臺北：新學識文教出版中心，1998 年 10 月），頁 220。「這類複句一般是一個分句總說，幾個分句分說，形成一總分的關係。」

〔註32〕陳滿銘主編：《大學辭章學》（福州：福建人民出版社，2004 年 12 月），頁，304～7。

申辯有據，尚書省之詰難無理。

　　白居易判文以「抑揚起伏，委婉達意」爲務。「申稱群萃之秀出者，不合限以常科」，其中除結語外，每一句都使用疑問詞或關聯詞，頗有文勢跌宕、語義婉轉的審美感受。又此道判詞，以排比句法寫作，爲一篇短小精悍之駁論文。判詞開頭即以兩組四字句，明確提出科舉取士應以「惟賢是求」，正面點出觀點；次則反駁以出身決定去取的主張，語氣堅定而有力，同時以詰問語氣駁斥尚書省不知變通爲才是用的道理。茲進一步說明如次：

　　首先以賢才應當選賢而不應「以賤廢人」，然後以排比、對偶的句式呈現：「揀金於砂礫，豈爲類賤而不收？」、「度木於澗松，寧以地卑而見棄？」並比喻說明道理。再以史證方式說明：引用東漢黃憲爲牛醫之後與西漢桑弘羊爲賈堅之後爲例，說明其出身微賤，卻成爲名士重臣之史實，得出不當「以賤廢人」的結論，頗有高屋建瓴，一氣呵成。

　　總之，白居易《百道判》之文有長短句式之搭配、組合，而以排比句爲主要陳述；同時大量引用疑問句、反問句、感嘆句等穿插、交錯的排比句法中，形成《百道判》文勢跌宕生姿，表情達意委婉曲折之創作特色。

三、問答句

　　白居易《策林》七十五篇，是唐文中久負盛名的鴻篇巨製。白居易於《策林序》言：「元和初，予罷校書郎，與元微之將應制舉。退居於上都華陽觀，閉戶累月，揣摩當代之事，構成《策林》七十五門。及微之首登科，予次焉，凡所應對者，百不用其二，其餘自以精力所致，不能棄捐，次而集之，分爲四卷，命曰策林云耳。」是知白居易之創作態度是極嚴肅而認眞的，他所付出的時間與精力，也教人肅然起敬。

　　劉勰《文心雕龍‧事類》云：「是以屬意立文，心與筆謀，才爲盟主，學爲輔佐，主佐合德，文采必霸；才學褊狹，雖美少功。……夫經典沈深，載籍浩瀚，實群言之奧區，而才思之神皋也。揚班以下，莫不取資，任力耕耨，縱意漁獵，操刀能割，必列膏腴，是以將贍才力，務在博見。」〔註33〕白居易《策林》的創作正是合乎此要求。任何一位對白居易生平、思想、文論、文學感興趣的學者，都很重視白居易《策林》的創作。因爲《策林》之作是

〔註33〕劉彥和：《文心雕龍》（臺北：臺灣開明書店印行，1972 年 10 月），卷 8，頁10。

研究白居易早年的政治思想最重要的資料之一。如第十二篇〈政化速成〉由不變禮，不易俗云：

> 夫欲使政化速成，則在乎去煩擾，弘簡易而已。臣請以齊、魯之事明之。臣聞：伯禽之理魯也，變其禮，革其俗，而三年政成。太公之理齊也，簡其禮，從其俗，五月而政成。故周公歎曰：「夫平易近人，人必歸之。魯後代其北面事齊矣。」此則煩簡遲速之效明矣。伏惟陛下鑒之？」（卷62，頁1298）

小注字中之「由不變禮，不易俗」即是文中所云「簡其禮，從其俗」，其心意即是對前朝實踐此政策予以肯定。對先朝善良「禮俗」的典範應繼承而擴大之，不必刻意求新求變，擾亂民心，此乃為政之道。白居易處世旨歸崇尚黃老，故而思想常有與民休息之觀念，由〈政化速成〉文中可見其端倪。白氏通過對「變禮革俗」與「簡禮從俗」所取得的不同政績先予對比，再提出他的見解。同時以黃老治術為其核心思想，以「去煩擾，弘簡易」作為「政化速成」的依據與推崇。

「夫欲使政化速成，則在乎去煩擾，弘簡易而已」，句中「夫」為指示形容詞，亦可作「語中助詞」〔註34〕用，「則」為連詞，表示承接關係，用在分句之間，表前後兩項事理互相關聯，即由條件推及結果〔註35〕；此處係連接「去煩擾，弘簡易」，而「去煩擾，弘簡易」為兩句動詞賓語。臣請「以齊、魯之事明之」中之「以」，為動詞主謂語，是「臣」之賓語。

臣聞：「伯禽之理魯也，變其禮，革其俗，三年而政成」，與「太公之理齊也，簡其禮，從其俗，五月而政成」；是寬對之對偶兼排比句，是以兩個複合句組成之並列關係〔註36〕。文中引用典故如「伯禽、太公」、「齊、魯」、「變禮、從俗」人事物，以說明為政之要。文末則以感嘆語為句首：「故周公嘆曰：『夫平易近人，人必歸之。魯後代其北面事齊矣！此二煩簡遲速之效明矣。』」用典是以周公開首，並以嘆詞引導，次以頂針句說明事由；而以齊、魯兩國

〔註34〕劉淇：《詞詮》（臺北：臺灣商務印書管印行，1977年1月），卷1，頁43～5。

〔註35〕陳霞村、左秀靈編：《古代漢語虛詞類解》（臺北：建宏出版社，2001年7月），頁615。

〔註36〕張志公：《語法與修辭》（臺北：新學識文教出版中心，1998年10月），頁265。「並列關係的句組，幾個句子分別說明或闡述相關的幾件事情，幾種情況；或從幾個方面說明、闡述一件事情，一種情況。各個句子之間形成並列平行關係，它們沒有主次之分。」

做爲事證，以「魯」之小國事大國「齊」，兩國以和平共處，並無紛爭，一切以百姓安居爲務。引用此例旨在說明煩簡遲速之要方，在於安定民心，爲政以簡易爲尚耳！其次，白居易以三個複句結束本文，其中「平易近人，人必歸之」爲兼語關係句，「魯後代其北面事齊」是一句爲偏正複詞（亦可謂固定詞組中之專用名稱詞）〔註37〕；「此則煩簡遲速之效明矣」，則是肯定句，「此則」爲連詞，連接「魯后代其北面事齊矣」，同時爲「煩簡遲速」偏正短語，及「之效明矣」賓語之連接詞〔註38〕。

由上例證，可知白居易之古文善於從人、事、物正面進行思考，由點而後是線、面的連接，既可避免片面、狹隘；亦以客觀、公允、正向說明，使人於辯證中加深印象，完全信服其論述；又白居易所應用之章法，是以問答句寫作，「一問一答」，其變化則爲語句之應用，如同面對面，與人有真實感。

再以《策林》第十四篇〈辨興亡之由「由善惡之積」〉爲例，亦採問答句式行文。問：「萬姓親怨之由，百王興亡之漸，將獨繫於人乎？抑亦繫於君乎？」以萬民百姓親附或者怨懟的起因，爲歷代帝王興盛或衰亡的關鍵，繫於百姓？抑或繫於君王？連用二句提問句，而後以回答方式行文。答曰：

> 臣觀前代：邦之興，由得人也；邦之亡、由失人也。得其人，失其人，非一朝一夕之故，其所由來者漸矣。天地不能頓爲寒暑，必漸於春秋；人君不能頓爲興亡，必漸於善惡。善不積，不能勃焉而興；惡不積，不能忽焉而亡。善與惡，始繫於君也；興與亡，終繫於人也。

> 何則？君苟有善，人必知之。知之又知之，其心歸之。歸之又歸之，則載舟之水，由是積焉。君苟有惡，人亦知之。知之又知之，其心去之。去之又去之，則覆舟之水，由是作焉。故曰：至高而危者，君也；至愚而不可欺者，人也。

> 聖王知其然，故則天上不息之道以修己，法地下不動之德以安人。修己者，慎於中也，慄然如履春冰。安人者，敬其下也，懷乎

〔註37〕 張志公：《語法與修辭》（臺北：新學識文教出版中心，1998 年 10 月），頁 220。

〔註38〕 何永清：《現代漢語語法新探》（臺北：臺灣商務印書館，2008 年 11 月）「補語常由謂語詞性詞語充當，賓語常由名詞性詞語充當；如果謂詞性詞語充當賓語，通常要求述語是表心理活動、表感知、表開始或結束、表對待處理之類的詞。」，頁 168。

若馭朽索。猶懼其未也，加以樂人之樂，人亦樂其樂；憂人之憂，
人亦憂其憂。憂樂同於人，敬慎著於己，如是而不興者，反是而不
亡者，自生人已來，未之有也。臣愚以爲百王興亡之漸，在於此也。

（卷 62，頁 1300～1301）

此文說明「興亡之由，乃善惡之累積所至；始繫於君王，終繫於百姓」，此乃行文之旨趣。白居易認爲國家興亡，是由得民心或失民心，實者根源於君王。文章以三段式呈現，首先立論，表明己見，以「民心向背」爲務，而人心向背又以國君善惡累積爲要。並以比喻方式說明，以天地寒暑不能頓至，乃春秋之漸也，非突然頓至也。語句的應用以排比句爲主，以正反對說，將道理完全明確的表達出來。次段則以疑問句起，而後論述善惡繫於君，興亡則繫於民。以「水」比喻爲百姓，以「高」而危比喻國君，說明善惡與民心向背有關。

末段則提出君王應以「修己」、「安人」爲務，「愼於中」、「敬其下」爲主；同時應與百姓同憂樂，方能使國家興盛。由此文可知白居易之觀點，即尖銳提出國家滅亡是君王自己推翻自己，於當時而言，白居易此段立論眞有洞燭機先之能事。

白居易文章醇正流暢，語言平易，論述深刻。其中大量運用《詩經》、子部、史部的事理與語詞，亦有應用當代明君賢臣所用之詞句，如水舟、朽索之喻即是〔註39〕，更增強文章之說服力。

四、陳述句

所謂陳述句，是用概括的語言文字，對人物、事件與事物予以說明、交代，又稱「敘述句」。奏狀是一種向上級說明事實陳述意見之文書。

白居易奏狀書寫，爲政論文體之一種，就古文創作而言，獨樹一格，故有傑出成就。其奏狀之寫作有：層次清晰，說理透闢；言舒調緩，情激氣盛；亦駢亦古，駢古相間；隨物賦情，便巧生新等特色。今以〈初授拾遺獻書〉一文剖析於後：元和三年戊子（西元 808 年），白居易三十七歲，住長安新居

〔註39〕〔後晉〕劉昫：《舊唐書·魏徵傳》（臺北：鼎文出版社，1979 年 12 月）：「怨不在大，所畏惟人，載舟覆舟，所宜深慎。奔車朽索，其可忽乎！」又見吳兢撰，謝保成集校：《貞觀政要集校·卷一》，北京：中華書局 2007 年 7 月，頁 34「臣又聞古語云：『君，舟也；人，水也。水能載舟，亦能覆舟。』陛下以爲可畏，誠如聖旨。」，卷 71，頁 2552。

里。四月，爲制策考官。二十八日，除左拾遺，依前充翰林學士。而上書撰寫謝狀：以一個時間副句開首，而再以一長串陳述、表態、祈使等句式表達其心意〔註40〕：

> 五月八日，翰林學士、將仕郎、守左拾遺臣白居易頓首，謹昧死奉書於旒扆之下：臣伏奉前月二十八日恩制，除授臣左拾遺，依前充翰林學士者。臣與崔群同狀陳謝，但言忝冒，未吐衷誠。今者再黷宸嚴，伏惟重賜覽。（卷58，頁1228）

此段文字，感情眞實、語氣輕重有序，如流水般宣洩而下；以陳述句的方式道出心意，語氣平和，既感謝憲宗提攜，並說明獻書之理由。其次，以宣言方式敘述其心意：

> 臣謹按《六典》：左右拾遺掌供奉、諷諫，凡發令舉事，有不便於時，不合於道者，小則上封，大則庭諍。其選甚重，其秩甚卑。所以然者，抑有由也。大凡人之情，位高則惜其位，身貴則愛其身。惜位則偷合而不言，愛身則苟容而不諫，此必然之理也。故拾遺之置，所以卑其秩者，使位未足惜，身未足愛也。所以重懷選者，使上不忍負恩，下不忍負心也。夫位未足惜，恩不忍負；然後能有闕必規，有違必諫：朝廷得失無不察，天下利病無不言，此國朝置拾遺之本意也。由是而言，豈小臣愚劣闇懦所宜居哉？（卷58，頁1229）

白居易以陳述句，直率平實筆法，將其心中想法表達出來。先列舉朝廷典章，同時提出對左拾遺小官之功能，與其從事此職務之態度。再者，以對偶句、長句陳述，明顯以長短句式行文，語調平和，音節舒緩，鬆弛有致。而後以四字爲主體，並以對偶句說明心意；再以長句感謝皇恩之深重，表達內心之感激，表明居官之態度。文云：

> 況臣本鄉里豎儒，府縣走吏，委心泥滓，絕望煙霄；豈意聖慈，擢居近職。每宴飫無不先及，每慶賜無不先霑；中廐之馬代其勞，內廚之膳給其食。朝慚夕惕，已逾半年。塵曠漸深，憂愧彌劇。未伸微效，又擢清班。臣所以授官已來，僅將十日：食不知味，寢不遑安；唯思粉身，以答殊寵，但未獲粉身之所耳。今陛下肇建皇極，

〔註40〕張志公：《語法與修辭》（臺北：新學識文教出版中心，1998年10月），頁153。「陳述、疑問、祈使、感嘆等句式不同，它的功能、感情色彩、語氣輕重就有差別。」

初受鴻名。夙夜憂勤，以求致理。每施一政，舉一事，無不合於道，便於時；故天下之心，顒顒然日有望於太平也。然今後萬一事，有不便於時者，陛下豈不欲聞之乎？萬一有不合於道者，陛下豈不革之乎？

候陛下言動之際，詔令之間，小有遺闕，稍關損益；臣必密陳所見，潛獻所聞，但在聖心裁斷而已。臣又職在中禁，不同外司；欲竭愚衷，合先陳露。伏希天鑒，深察赤誠。無任感恩欲報，懇款屏營之至！謹言。（卷58，頁1229）

此段以形式相同、意義相似的句法呈現，以陳述語句表達其意：「況臣本鄉里豎儒，府縣走吏，委心泥滓，絕望煙霄。豈意聖慈，擢居近職，每宴飫無不先及，每慶賜無不先霑。」一氣揮灑，聯貫滾下，並用筆勢奔湧、銳不可當之疊敘法呈現。〔註41〕

白居易為感動憲宗之心，再次以排比、疑問口氣及否定句式表達其心意：「然今後萬一事有不便於時者，陛下豈不欲聞之乎？萬一有不合於道者，陛下豈不欲革之乎？」此段雖是假設性提問，目的無非是要陛下有決心從政。

文末白居易再以赤誠之心，期待皇上能察納雅言，開張聖聽，而以陳述句的方式表達：「候陛下言動之際，詔令之間，小有遺闕，稍關損益，臣必密陳所見，潛獻所聞。但在聖心裁斷而已。臣又職在中禁，不同外司。欲竭愚衷，合先陳露。伏希天鑒，深察赤誠。無任感恩欲報，懇款屏營之至，謹言。」此段語氣直率，寫出奔迸之感情，劈空而來，一瀉無餘，使語勢遒勁而見忠誠。〔註42〕

由本文可知，白居易用字遣詞，十分清晰明白，文中用「者、也」等語助詞大量應用，更使語氣、節奏有致；同時為調理節奏，乃化駢句為古句。其次，再以肯定句、陳述、對偶、排比等句式說明左拾遺官之卑微，不為人所重視；但有感於皇恩，白居易必然盡其所能「為君、為國、為民」發言，提出意見。文中處處表現其為國之赤誠：一者感激憲宗皇帝之提攜，二者恪盡職責，不嫌官卑微，事無不言，湔刜抉摩，為國效命。

就內容而言，有感謝皇恩、粉身報效之意。白居易以朝廷典制與個人立

〔註41〕黃永武：《字句鍛鍊法》（臺北：臺灣商務印書館印行，1969年8月），頁44。
〔註42〕何永清：《現代漢語語法新探》（臺北：臺灣商務印書館，2008年11月），頁49。

場陳述，並以要職、選重、恩深三方面行文，寫來情眞意切，不落俗套。先舉《六典》關於拾遺品級與職責之規定，說明拾遺位卑而責任重，爲其本意。其次，爲擔任此一職務之人既不愛惜官位，亦不顧自身利害關係；而是感激皇帝恩寵與信任，敢於直言進諫。而後說明自己由州縣小史提拔爲拾遺之經歷，感激皇帝知遇之恩，從而表達自己忠實履行拾遺職責之決心。綜觀白居易爲官後的行徑，確實如此。

又如〈舉人自代狀〉：「右，臣伏准建中元年正月五日勅：文武常參官上後三日，舉一人自代者。」此爲定型式之公文，而後所申論即是白居易所要申述者，文曰：「右，臣伏准建中元年正月五日敕：文武常官上後三日，舉一人自代者。伏以前件官、有辯政之學，有體要之文；文可以掌王言，學可以待顧問。」先是陳述句而後以頂眞句、陳述句說事由；再以陳述句深入說明：「名實相副，輩流所推；選備侍臣參知制命，酌其宜稱，誠合在先。臣既諳詳，輒舉自代。謹具聞薦。伏聽勅旨。」狀末則是程式化的結語：「長慶元年，正月四日，新授朝議郎、守尚書主客郎中、知制誥臣白居易狀奏。」（卷 60，頁 1265）此狀文爲白居易針對主持考科官員與應舉之舉人，受懲罰後而提出個人之見解，並爲之辯護。白居易此奏狀論辯精闢，文章之結構採問答式進行，文句以長短、陳述、排比句型寫作，層次分明，說理清晰。

其次，是白居易書牘的寫作，仍以平易自然、眞情流露，爲其行文特色。書牘爲書信之總稱，乃實用文中最重要之一種。蓋書以代言，言以達意，良朋遠隔，積想爲勞，苟非信札往還，將何以溝通彼此之間情感？白居易文集中，與友人書信往來之作，有〈與楊虞卿書〉、〈與陳給事書〉、〈爲人上宰相書〉、〈與元九書〉、〈答戶部崔侍郎書〉、〈與濟法師書〉、〈與微之書〉、〈與劉蘇州書〉等篇章。

白居易書信之作皆以陳述句法，將其心中情感表露無已。如〈答戶部崔侍郎書〉云：「首垂問以鄙況。鄙況不足云，蓋默默兀兀。委順任化而已。次垂問以體氣。除舊目疾外，雖不甚健，亦幸無急病矣。次垂問以月俸，月俸雖不多，然量入以爲用，亦不至凍餒矣。又垂問以舍弟。渠從事東川，近得書，且知無恙矣。終垂問以心地。」（卷 45，頁 967～968）此封書信，爲白居易貶官至江州時，崔群寫信給白居易問其生活狀況，白居易回信，敘述在江州生活情況。

白居易書牘之寫作，除〈與元九書〉爲文學之陳述外，其他各篇皆爲個

人情感敘述之寄託，而〈與元微之書〉最爲後人所推崇，今以此書爲例，說明如次：

　　元和年間，白居易與摯友元稹，貶官千里之遙，一南（爲白居易，貶至江州）一北（爲元稹貶至通州），三年不見，能不感歎！元、白兩人，同登科第，交情最爲深厚；於詩文上，兩人時相唱和，世稱元白，並爲中唐詩家。白居易謫貶江州時，元稹亦貶官通州，常以詩歌往來，不以千里爲遠。〈與元微之書〉，爲兩人貶官後之三年，所書寫的信件。文云：

　　　　四月十日夜，樂天白。微之微之！不見足下面，已三年矣。不得足下書，欲二年矣。人生幾何？離闊如此！況以膠漆之心，置於胡越之身；進不得相合，退不能相忘。牽攣乖隔，各欲白首。微之！微之！如何如何！天實爲之，謂之奈何！

本段以「離闊如此」之「離」字爲線眼，追敘生平之交情，暢論目前之處境，在在都發自內心，寫出眞情至性之文字，令人心動不已。先行泛說交情，以「四月十日夜，樂天白」點出寫信之時間；以二個否定、量詞、感歎句，敘離別之情，「不見足下面已三年矣！」「不得足下書欲二年矣！」文端連呼「微之，微之」頗有抱怨上天不能成人之美，將滿腔情感傾瀉；預爲下文「牽攣乖隔」埋伏筆。同時以「人生幾何，離闊如此：收離別時間一節，明示感傷之原因，並開啓下文。〔註43〕以「平生交分」，分心理、落實二方面敘說。以二個錯綜、否定句「況以膠漆之心，進不得相合」，承「置於胡越之身」，由「況」字承上啓下；「膠漆」明著交情之友好。再以「置於胡越之身，退不能相忘」承「膠漆之心」，加強心中痛苦之感受，亦是抒發感慨。此時白居易與元微之分別貶官在江州、通州，相去遙遠，無法天天見面；固有「胡越」二字，以增苦楚。亦有「牽攣乖隔，各欲百首」收平生交分，寫心中之矛盾與無奈之情感。最後以二個重複〔註44〕、連呼、一個實句收束全段：「微之，微之，如何！如何！天實爲之，謂之奈何！」短短數語，連作三層深入；至「謂之奈何」戛然而止，意境儲然搖曳，發人感慨。白居易雖被貶官，且與元稹「牽攣乖隔」；但能順處逆境、隨遇而安，從三泰中表現出豪放、曠達之心胸，

〔註43〕楊鴻銘：《歷代古文析評・唐宋之部》（臺北：文史哲出版社，1984 年，12 月），頁 173～186。

〔註44〕蔡謀芳：《表達的技巧・語法十七講》（臺北：文津出版社有限公司，1998 年 10 月），頁 130。「重複：是指用詞重複之意。兩個詞的意涵全同，而出現在同一句之中，就是重詞。」

誠屬難得。第二段文曰：

> 僕初到潯陽時，有熊孺登來，得足下前年病甚時一札。上報疾
> 狀，次敘病心，終論平生交分。且云：危惙之際，不暇及他；唯收
> 數帙文章，封題其上，曰：「他日送達白二十二郎，便請以代書。」
> 悲哉！微之於我也，其若是乎？又睹所寄聞僕左降詩云：「殘燈無焰
> 影幢幢，此夕聞君謫九江。垂死病中驚坐起，闇風吹雨入寒窗。」
> 此句他人尚不聞，況僕心哉？至今每吟，猶惻惻耳！且置是事，略
> 敘近懷。

以具體事跡，信、詩，詳敘交情。「僕初到潯陽時，有熊孺登來，得足下前年病甚時一札」，寫書信時間、使者「初到潯陽」、「熊來登」，寫信背景「病甚時」；內容為「上報疾狀」：照應上文「病甚時」，「次敘病心」暗點交情；「終論平生交分」，明示交情。「危惙，不暇及他」：照應「病甚時」，「不暇及他」懸宕文意，為下文「惟收數帙文章，他日送達白二十二郎，便請以代書」蓄積文氣。其次是詩句「殘燈無焰影幢幢」，「殘燈無焰」為並列複詞，照應「病甚時」；「影幢幢」以疊字遣詞，承上文而來。「此夕聞君謫九江」為時間、地點副詞，為下文「驚」字埋下伏筆；「垂死病中驚坐起」，表態簡句照應「謫」字，以一強一弱，一揚一抑，凸顯文意；「暗風吹雨入寒窗」，又一句表態句，更讓人見知他與微之之交情。而後以時間副詞說明，當時與現在之感受：「此句他人尚不可聞，況僕心哉？至今每吟，猶惻惻耳」，疊字詞「猶惻惻耳」更增加憂傷之感。以下三段，則是三泰的敘述：

> 僕自到九江，已涉三載：形骸且健，方寸甚安；下至家人，幸
> 皆無恙。長兄去夏自徐州至，又有諸院孤小弟妹六七人，提挈同來。
> 頃所牽念者，今悉置在目前，得同寒煖飢飽。此一泰也。

此段為本文主題，是書信主要部分：首先言自己與親人相聚：以一個時間副詞及二個表態簡句敘述「僕自到九江，已涉三載」、「形骸且健」、「方寸甚安」，言身心平安，不為貶謫憂傷，能以坦然自適，同時為三泰作脈絡。其次，以排比句敘述家人、族人，「下至家人，幸皆無恙」、「長兄去夏自徐州至，又有諸院孤小弟妹六七人，提挈同來」，族人同來相聚，坐享天倫之樂。先自述康健，次說家人無恙，族人同聚；逐步推廣，敘述有層次，表現其愛有差等之思想。以一句陳述長句：「昔所牽念者，今悉置在問前，同寒暖飢飽，此一泰也」，收束本段。「悉置目前」，親人相聚；「得同寒煖飢飽」，同甘共苦；作者

雖然被謫，卻能享受天倫之樂，所以爲一泰也。而後是第二泰的敘述：

> 江州風候稍涼，地少瘴癘；乃至蛇虺蚊蚋，雖有甚稀。溢魚頗
> 肥，江酒極美，其餘食物，多類北地。僕門內之口雖不少，司馬之
> 俸雖不多，量入儉用，亦可以自給；身衣口食，且免求人。此二泰
> 也。

此段是白居易爲微之介紹：生活情境、物質、費用等細瑣小事，以陳述、對
偶句言其二泰之心境。「江州風候稍涼，地少瘴癘」，爲靜態環境；「乃至虺虺
蚊蚋，雖有甚稀」爲動態環境。「溢魚頗肥」、「江酒極美」；「僕門內之口雖不
少」，照應上文「家人、長兄、諸孤院小弟妹五、六人」。「司馬之俸雖不多」，
點出貶官之職；再以並列、錯綜句說明「自給」結束本段：「量入儉用，亦可
自給」、「身衣口食，且免求人」。最後說出三泰，文曰：

> 僕去年秋，始遊廬山，到東西二林間，香鑪峰下，見雲水泉石，
> 勝絕第一。愛不能捨，因置草堂。前有喬松十數株，脩竹千餘竿，
> 青蘿爲牆垣，白石爲橋道，流水周於舍下，飛泉落於簷間；紅榴白
> 蓮，羅生池砌，大抵若是，不能殫記。每一獨往，動彌旬日。生平
> 所好者，盡在其中。不唯忘歸，可以終老。此三泰也

白居易以景色怡人敘述第三泰：先說明建草堂動機、時間、地點、原因，以
多重複句 [註45] 敘述：「僕去年秋，始遊廬山，到東西二林間，香鑪峰下，見
雲水泉石，勝絕第一。愛不能捨，因置草堂。」而後概述草堂環境：前院、
牆垣、橋道、周圍、池塘，以並列複句陳述 [註46]：「前有喬松十數株，修竹
千餘竿；青蘿爲牆垣，白石爲橋道；流水周於舍下，飛泉落於簷間；紅榴白
蓮，羅生池砌；大抵若是，不能殫記」。本段全以陳述句（敘述句）描寫自然
景觀，襯托周圍環境，並照應上文「始遊廬山」之「始」，點出原趣；而以「大
抵若是，不能殫記」，收束草堂環境。最後作者以遊賞情形，告知微之，以草
堂環境優美，進一層舖敘心中感受：「每一獨往，動彌旬日，平生所好者，盡

〔註45〕何永清《現代漢語語法新探》（臺北：臺灣商務印書館，2008 年 11 月）「是指
其中至少有一個分句係由複句組成的複句。」，頁 73。又稱「混合複句」，頁
230。又見何容《簡明國語文法》（臺北：正中書局印行，1976 年 12 月）「包
孕、等立、主從三類複句而稱之。」

〔註46〕何永清《現代漢語語法新探》（臺北：臺灣商務印書館，2008 年 11 月）「分句
之間表示並列的事情、對比的事物或並敘幾種平行的情況，這樣的關係構成
的單純複句稱爲【並列複句】。」，頁 212。

在其中，不惟忘歸，可以終老」，再次以多重複句呈現，而以「此三泰也」結束本段。本文的結語是：

> 計足下久不得僕書，必加憂望。今故錄三泰，以先奉報：其餘事況，條寫如後云云。微之！微之！作此書夜，正在草堂中山窗下，信手把筆，隨意亂書，封題之時，不覺欲曙，舉頭但見山僧一、兩人，或坐或睡。又聞山猿谷鳥，哀鳴啾啾。平生故人，去我萬里；瞥然塵念，此際暫生。餘習所牽，便成三韻，云：「憶昔封書與君夜，金鑾殿後欲明天，今夜封書在何處？廬山菴裏曉燈前。籠鳥檻猿俱未死，人間相見是何年？」

> 微之！微之！此夕此心，君知之乎？樂天頓首。（卷45，頁972～973）

以「計足下久不得僕書，必加憂望」爲首起句，以己之心揣度微之，並以「今錄三泰，以先奉報」，收束上文三泰文字。其次以「其餘事況，條寫如後云云」，開文章之餘波。「作此書夜，正在草堂中，山窗下」，言其時間、地點；以實句「信手把筆，隨意亂書」，寫出完成書信之時間：「封題之時，不覺欲曉」，此句「爲情造文」，表露眞性情不造作。而後再以表態長句說出自己之感受：「舉頭但見山僧一、兩人，或坐或睡；又聞山猿谷鳥，哀鳴啾啾。平生故人，去我萬里。〔註47〕瞥然塵念，此際暫生。餘習所牽，便三韻云」以陳述句作結尾前的簡述，以「餘習所牽，便成三韻」開啓下文。

先以敘述句寫封書之時間、地點爲：「憶昔封書與君夜，金鑾殿後欲明天。」是以昔日來呈現；再以設問、肯定句書寫：「今夜封書在何處？廬山菴裏曉燈前」有今昔之對比；末以感嘆、設問句結束本詩：「籠鳥檻猿俱未死，人間相見是何年？」如此反問，便使詩歌餘韻不盡，文意宕漾不已。文末再以追敘肯定、設問：「微之，微之此夕此心，君知之乎？」反詰語氣收束全文，頗有無從說苦，惟有對天長歎之悲情。

五、對偶句

白居易古文的創作，於《百道判》、《策林》、《奏狀》、《賦文》與記序、雜記等，常以對偶句抒情、寫志、記事；尤其賦文之寫作，最善用對偶句。

〔註47〕何永清《現代漢語語法新探》（臺北：臺灣商務印書館，2008年11月）「是用來表示人、事、物的狀態的句子，又稱【描述句】。」，頁187。

唐代律賦以講究聲韻整齊、對仗之駢儷與開闔扣題爲基本特徵，它所以能盛行於中唐，主要是因爲：政治、經濟之故；而爲士人樂於爲之者，即是科舉考試制度之實施。唐之律賦因科舉之故，遂淡化魏晉南北朝賦中濃烈之抒情色彩。

律賦是唐賦相異於歷代賦之新變體，它不同於宋代之文賦。律賦非創新，而是採魏晉小賦之形式，講究駢儷聲韻之美，它是有一定格律之賦體，亦如詩體之有律詩，並加以推廣應用。將賦體中之抒情予以淡化，而以說理方式、格式化爲其特徵。

唐人試賦極重破題，白居易〈性習相近遠賦〉云：「噫！下自人，上達君。德以慎立，而性由習分。」即爲最佳之破題法。〔註48〕又見賦話卷二云：「白居易〈動靜交相養賦〉云：『所以動之爲用，在氣爲春，在鳥爲飛，在舟爲楫，在弩爲機，不有動也，靜將疇依？所以靜之爲用，在蟲爲蟄，在水爲止，在門爲鍵，在輪爲柅，不有靜也，動奚資始？』超超玄著，中多見道之言，不當徒以慧業文人相目；且通篇局陣整齊，兩兩相比，此調自樂天創爲之，後來制義分股之法，實濫觴於此種。」〔註49〕此段文字，蓋云明清八股文即始於此也。今特以白居易〈賦賦〉以「賦者古詩之流」爲韻爲例，分析於後：

> 賦者，古詩之流也。始草創於荀、宋，漸恢張於賈、馬。冰生乎水，初變於《典》、《墳》；青出於藍，復增華於《風》、《雅》。而後諧四聲，祛八病，信斯文之美者。我國家恐文道寢衰，頌聲凌遲；乃舉多士，命有司；酌遺風於三代，明變雅於一時。全取其名，則號之爲賦；雜用其體，亦不出乎詩。四始盡在，六義無遺。是謂藝文之儆策，述作之元龜。
>
> 觀夫義類錯綜，詞采舒布；文諧宮律，言中章句。華而不豔，美而有度。雅音瀏亮，必先物體以成章；逸思飄颻，不獨登高而能賦。其工者，究筆精，窮指趣；何慚〈兩京〉於班固？其妙者，抽秘思，騁妍詞，豈謝〈三都〉於左思？掩黃絹之麗藻，吐白鳳之奇姿；振金聲於寰海，增紙價於京師。則〈長揚〉、〈習獵〉之徒胡爲比也，〈景福〉、〈靈光〉之作未足多之。所謂立意爲先，能文爲主；炳如績素，鏗若鐘鼓。郁郁哉！溢日之黼紱；洋洋乎！盈耳之《韶》、

〔註48〕〔清〕李調元：《賦話》（臺北：世界書局，1962年），卷1，頁22。
〔註49〕〔清〕李調元：《賦話》（臺北：世界書局，1962年），卷二，頁44～5。

《護》。信可以凌練《風》、《騷》，超軼今古者也。

　　今吾君網羅六藝，淘汰九流；微才無忽，片善是求。況賦者，《雅》
之列，《頌》之儔；可以潤色鴻業，可以發揮皇猷。客有自謂握靈蛇
之珠者，豈可棄之而不收？（卷38，頁877～878）

唐代科舉考試，試賦詩各一，詩五言六韻，韻母由官方規定。賦之押韻有限
制，一般爲八韻，亦有四、五、六、七韻，通常出一句古語作韻字，字數以
四百字爲限〔註50〕。此賦以「賦者古詩之流」爲韻，實際押韻次之序爲者、
詩、賦、之、古、流（按：「賦」屬去聲七「遇」韻；「者」屬上聲二十一「馬」
韻；「古」屬上聲七「麌」韻；「詩」、「之」並屬上聲四「支」韻；「流」屬下
平聲十一「尤」韻），並未依原順序應用，然仍依次遞用，講究平仄相間。

　　此賦分三部分。第一部分由「賦者，古詩之也……」至「……述作之元
龜」，共用「者、詩」兩字韻，先敘賦體由來，再敘朝廷科舉試賦之意義。文
中「酌遺風於三代，明變雅於一時。全取其名，則號之爲賦；雜用其體，亦
不出乎詩。四始盡在，六義無遺。是謂藝文之徽策，述作之元龜。」爲說理
之陳述，並肯定賦之價值，再以多重複句，說明賦與詩經之關係。白居易特
以賦爲詩的流之觀點寫作，此與其爲文之主張有關；先言賦之演變，由詩而
來，並道出律賦之形成；始於沈約四聲、八病之拘，復因徐、庾隔句作對之
陋，終成隋唐取士限韻之制。

　　第二部分，由「觀夫義類錯綜，詞采舒布……信可以凌練風騷。超軼今
古者也。」爲本篇賦之主體，用二韻，「賦、之、古」三字韻。本段文句全以
陳述、敘事、複句句型與典故應用行文，如〈兩都〉、〈三都〉、〈釀揚〉、〈羽
獵〉、〈景福〉、〈靈光〉等即是；又以兩兩相對爲文如：「何慚〈兩都〉於班固」、
「豈謝〈三都〉於左思」、「掩黃絹之麗藻，吐白風之奇姿」、「振金聲於寰海，
增紙價於京師」等，以對偶句技巧論述賦之特點，以符合律賦的要求。白居
易之賦作，爲求字句工整，常雜入五、七言於句中，於對句、押韻處隨時可
見；同時擅以比喻形容，如「炳如繢素，鏗若鐘鼓。郁郁哉！溢目之黼紱；
洋洋乎！盈耳之韶護。」

　　第三部分「今吾君網羅六藝，淘汰九流；微才無忽，片善是求。況賦者，

〔註50〕李曰剛：《辭賦流變》（臺北：文津出版社，1987年2月）「初唐人排律，不過
　　　　六韻八韻，杜陵始有長篇。至元白而沾沾自喜，動則百韻矣。唐時律賦字有
　　　　定限，鮮有過四百者，馳騁才情，不拘繩尺，亦元白爲然。」，頁82。

《雅》之列，《頌》之儔；可以潤色鴻業，可以發揮皇猷。客有自謂握靈蛇之珠者，豈可棄之而下收？」也以對偶句組合表達其意，而以押「流」字爲韻腳，以符合用韻的要求。此外，白居易又以古文句法陳述賦之功能，而後以單、複二種句型，敘述賦對收羅人才、有助朝政之重要意義，收束全篇。

白居易此賦之寫作，不只是鼓吹詞采聲律，但所推崇的在於賦的「指趣」、「秘思」，並明確提出作賦「立意爲先，能文爲主」，仍不離劉勰《文心雕龍・詮賦》篇所云：「文雖新而有質，色雖糅而有本，此立賦之大體」他論賦體，首重思想內容，這與他的文學理論是一致的，也就是「文章合爲時而著，歌詩合爲事而作」。文末以能作賦也是人才，何況賦尚可潤滋朝政、爲帝王謀策略，帝王豈能「棄之而不收」，此蓋白居易切盼帝王能予以提攜也。

第四節　八種修辭技巧

白居易所處時代，正是古文運動積極發展之時代。白居易是傑出現實主義之詩人。文集中除詩歌外，其古文的創作有八百五十四篇之多，其文體則有：銘贊箴謠偈、哀祭文、墓誌銘、記序、書序、頌議論狀、策問、奏狀、判、賦等。白居易文備各體，於當代作家而言，誠爲多產之作家。本文之撰寫參考《唐代文選》、《白居易詩文選注》、《新譯白居易詩文選》、《歷代古文析評・唐宋之部》、《古代古文鑑賞辭典》、《古文鑑賞辭典》、《歷代辭賦辭典》、《修辭學》、《詞詮》等書。

白居易古文以平易親切、用語淺近爲其特色；其古文寫作不完全以形式美，或語言精緻之應用爲主，亦與其人格修養、人生體驗有極大關係。今就其中碑銘、書、序、記、賦、及進士策問等類古文寫作，概述修辭技巧如下：

一、類疊

同一個字詞或語句，在語文中接二連三地及復出現的修辭方法，是爲「類疊」。白居易於其文中經常應用類疊字句陳述，有疊字、類字、疊句、類句四種句型。

（一）疊字：

白居易善用疊字，其所用之疊字，有時狀聲音或顏色出現，有時形容形態，有時描寫神情，有時摹肖口吻，令人有栩栩如生之感，尤以碑銘文、書

信之寫作爲最。如〈淮南節度使檢校尙書右僕射趙郡李公家廟碑銘并序〉，整篇文章中疊字共有五處，茲引其中片段爲證：

> 祭祀從貴，爵土有秩；諸侯之廟，一宮三室。皇皇西室，皇祖
> 中書；孝孫追遠，昭穆有初。顯顯中室，王父埒令；順孫祇享，盡
> 殼盡敬。肅肅東室，先考晉陵；嗣子奉焉，孝思蒸蒸。嗣子其誰？
> 僕射公垂。公垂翼翼，齋嚴諒直。（卷 71，頁 1493）

此銘作於會昌元年（西元 841 年），年七十，居洛陽，爲太子少傅分司東都洛陽。文題之「李公」爲李德裕，則知元和十四年所除乃右拾遺內供奉，入翰林時始眞授。又如〈與楊虞卿書〉所云：「苟有所見，雖畎畝皂隸之臣，不當默默；況在班列，而能勝其痛憤耶？……且浩浩者，不酌時事大小，與僕言當否，……爲我悒悒鬱鬱長太息者也……凡此數者，皆可以激揚頹俗，表正士林。斯僕所以響慕勤勤，豈敢以骨肉之姻，形骸之舊爲意哉？（卷 44，頁 946～949）此書即貶官之次年所作，年四十五，是從江州寄楊虞卿追述當時之事，而悒鬱之情溢於文中。由書中不難發現其情緒之激動，故有憤憤不平之言，而以疊字句法行文，將其心中之壘塊完全宣洩。

又如〈唐江州興果寺律大德湊公塔碣銘〉云：「本結菩提香火社，共嫌煩惱電泡身。不須戀戀從師去，先請西方作主人。（卷 41，頁 917）此銘作於元和十二年（八一七），年四十六，時任江州司馬。如此頻繁用疊字句法寫作，在白居易古文中不勝枚舉，尤其在其碑誌文中屢屢出現，蓋其情眞意摯使然！

（二）類字：

類字同一個字詞或語句，在語文中接二連三反復出現的修辭方法，是爲「類疊」。類疊使詞面整齊，其主要作用：（1）突出思想感情。（2）增添文辭美感。白居易於碑銘、誌祭文中應用類字句型最爲頻繁。如：〈故饒州史吳府君神道碑銘〉云：「若有人與群動處一代間：彼爲彼，我爲我，不自潔，不自污，不巢許，不伊呂，水其心，雲其身，浮沉消息，無往而不自得者，其達人乎！」（卷 69，頁 1447）文中之「我」、「彼」、「不」等用字，配合長短排比句型，讀罷更讓人不捨，不知不覺中流露同情之意！又如〈三遊洞記序〉：

> 酒酣，聞石間泉聲。因捨棹進策，步入缺岸。初見石如疊如削，
> 其怪者如引臂，如垂幢。次見泉，如瀉如灑。其奇者如懸練，如不
> 絕縷。遂相與維舟巖下，……俄而峽山昏黑，雲破月出，光氣含吐，
> 互相明滅，晶熒玲瓏，象生其中；雖有敏口，不能名狀。……故目

爲三遊洞。洞在峽州上二十里北峰下，兩崖相歆間，欲將來好事者
知，故備書其事。（卷43，頁941）

此序作於唐憲宗元和十四年（西元819年），年四十八，時由江州司馬轉忠州
刺史。江州三年「天涯淪落人」之苦悶生活結束，近半百之詩人依然悵然若
失，面對火紅刺史袍而發出「繼使花袍紅似火，其如蓬鬢白成絲」之感嘆。
同年三月，白居易偕弟行簡自潯陽順長江上浮，舟至夷陵，偶遇元微之，此
一對同理想、同遭遇而相知甚深之老友，四年後竟然於此相會，其喜悅驚訝
是無法用言語形容。兩人豪飲暢談，互道別後情況，達旦通宵。臨行分手前
夕，三人於西陵峽口下牢津發現一路洞，景色奇絕，共遊各賦一詩題於壁上，
並由白居易作序記之，即「三遊洞序」也。

（三）疊句：

疊句同一語句連接使用，或稱之爲「接連返復」。疊句往往用以表現深切
之感觸，而使語氣有增強之意。然疊句之應用，可發洩內心深處之感觸，讀
者讀之，亦有深刻之體會，更使感情流露。白居易在貶謫江州以後，其古文
在抒寫感情方面，尤其是書信寫作，心中不平之氣時時表露於文中。如其與
老友元稹或姻親楊虞卿書信中，時有憤懣之語，或眞情流露，或感傷憂鬱，
如〈與微之書〉所云：「……微之，微之！不見足下面已三年矣……微之微之，
如何如何！……。」即是疊句的應用。

又如〈箴言并序〉：「乃千祿，祿將及于親。升聞逮養，繫公之德，公之
德，之死矢報之。」（卷46，頁976）此文爲白居易年少之作，爲其最得意時
之作品，文中運用疊句自然而然將胸中情感流露出來。文章作於貞元十六年
（西元800年），年二十九，居長安。白居易於貞元十五年，天子命中書舍人
渤海公領禮部貢舉事。越明年春，白居易以進士及第，作〈箴言〉以自勉。
再如〈初授拾遺獻書〉：

大凡人之情，位高則惜其位，身貴則愛其身。惜位則偷合而不
言，愛身則苟容而不諫，此必然之理也。故拾遺之置，所以卑其秩
者，使位未足惜，身未足愛也。所以重其選者，使上不忍負恩，下
不忍負心也。夫位未足惜，恩不忍負；然後能有闕必規，有違必諫；
朝廷得失無不察，天下利病無不言，此國朝置拾遺之本意也。（卷
58，頁1228）

此文作於元和三年（西元808年），年三十七，居長安，任左拾遺、翰林學士。

從文中可知居易授左拾遺，是有心應賢良方正能直言極諫，以盡皇恩之遇，盡自己之職責。且不斷以錯綜疊句中流露其內心之渴望，熱忱積極爲國服務之心躍然文中。

（四）類句：

白居易喜以類句表現於書信、祭文、碑銘、誌記文中，將其心中之感情表現於文句中。同時可將駢體文句或駢古兼行之句，融於個人情感中，一字一句，鏤出肺腸，至情流露。所謂類句，即是同一語句間隔應用，如〈唐故會王墓誌銘〉云：「故王之薨也，軫悼之念，**有加於常情**；王之葬也，遣奠之儀，**有加於常數**。哀榮兼備，斯其謂乎！」（卷42，頁921）此文作於元和五年（西元810年），年三十九，居長安，任京兆戶曹參軍、翰林學士。爲白居易所撰文僅存之石刻。又於〈爲人上宰相書一首〉云：「是以庶政闕於內，則庶事斁於外。至使天下之戶口日耗，天下之士馬日滋；游手於道途市井者**不知歸**，託足於軍籍釋流者**不知反**。（卷44，頁954～955）此文作於永貞元年（西元805年），年三十四，居長安，任校書郎，此時宰相爲韋執誼。白居易與宰相書，期待韋氏能以儒士之心善待百姓。以得志者，宜有兼善天下心，爲民服務。故以「伏以相公方今佐裁成之道，當具瞻之初，**竊希變天下水石之心，自相公始**」期許韋相。白居易行文中，除類句之應用外，仍有對偶、排比之筆法，往往以綜合運用方式之進行〔註51〕，使文句更能彰顯氣勢，情感自然而然融於語句裏，更增加陰柔、雄壯之美。

白居易古文中用類疊句型表達其內心情感，巧妙克服單調、怠倦、聯想之空間限制，善用其修辭技巧，因而容易打動讀者心靈。可見白居易文章寫作時細心周延，感情豐富，更是才情之展現。其〈送侯權秀才序〉可見其對侯秀才送別之情眞與關懷：

> 因從容問其官名，則曰：無得矣。問其生業，則曰：無加矣。問其僕乘囊褚，則曰：日消月朘矣。問別來幾何時？則曰：二十有三年矣。嗟乎侯生！當宣城別時，才文志氣，我爾不相下。今予猶小得遇，子卒無成；由子而言，予不爲不遇耳。嗟乎侯生！命實爲

〔註51〕陳正治：《修辭學》（臺北：五南圖書出版股份有限公司，2000年9月）「爲了敘述方便，大都是一個個的單獨講述。但是在實際的語言環境裡，除了簡單的思想、情意可能單獨用到一種修辭法外，在複雜的思想、情意裡，常是好幾種修辭法的綜合運用。」，頁359

之，謂之何哉？（卷 43，頁 943～944）

此文作於長慶元年（西元 821 年），年五十，居長安，任主客郎中、知制誥。文中有言「去年冬，蒙不次恩，遷尚書郎，掌誥西掖，然青衫未解，白髮已多矣。時子尚為京師旅人，見除書，走來賀」，而後則是一連串之詢問。侯生則以四個類句回覆白居易之詢問，白居易關懷之情流於字裡行間，同時亦為侯生懷才不遇而抱不平。因白居易與侯生於貞元十五年時，相知於宣城而成摯友，兩人別後之二十三年，再相見已是白髮翁。白居易為尚書主客郎中，而侯生仍為一旅人。遂有「命實為之，謂之何哉」之慨嘆！

二、排比兼層遞

所謂「排比」就是依次排列，使相連比也。語文上用結構相似的句法，接二連三地表出同範圍同性質的意象，叫作「排比」。語文上凡要說的有兩個以上的事物，這些事物又有大小輕重等比例，而且比例又有一定秩序，於是說話行文時，依序層層遞進的，叫「層遞」。排比兼層遞之句法，也是白居易常用之修辭法。排比為排句、排語、排迭是也。此種句法是三組或多組以上相同、或相似之語氣、意義相關之句子，成串排在一起，以加強語意，增強語勢。

陳正治綜合各家見解，分為短語排比、句子的排比及段落的排比等三種〔註52〕。陳望道說：「層遞是將語言排成從淺到深，從低到高，從小到大，從輕到重，層層遞進的順序的一種辭格。」〔註53〕黃慶萱說：「凡要說的有兩以上的事物，這些事物又有大小輕重等比例，而且比例又有一定秩序，於是說話行文時，依序層層遞進的，叫層遞。」白居易古文句中，有時亦穿插排比整齊之句型，有時亦以層遞句型，以壯闊其文勢，寬廣其文義，進而加深讀者印象。如〈修香山寺記〉，首句即以排比句描述，而後即用層遞之方式，說明寺廟之建築。

> 洛都四郊，山水之勝，龍門首焉。龍門十寺，觀遊之勝，香山
> 首焉。香山之壞久矣，樓亭騫崩，佛僧暴露。士君子惜之，予亦惜

〔註52〕陳正治：《修辭學》（臺北：五南圖書出版公司 2001 年 9 月），頁 244。分為短語的排比、句子的排比及段落的排比三種。又見沈謙：《修辭學下》（新北市：國立空中大學印行 1991 年 12 月），頁 674。排比：用結構相似的句法，接二連三地表達同範圍同性質的意象的修辭方法，是為「排比」。

〔註53〕陳正治：《修辭學》，頁 275。

之：佛弟恥之，予亦恥之。……迨今七八年，幸爲山水主，是償初心，復始願之秋也。似有緣會，果成就之。……予念平生分，文不當辭，贊不當納。（卷68，頁1441～1442）

此文作於大和六年（西元832年），年六十一，居洛陽，任河南尹。本文以排比層遞之方式，依大小、輕重等比例，有次序描述香山寺之敗壞，有待後人修葺，並將修寺之必要性，一一詳實陳述。又如〈冷泉亭記〉：「東南山水，餘杭郡爲最。就郡言，靈隱寺爲尤。由原觀，冷泉亭爲甲。……春之日，吾愛其草薰薰，木欣欣，可以導和納粹，暢人血氣。夏之夜，吾愛其泉渟渟，風泠泠，可以蠲煩析酲，起人心情。……可濯足於牀下；臥而狎之者，可垂釣於枕上。」（卷43，頁944～945）此文作於長慶三年（西元823年），年五十二，居杭州，任杭州刺史。此篇爲白居易閒適時所作，明快簡潔，抒寫眞趣，悠然可掬，是其古文中佳作之一。古文講究音韻美，讀來琅琅上口，〈冷泉亭記〉文字之優美，屬對精警，音韻和諧，堪稱典範。作者以四字爲首句，而後多用排比，使文字富有音樂美。短句如「草薰薰，木欣欣」、「泉渟渟，風泠泠」，長句如「臥而狎之者，可垂釣於枕上」。而「薰薰」、「欣欣」等雙聲疊韻詞之運用，既生動貼切，又得天籟之妙。以排比兼層遞之句型表達內心之情感與興致，令人讀之爲之嘆服。

　　由上列篇章可知白居易爲文常以排比兼層遞之修辭，由遠而近，從大而小，層次分明，讓讀者沿其所著，漸次進入其所描述之境地；又以自問自答方式，描敍抒情、解說沿途景物。又常以邏輯思維歸納其思緒，有層次排比陳列。於是不論是抒情、論述，皆能清晰、翔實，用文字表現，此爲其行文之藝術特色。

三、譬喻

　　譬喻是一種「借彼喻此」的修辭法，凡二件或二件以上的事物中有類似之點，說話作文時運用「那」有類似點的事物來說明「這」件事物的，就叫譬喻〔註54〕。白居易爲文亦喜用此技巧以表意。如〈騶虞畫贊并序〉：

　　騶虞，仁瑞之獸也。其所感所食，暨形狀質文，孫氏瑞應圖，具載其事。元和元年夏，有以《騶虞圖》贈予者。予愛其外猛而威，內仁而信，又嗟曠代不覯，引筆贊之詞云爾。……是耶非耶，孰知

〔註54〕黃慶萱：《修辭學》（臺北：三民書局印行，1999年8月），頁227。

之乎？已矣夫！已矣夫！前不見往者，後不見來者。于嗟乎騶虞！
（卷39，頁879）

此文作於元和元年（西元 806 年），年三十五，居長安。毛傳云：「騶虞，義
獸也。白虎黑文，不食生物，有至信之德則應之。」〔註55〕白居易此文將騶
虞譬喻仁德者，懷有道則見，非時不出之心，渴望適時而出。末句以感嘆設
問句交錯並用，顯示白居易內心期盼，真有仁義之士，能出來為社稷百姓服
務。再如〈記畫〉一文，描述張氏作畫之技巧：「凡十餘軸，無動植，無小大，
皆曲盡其能；莫不向背無遺勢，洪纖無遁形。迫而視之，有似乎水中了然分
其影者。然後知學在骨髓者，自心術得；工侔造化者，由天和來。張但得於
心，傳於手，亦不自知其然而然也。」（卷43，頁938）白居易將無生命之物，
用具體之物形，加以描述，栩栩如生，宛然實物置於目前。文中形容張氏畫
法：「張但得於心，傳於手，亦不自知然而然也。至若筆精之英華，指趣之律
度，予非畫之流也，不可得而知。」經由白居易之描寫，遂使人恍然大悟，
乃由衷敬佩作者譬喻之巧妙，從而產生滿足與信服之快感。

《文心雕龍・事類第三十八》「事類者，蓋文章之外，據事以類義，援古
以證今者也」，白居易於〈百道文判〉中喜用古籍來佐證其理論，如第三道判
文「得乙與丁，俱應拔萃：乙則趨時以求名，丁則勤學以待命。互有相非，
未知孰是。」判詞云：「……若棄以菲葑，失則自求諸己；儻中其正鵠，得矣
不愧於人。無尚苟求，盍嘉自致？」（卷 66，頁 1379）譬喻貼切，亦是〈百
道判〉創作中不可忽視之特色。「譬喻」乃六藝之一體，即「寫物以附意，揚
言以切事者也」。運用「譬」體目的，於化無形為有形，化理性為感性，化抽
象為形象，使那難達或隱晦不明之意，通過打比方法，為接受者易於體味，
便於感知，甚至樂於接受。由於〈百道判〉是「判官」之「斷案量刑」、「調
解糾紛」。以講道理非為宗旨，所以其所使用之語言皆理性色彩濃之論辯性語
言。為克服理性思辨之語言可能造成之枯燥、乾癟、生澀、隱晦之缺憾〔註56〕。

白居易於論事明理之過程中不時插入一些譬喻或引用一些典故加以說

〔註55〕〔清〕阮元：《十三經注疏・毛詩正義》（臺北：大化書局，1989 年 7），卷 1，
頁 26。「騶虞。鵲巢之應也。鵲巢之化行。人倫既正。朝廷既治，天下純被文
王之化。則庶類蕃殖蒐田以時。仁如騶虞，則王道成也。」，頁 294。又見朱
金城：《白居易集箋校》，頁 2726。

〔註56〕傅興林：《白居易散文研究》（北京：中國社會科學出版社，2007 年 12 月），
頁 109。

明。文中之「菲葑」取自《詩經・邶風・谷風》「采葑采菲，無以下體」〔註57〕，其中菲、葑爲一種普通劣質之蔬菜，在句中譬喻不爲考官所錄用之趨時躁求之舉子；「正鵠」取自《禮記・中庸第三十一》「射有似乎君子，失諸正鵠，反諸其身。」〔註58〕正鵠乃箭靶，通常引用爲正確的目標，在句中比喻「勤學以待命」之學子得以高中科第，達到預期目標。白居易以此種手法寫作於判文中，廣泛應用，頻繁之多，不勝枚舉。

四、引用

引用，猶採用取用之意。語文中援用名人之言或典故、俗語等等，叫作「引用」。白居易古文創作，常不經意引用典故或古人言論，其中所引用之經書，以《論語》、《孟子》、《史記》、《莊子》、《漢書》、《易經》、《禮記》爲最常見，俾寫作益臻完善，《百道判文》即是其例。至於書信亦常引用，如〈與元九書〉引用《孟子》之典故：「微之！古人云：『窮則獨其身，達則兼濟天下。』僕雖不肖，常師此語。大丈夫所守者道，所待者時。」而〈賦賦〉一文所引之典故共有十四個之多，目的在於說明賦之流變，並增加其論說之證據，文云：

> 賦者，古詩之流也。始草創於荀、宋，漸恢張於賈、馬。冰生乎水，初變本於《典》、《墳》；青出於藍，復增華於《風》、《雅》。而後諧四聲，袪八病，信斯文之美者。…四始盡在，六義無遺。……何慚〈兩京〉於班固？…豈謝〈三都〉於左思？……則〈長揚〉、〈羽獵〉之徒胡爲比也；〈景福〉、〈靈光〉之作未足多之。…盈耳之《韶》、《濩》。信可以凌礫《風》、《騷》，……況賦者，《雅》之列，《頌》之儔；可以潤色鴻業，可以發揮皇猷。客有自謂握靈蛇之珠者，豈可棄之而不收？（卷38，頁877）

此賦由賦體來切題，再言考賦之意義，其中暗含讚美朝廷之意。能作賦亦是人才，何況賦尚能潤飾朝政，有爲帝王謀劃政策之功。本文除用典外，音韻諧和，對偶工切，形式精美。且「華而不艷，美而有度」，嚴整而又極流暢自然，足見作者驅遣語言文字之功力。又，〈與楊虞卿書〉中，亦引用古人來說明其意念，所謂：

〔註57〕杜若明注釋：《詩經》（北京：華夏出版社，1989 年 11 月），頁 51。
〔註58〕王文錦：《禮記譯解》（北京：中華書局，2001 年 6 月），頁 779。

然足下之美如此，而僕側聞蚩蚩之徒，不悅足下者已不少矣。但恐道日長而毀日至，位益顯而謗益多。此伯寮所以訴仲由，季孫所以毀夫子者也。昔衛介有云：「人之不逮，可以情恕。非意相加，可以理遣。故終身無喜慍色」。僕雖不敏，常佩此言。師皋！人生未死間，千變萬化，若不情恕於外，理遣於中，欲何爲哉？欲何爲哉？僕之是行也，知之久矣。」（卷44，頁948）

白居易妻爲楊虞卿從父妹，二人私交極篤，其交情之深可知。文中所用古人、古語，在在向虞卿表明其心志，隨處可見。白居易與他人文書往來，常爲說明己之心志，時時引經據典。其〈續座右銘〉即是一篇仿崔瑗而作之名篇，序云：「崔子玉《座右銘》，余竊慕之。雖未能盡行，常書屋壁。然其間似有未盡者，因續爲座右銘」（卷39，頁878）。再如，策林六十八〈議文章〉：「臣謹按：《易》曰：「觀乎人文，以化成天下。」《記》曰：「文王以文理。」則文之用大矣哉！自三代以還，斯文不振，故天以將喪之弊，授我國家。國家以文德應天，以文教牧人，以文行選賢，以文學取士：二百餘載，煥乎文章。」（卷65，頁1368～1369）此篇及〈採詩〉均作於〈新樂府〉之前，實爲白氏最早之文學理論，以後諸作，立論俱未能逾此，文中引用《易經》、《禮記》的典故。

五、頂眞

頂眞與「頂針」體同。本意係指刺繡或成衣，中指戴一銅環上滿佈小點的凹洞，以便推針穿布，此環謂之頂針。後引用在語文上，以前一句的結尾，來作下一句的起頭，叫作「頂眞」。白居易古文，常以首尾蟬聯，上傳下接，形成一種強而有勁之氣勢。如〈白蘋洲五亭記〉云：「楊君前牧舒，舒人治；今牧湖，湖人康，康之由，革弊興利，若改茶法，變稅書之類是也。利興，故府有羨財；政成，故居多暇日。」（卷71，頁1494～1495）此文作於開成四年（西元839年），年六十八，居洛陽，任太子少傅分司。白蘋亭在白蘋洲北，唐貞元中建，後刺史楊漢公重葺。白居易記曰：「以其架大溪，跨長汀者，謂之白蘋亭。白蘋洲諸亭自築倉後，惟此獨存。」又〈祭龍文〉云：「今故虔誠潔意，改命於黑龍。龍無水，欲何依？神無靈，將恐歇。澤能救物，我實有望於龍，物不自神，龍豈無求於我？」（卷40，頁902）此文作於長慶三年（西元823年），年五十二，任杭州刺史。黑龍潭在杭州寶月山。再如：〈八

漸偈并序〉之「慧偈」與「明偈」：「慧之以定，定猶有繫。濟之以慧，慧則無滯。如珠在盤，盤定珠慧。」、「定慧相合。合而後明。照彼萬**物**，**物**無遁形。如大圓鏡，有應無情。」（卷39，頁886）文中可見白居易年輕時即是虔誠佛教徒。由上述舉例，可見白居易行文喜用頂眞句法，使語意自然緊湊，又有層次分明之感，令人讀來頗有節奏之感。

六、感嘆

當一個人遇到可喜、可怒、可哀、可樂之事物，常會以表露情感之呼聲，來強調內心的驚訝或贊歎、傷感或痛惜、歡笑或譏嘲、憤怒或鄙視、希冀或需要。這種以呼聲表露情感的修辭法，就叫「感歎」〔註59〕。此種修辭爲人類有生以來，即有之特質。當人遇其喜悅或哀傷等情事，必然會將其內心之情緒，用聲音發出。

白居易於其古文中，時時有其感嘆之言，可用以句首或句末。其碑誌、書信、以及記序、傳記文，皆可得而見之。如〈祭烏江十五兄文〉：「嗚呼！位始及一命，祿未遇數鍾。年及不得四十，而歿於道途之中。鬱壯志而不展，結幽憤於無窮。」（卷40，頁895）此文作者作於貞元十七年，年三十，時居宣城，乃爲其堂兄白逸而作；白逸墓在寧國府城西。白居易文集尚有〈祭十五兄文〉等祭文，〈醉吟先生傳〉文，中有言：

> 凡人之性，鮮得中，必有所偏好。吾非中者也，設不幸，吾好利，而貨殖焉；以至于多藏潤屋，賈禍危身：**奈吾何**？設不幸，吾好博弈，一擲數萬，傾財破產，以至于妻子凍餓，奈吾何？設不幸，吾好藥，損衣削食，鍊鉛燒汞，以至于無所成，有所誤，**奈吾何**？
> （卷70，頁1485～1486）

此文作於開成三年（西元838年），年六十七，居洛陽，任太子少傅分司。醉吟先生，白居易自號。白居易此文蓋學陶淵明，其醉吟先生傳即擬〈五柳先生傳〉而能擴充言之。又如〈唐故會王墓誌銘〉云：「嗚呼！降年不求，二十一而終，哀哉！……哀榮兼備，**斯其謂乎**！」（卷42，頁921）此文作於元和五年（西元810年），年三十九，居長安，任京兆曹參軍、翰林學士。此墓誌爲白居易自書所撰文之僅存石刻。再如：〈與元微之書〉云：「況以膠漆之心，置於胡越之身；進不得相合，退不能相忘。牽攣乖隔，各欲白首。微之！微

〔註59〕黃慶萱：《修辭學》（臺北：三民書局印行，1999年8月），頁25。

之！如何如何！天實爲之，謂之奈何！」（卷45，972～973）此書作於白居易
貶江州（今江西省九江縣）司馬第三年，即唐憲宗元和十二年（西元817年），
是寫給好友元稹的第一封信。當時元稹仍未脫流宦境遇，在通州（今四川省
達縣）任小官。白居易於文中，以感嘆語句表達其情感，頗爲頻仍。蓋其感
情豐富使然，亦是其情眞意摯使然！讀者若能用心體會，必能得其精髓，心
有感悟。

　　白居易遊記文中亦常以感嘆句抒發其內心之情感，如〈遊大林寺序〉：

　　　　大林窮遠，人跡罕到。環寺多清流蒼石，短松瘦竹。寺中唯板
　　　屋木器。其僧皆海東人。山高地深，時節絕晚：於時孟夏月，如正
　　　二月天，梨桃始華，澗草猶短；人物風候，與平地聚落不同。初到，
　　　怳然若別造一世界者。……此地實匡廬間第一。……迨今垂二十年，
　　　寂寥無繼來者。嗟乎！名利之誘人也如此！（卷43，頁941～942）

此文作於元和十二年（西元817年），年四十六，任江州司馬。本文爲白居易
小品遊記之一，以淺近之詞語將明山秀水，盡攝目前。無怪乎明黃梨州兩次
遊匡廬，皆爲文記之，即受白居易影響也。後人亦常以此文末句：「嗟乎！名
利之誘人也如此」自惕。俗人汲汲於利祿，熙熙於權勢之追求，而忽略心靈
之修養，此爲居易貶官後，深有體悟所發出之感嘆語。

七、設問

　　講話行文，忽然變平敘的語氣爲詢問的語氣，叫作設問〔註60〕。白居易
於書信與記序文中，常爲引起他人注意，故以設問方式表達，應用十分得體
而頻仍。如〈與楊虞卿書〉、〈爲人上宰相書一首〉、〈與元九書〉等，皆是其
例。尤其《策林》七十五道文，幾乎篇篇皆以設問爲首，而後即是回覆所設
之問題作答。

　　《策林》文序云：「元和初，予罷校書郎，與元微之將應制舉。退居於上
都華陽觀，閉戶累月，揣摩當代之事，構成策目要七十五門。及微之首登科，
予次焉。凡所應對者，百不用其一二，其餘自以精力所致，不能棄捐，次而
集之，分爲四卷，命曰策林云耳。」《策林》之作，不僅是白居易模擬制舉考
試時的答卷，而且是其早期思想的結晶，更是其一生立身行事的指針。由此
可知，白居易《策林》之作，所體現之思想價值、學術價值與藝術成就是不

〔註60〕黃慶萱：《修辭學》（臺北：三民書局印行，1999年8月），頁35。

容小覷的。以〈採詩〉一文爲例：

> 問：聖人之致理也，在乎酌人言，察人情，而後爲政，順爲教
> 者也。然後則一人之耳，安得徧聞天下之言乎？一人之心，安得盡
> 知天下之情乎？今欲立採詩之官，開諷刺之道，察其得失之政，通
> 其上下之情：子大夫以爲如何？
>
> 臣聞：聖王酌人之言，補己之過，所以立理本，導化源也。將
> 在乎選觀風之使，建採詩之官，俾乎歌詠之聲，諷刺之興，日採於
> 下，歲獻於上者也。（卷65，頁1370）

白居易元和二年爲府試官時，其進士策問五道之第三道云：

> 問：大凡人之感於事，則必動於情，發於歎，興於詠，而後於
> 歌詩焉。故聞《蓼蕭》之詠，則知德澤之被物也；聞《北風》之刺，
> 則知威虐及人也；聞「廣袖、高髻」之謠，則知風俗之奢蕩也。古
> 之人者採之補察其政，經緯其人焉。夫然，則人情通而王澤流矣。（卷
> 47，策問制誥第三道，頁1001）

此篇與前篇旨意全同，可以參證。又白居易於翰林制誥中，時以設問句法寫
作，如〈進士策問第四道爲府試官〉有云：

> 問：《禮記》曰：「事君有犯無隱。」又曰：「爲人臣者不顯諫。」
> 然則不顯諫者，有隱也：無乃失事君之道乎？無隱者，顯諫也；無
> 乃失爲臣之節乎？《語》曰：『不知命，無以爲君子。』《易》曰：「樂
> 天知命，故不憂。」又《語》曰：「君子憂道不憂貧。」斯又憂道者，
> 非知命乎？樂天不憂者，非君子乎？夫聖人立言，皆有倫理；雖前
> 後上下，若貫珠然。今離之則可以旁行，合之則不能同貫。豈精義
> 有二耶？抑學者未達其微旨耶？（卷47，頁1000）

此文作於元和二年（西元807年），年三十六，居長安，任盩厔尉。後自集賢
院召赴銀臺候進旨；五日，召入翰林，奉勑試制誥時所作。

總之，白居易試策問制誥文之作，凡十六首，除〈奉勑試邊鎭節度使加
僕射制〉、〈與金陵立功將士等勑書〉、〈與崇文詔〉、〈批河中進嘉禾圖表〉、〈太
社觀獻捷詩〉等五篇外，餘皆以設問行文，足見白居易善用設問句型；以其
可增強文章之本意，避免文章之板滯，使文章饒有餘韻，俾提高讀者之注意，
亦有利白居易個人思想之表達。

八、對偶

　　文章修辭法之一。蓋因人心向背聯偶之自然趨勢而構成者也。兩事有向者，如父慈子孝，有相背者，如口密腹劍，有相聯者，如天香國色，有相偶者，如春華秋實，要在意義平行、輕重悉稱。此法於六經、諸子已早用之，如易繫辭乾道成男、坤道成女，乾知大始，坤作成物，乾以易知，坤以簡能。

　　語文中上下兩句，字數相等，句法相似，平仄相對的，就叫作「對偶」。漢字是單音節，每字只有一個音；又因爲古人具有喜歡偶數、對稱的觀念，所以在語句、文字的應用上，經常出現偶數字數結合而成的雙音節語詞。或詞語甚至可以割裂，將原有奇數音節語詞變成雙音節的詞語或語句，如「司馬遷的史記」變成「司遷」，左丘明的《春秋傳》稱《左傳》等。由其是詩、賦、詞的寫作更是如此，至於古文偶爾也會出現。

　　白居易以詩聞名於後世，其詩中之對句，自然影響其古文之寫作。因而其文中屢屢有對偶句出現，尤以碑誌銘文爲最。如：〈淮南節度使檢校尙書右僕射趙郡李公家廟碑銘〉：「初詢以謀畫，結舌不對；次強以章檄，絕筆不書。誘之以厚利，不從；迫之以淫刑，不動。」（卷 71，頁 1492）句中之「初詢以謀畫，結舌不對；次強以章檄，絕筆不書」爲隔句對，「謀畫」仄起、「章檄」平收；「對」字仄起、「書」字平收；又「誘之以厚利，不從；迫之以淫刑，不動。」亦是平收仄起句，文句工整。又，〈蘇州重玄寺法華院石壁經碑文〉：「有石蓮敷覆其上下，有石神固護其前後。火水不能燒漂，風日不能搖消：所謂施無上法，盡未來際者也。」（卷 69，頁 1449）句中之「火水不能燒漂，風日不能搖消」是單句對稱句型，又〈唐故溧水縣令太原白府君墓誌銘〉：「嗚呼！公爲人溫恭信厚，爲官貞白嚴重；友于兄弟，慈于子姪，鄉黨推其行，交遊讓其才。」（卷 70，頁 1473）其中之「鄉黨推其行，交遊讓其才」爲五字之單句對，「行」讀仄聲，屬仄起平收形式。〈續座右銘〉文中之「千里始足下，高山起微塵。」（卷 39，頁 879）亦屬仄起平收之句式。

　　白居易〈百道判〉文中，以對仗精工行文。「判」體之要求是「語必駢儷」，而駢文之特徵之一，是用四言六言之句子對偶排比。白居易〈百道〉之創作遵守「判」體、駢文之要求，亦多以四六句式構成對偶句。然白居易之創作並非一味固守單一格式，而是充分發揮其馭語言藝術才能，使每一道判文，於語言格式上變化多端且對仗精工。

　　從〈百道判〉中白居易運用文字靈巧，對仗繁富多變。隨時可見四言至

八言不同格式之對仗，有四言作對者，有五言作對者，有七言作對者等。如第四十三道判中之「掩藏庶孽，唯慮其不諧；貪冒寵榮，詎思於有罪」（卷66，頁1397）、第二十五道判中之「況人不易物，鍾離委珠而徒爲；心苟無瑕，伯夷飲泉而何爽。」（卷66，頁1390）、第二十二道判中「鏗鏘無倦於鼓鍾，好合有傷於琴瑟。既愆夫義，是棄人喪。儼麻縗之在躬，是吾憂也；調絲竹以盈耳，於汝安乎？」（卷66，頁1389）等，或四、五，或四、七，或六、四字排比，皆屬隔句對。如此變化多端之駢儷文句，於《百道文》中不勝枚舉，此乃對仗工穩，錦心繡口，自然成趣之美文。

　　白居易除碑誌銘、百道判文外，於他文中亦常見其駢偶之修辭，如奏狀文、制詔誥文亦是；同時，可將駢體文句或駢古兼行之句，融於個人情感中。如〈新樂府序〉表現尤爲特出：

　　　　序曰：凡九千二百五十二言，斷爲五十篇。篇無定句，句無定字，繫於意，不繫於文。首句標其目，卒意顯其志，《詩三百》之義也。其辭質而徑，欲見之者易諭也。其言直而切，欲聞之者深誡也。其事覈而實，使采之者傳信也。其體順而肆，可以播於樂章歌曲也。總而言之，爲君、爲臣、爲民、爲物、爲事而作，不爲文而作也。（卷3，頁52）

此序雖簡短，已將其寫作之內容言盡。此文並提及白居易爲新樂府之形式特質、意義，期待詩成之效果，最後以「總而言之，爲君、爲臣、爲民、爲物、爲事而作，不爲文而作也」作爲總結此文之旨趣。「總而言之，爲君、爲臣、爲民、爲物、爲事而作也」與序言前「序曰：凡九千二百五十二言，斷爲五十篇。篇無定句，句無定字，繫於意，不繫於文。」互相呼應，同時言及新樂府主題之分類。

　　此篇以說理布局，行文極爲清晰。共分三部分：篇首至詩三百，表達新樂府之數量、形式與內容；其辭、其言、其事體，闡明新樂府詩之創作特點；末段五「爲」以類疊、層遞來彰顯文意；又以單句、隔句對之句子，「首句標其目，卒意顯其志」、「其辭質而徑，欲見之者易諭也。其言直而切，欲聞之者深誡也。其事覈而實，使采之者傳信也。其體順而肆，可以播於樂章歌曲也」表現內心所欲言之理論，總括新樂府運動之創作原則。文章雖然簡短，寫來前後分明，前後有序。層次分明、布局完密，文章各段之間皆有聯繫，並融爲一體。

　　白居易〈與元九書〉一文言及歷代詩文演變之論述，而其用字遣詞亦極為講究：「詩者，根情、苗言、華聲、實義。上自賢聖，下至愚騃，微及豚魚，幽及鬼神；羣分而氣同，形異而情一；未有聲入而不應，情交而不感者。聖人知其然，因其言，經之以六義；緣其聲，緯之以五音。音有韻，義有類；韻協則言順，言順則聲易入。類舉則情見，情見則感易交。於是乎孕大含深，貫微洞密，上下通而一氣泰，憂樂合而百志熙……始知文章合為時而著，歌詩合為事而作……有可以救濟人病，裨補時闕，而難於指言者，輒詠歌之。」（卷45，頁960～962）此段文字，為白居易將詩文之創作，視為情意重要之表達，亦是詩文情感之發洩，同時以排比、層遞之修辭，道出為詩、為文、為物、為事而作；同時以單句對：「上自賢聖」對「下至愚騃」、「微及豚魚」對「幽及鬼神」；又以隔句之映襯對「因其言，經之以六義」對「緣其聲，緯之以五音」；而後又以單句對之「音有韻」對「義有類」；之後再以長句之映襯對，「韻協則言順，言順則聲易入」對「類舉則情見，情見感易交」之頂真句，將其心中所欲表達之情感理念完全渲洩，一吐為快。此文提出為文之主張，在於對句「文章合為時而著，歌詩合為事而作」。白居易為文，不以巧言悅耳之語為是，而以嚴密布局、清晰條理、主次分明，將其理念完全呈現。

　　歷代古文名家輩出，以平易淺近行文，而能為老嫗所知者，唯有白居易一人。其文以情真意摯，善以修辭，用語清新，字字精鍊，足令人心折。於是本文特以「修辭」論述其文，經由論述可知：類疊、排比層遞、譬喻、引用、頂真、感嘆、設問、對偶等八種修辭法，最為白居易行文所喜用。黃慶萱先生《修辭學》一書，將修辭分為三十種；沈謙先生《修辭學》分為二十四種；陳正治先生則分為二十六種。以此而論之，白居易行文所用之修辭，雖不刻意用眾多修辭寫作，然以「平易淺近」為務，誠難能可貴矣！

　　綜上論述，白居易以《詩經》句法創作「銘、贊、箴、謠、偈」等有韻的文體，也是他另一種情感表達的方式。「銘」是自我警惕勗勉，如〈續座右銘〉是也；「贊」是歌頌他人，以為自勵如〈驃騶圖贊〉是也；「箴」是勸戒，以化固執之失，如〈續虞人箴〉是也；「謠」是鑑於物各有所宜，用各有所施，不以羨慕之心，長他之氣，自我矮化，如三謠之〈蟠木謠〉、〈素屏謠〉、〈朱藤謠〉以及〈自誨〉即是也；「偈」是藉佛語自我惕勵，故有〈八漸偈〉之作。此類文體的創作，用語通俗有韻，語言平易近人，作品較能流傳於社會各個階層。也是白居易將其內痛苦與複雜心情緒，憑藉有韻的文體予以表達，忠

實記錄當時自己內心的感受，令人讀後，爲他打抱不平，並產生無限的感慨與無奈！

其次，是白居易「銘、贊、箴、謠、偈」之作，文字長者百字，短者數十字，幾於句句用韻，又能詮釋其義，幾費修詞之意，冀達意外之言；要使遠近易誦，古今易傳，讓人讀之，皆能記誦，有通天地萬物之功，又有警惕執政者及修身之意。多用韻，抑且多用偶，凡偶皆文也。此乃白居易有韻文體的特色。

白居易此賦之寫作，不只是鼓吹詞釆聲律，但所推崇的在於賦的「指趣」、「秘思」，並明確提出作賦「立意爲先，能文爲主」，仍不離劉勰《文心雕龍·詮賦》篇所云：「文雖新而有質，色雖糅而有本，此立賦之大體」他論賦體，首重思想內容，這與他的文學理論是一致的，也就是「文章合爲時而著，歌詩合爲事而作」。在賦文寫作方面，白居易除要求音韻諧和、對偶工切、形式精美外，還慣以三段論述：即開頭、本論、結論。其寫作旨趣，在說明題意及內涵，同時兼顧本質與特徵。誠如〈賦賦〉所云：「華而不艷，美而有度」，也就是能在嚴格的規範限制中表現流暢的韻致，足見白居易善以遣詞用字，是作賦的能手。蘇軾〈書吳子畫後〉云：「……出新意於法度之中，寄好理於豪放之外；所謂游刃有餘地，運斤成風，蓋古今一人而已……」〔註61〕用此語來讚美白居易的詩賦，也絕非溢美之辭！

白居易在官方文體束縛下，所以能創作鴻篇巨作的實用文，主要在於他始終堅持，文章應講究「立意、論辯、結構、修辭」等寫作技巧，並以積極態度來適應潮流。因此無論是「法理兼顧的百道判」，以「主文、本論、結論」三段論述法寫作，如卷六十六〈得丁冒名事發法司准法科罪。節度使奏丁在官有美政，請免罪眞授，以勸能者。法司以亂法不許。〉等判例；或是「說理周圓的策林」，以三段式「一問一答的方法」行文，如〈塞人望歸眾心〉等篇章；「敘事翔實的詔誥」，類似今日的公文，以「主旨、說明、辦法」三段式論述行文，如〈冊迴鶻可汗加號文〉等篇章；「抒情表志的章表文，以「順敘法、倒敘」三段式寫作，如〈杭州刺史謝上表〉等；抑或是「八股雛型的律賦」採揭題、起敘、結尾三段式寫作法，如〈性習相近遠賦〉等，都可看到他說理通透，切合現實，爲時、爲事而作的態度與原則。

〔註61〕〔宋〕蘇軾：《蘇東坡全集》（臺北：河洛圖書出版社，1975年9月），卷24，頁306。

白居易又能在常格體式中，力求結構上的突破與變化。在遣詞用字方面，以通順達意、文從字順、平易淺近爲務；少用典故、淡化典故。在表現手法方面，則以敘論互用、法理兼顧，呈現其行文風格。在韓、柳所提倡的古文運動中，白居易實用古文的創作，無異是另一種文體運動的革新。

白居易的古文，務以「達意」爲要；不只布局嚴謹，文從句順，內容更求平易近人。用字遣詞則近口語，感情眞實流露，誠可謂情眞意摯。白居易古文所以有如此特色，端在他善用修辭技巧！如設問之應用，即能依據內容需要而造句，《策林》七十五篇是也。排比、層遞之應用最常見於於抒情、敘述、遊記等篇章；且篇章結構嚴謹，邏輯清晰、有條不亂；語詞則自然平順，句法長短相間，頗見凝鍊疏宕之致。複合句是白居易將其內心的複雜情緒完全表達於文章中，此種句型也是他宣洩憤懣情緒的方式，令人讀後爲之感動，亦有寄託寓意的功效。白居易《百道判》之文有長短句式之搭配、組合，而以排比句爲主要陳述；同時大量引用疑問句、反問句、感嘆句等穿插、交錯的排比句法中，形成《百道判》文勢跌宕生姿，表情達意委婉曲折之創作特色。

白居易古文語句的應用以排比句爲主，其中就《策林》文而言即是應用排比句來寫作，而以正反對說，將道理完全明確的表達出來。如《策林》第十四篇〈辨興亡之由「由善惡之積」〉爲例，亦採問答句式行文。問：「萬姓親怨之由，百王興亡之漸，將獨繫於人乎？抑亦繫於君乎？」連用二句提問句，而後以回答方式行文。其次，是白居易以陳述句，直率平實筆法，將其心中想法表達出來。如〈初授拾遺獻書〉一書爲例，先列舉朝廷典章，同時提出對左拾遺小官之功能，與其從事此職務之態度。再者，以對偶句、長句陳述，明顯以長短句式行文，語調平和，音節舒緩，鬆弛有致。而後以四字爲主體，並以對偶句說明心意；再以長句感謝皇恩之深重，表達內心之感激，表明居官之態度。

白居易古文的創作，於《百道判》、《策林》、《奏狀》、《賦文》與記序、雜記等，常以對偶句抒情、寫志、記事；尤其賦文之寫作，最善用對偶句。唐代律賦以講究聲韻整齊、對仗之駢儷與開闔扣題爲基本特徵，它所以能盛行於中唐，主要是因爲：政治、經濟之故；而爲士人樂於爲之者，即是科舉考試制度之實施。中唐以律賦取士，上有所好下必盛焉。

白居易古文在修辭方面也有他的特色，如「百道判」、「策林」、「碑銘」、

「記誌」、「祭文」、「書牘」等篇章，擅以類疊、感嘆、頂眞、對偶方式表達，使文句有新、切、工、雅之感；也使前後語意緊湊，感情自然表露。總之，在白居易文集中，他所應用的修辭雖僅上述「類疊、排比兼層遞、譬喻、引用、頂眞、感嘆、設問、對偶」八種外，然在情感表達，或宣洩激憤時，或有所寄託時，往往不限用某一種修辭，而是以綜合運用的方式進行，將他心中的「喜、怒、哀、樂」的情緒完全表露無遺，而且自然妥切，應用自如，令人讚嘆不已。相較與黃慶萱先生的《修辭學》中的三十種；沈謙先生《修辭學》的二十四種；陳正治先生《修辭學》的二十六種而言，白居易行文所用之修辭，僅有八類可謂少矣。然在古文的創作上白居易不刻意用眾多修辭寫作，以「平易淺近」爲務，誠難能可貴矣！

第七章 白居易古文的評價與影響

　　白居易在文學史上的地位，常與中唐古典詩歌的現實主義傳統聯繫在一起。文學史家所以將白居易稱爲「現實主義詩人」，並認定是繼杜甫的後最偉大之現實主義詩人，主要是因爲白居易的文學實踐，繼承《詩經》現實主義的傳統精神，給以發揚光大，並作出卓越的貢獻。本章撰作參考姜素英《白居易散文研究》、《唐代文選》、《新譯白居易詩文選》、《白居易詩文選注》、《唐代文選注》、《古文鑑賞辭典》、《古文評註》、《古代散文鑑賞辭典》、《古文鑑賞辭典》等書，就白居易在古文史上所給予的評價以及對後代文壇的影響，分節予以論述。

第一節　白居易古文的評價

　　在唐代文學家中，白居易是最熱衷於自己編纂文集的人。後人對此有不少評論，如清・朱彝尊說：「詩家好名，未有過於唐白傅者。」（《重刊白香山詩集序》）趙翼也說：「才人未有不愛名者，然莫有如香山之甚者。」（《甌北詩話》卷 4）的確，白居易對編纂自己的詩文集是不遺餘力，而且越晚年越是用力。

　　白居易在七十四歲，編了一本最完備的詩文集，題爲《白氏長慶集》，計有前集五十卷，後集二十卷，續後集五卷，合計七十五卷，共收詩文三千八百四十餘篇。此爲白居易生前最後一次爲自己編集，也是收入作品最全的集子。除三本藏於寺廟外，餘者分別給自己的侄兒龜郎與外孫談閣童，囑咐他們「各藏於家，傳於後」。白居易將五本文集分別收藏在不同地方，顯然是爲

了避免收藏在同一地方遇到不測時毀於一旦。由此可知,白居易對其文集的重視與精心策劃,眞可謂用心良苦。

綜觀白居易的全部作品,不難發現其古文創作不論數量、或質量,都可追及與他同時代的古文大家韓愈、柳宗元。然而白居易因詩名之故,掩蓋了他其他方面的成就,如其古文創作即是如此。他的古文被評爲「文辭富艷」、「極文章之壺奧」;他的「策、詩賦、判、傳」等文體,當被禮部、吏部作爲選拔人才的「準的」。(〈與元九書〉)足見白居易的古文在中唐是頗富盛名的。但後世史學家、文學家幾乎都忽略它,更談不上深入研究或探討。有鑑於此,本文爰就白居易寫作古文的淵源、思想,以及它的文體、風格、藝術等方面提出探討,期望給白居易古文應有的評價。

一、白居易古文的地位

白居易、元稹,二人於貞元十九年同時通過吏部制科,元和二年又同登才識兼茂明於體用科。二人爲應制舉,曾經同撰《策林》,早有改革文章之議。後掌制誥,皆奉行之。「制從長慶詞高古」,影響不小。《舊唐書・元稹、白居易傳》附論云:唐初以來,「潤色之文」,「向古者傷於太僻,徇華者或至不經」,「賢不肖皆賞其文,未如元、白之盛」。又說:「元和主盟,微之、樂天而已。」「元之制策,白之奏議,極文章之壺奧,盡治亂之根荄。非徒謠頌之片言,盤盂之小說。」《舊唐書・元稹、白居易傳》由上述可知,《舊唐書》對元、白二人制誥之文給與極高的評價。白居易除了程式的制誥文字外,其他古文還包括策問、奏議、論、傳狀、碑碣、志銘、箴、贊、偈、賦、判、書信、記序、哀祭等文體。其實,白居易的古文,以明朗、自然、新鮮,用語流利,平易近人,類似白話作文的特質。他的古文在唐代別具特色,對唐以後,宋代的古文及晚明小品文起過重大影響。

自來論唐代古文,鮮有注意元稹、白居易者。實則元、白在當時文壇上的聲譽,是在韓愈之上。論唐代古文而獨尊韓愈,實出於宋代古文家之見解。以下引史文說明如次,以見元、白與韓愈文譽之升沉:

> 即日轉祠部郎中,知制誥……辭誥所出,夐然與古爲侔,遂盛傳於代。《舊唐書・元稹傳》

> 即擢祠部郎中,知制誥。變詔書體,務純厚明切,盛傳一時。《新唐書・元稹傳》

　　史臣曰……國初開文館，高宗禮茂才。虞、許擅價於前，蘇、李馳聲於後。或位升臺鼎，學際天人，潤色之文，咸布編集。然而向古者傷於太僻，徇華者或至不經，齷齪者局於宮商，放縱者流於鄭、衛。若品調律度，揚搉古今，賢不肖階賞其文，未如元、白之盛也。昔建安才子，始定霸於曹、劉；永明辭宗，先讓功於沈、謝。元和主盟，微之、樂天而已。臣觀元之制策，白之奏議，極文章之壼奧，盡治亂之根荄，非徒謠頌之片言，盤盂之小說。……贊曰：文章新體，建安、永明。沈、謝既往，元、白挺生。……《舊唐書‧白居易傳》

　　贊曰：居易在元和、長慶時，與元稹俱有名。最長於詩，它文未能稱是也。《新唐書‧白居易傳》

　　常以爲自魏晉以還，爲文者多拘對，而經誥之指歸，遷、雄之氣格，不復振起矣。故愈所爲文，務反近體，抒意立言，自成一家。新語後學之士，取爲師法。當時作者甚眾，無以過之，故世稱韓文焉。然時有恃才肆意，亦有盭孔、孟之旨。若南人妄以柳宗元爲羅池神，而愈撰碑以實之；李賀父名晉，不應進士，而愈爲賀作諱辨，令舉進士；又毛穎傳，譏戲不近人情：此文章之甚紕繆者。時謂愈有史筆，及撰順宗實錄，繁簡不當，敘事拙於取捨，頗爲當代所非。穆宗、文宗嘗詔史臣添改。《舊唐書‧韓愈傳》

　　言章自漢司馬相如、太史公、劉向、揚雄後，作者不世出，故愈深探本元，卓然樹立，成一家言。其原道、原性、師說等數十篇，皆奧衍閎深，與孟軻、揚雄相表裏，而佐佑六經云。至它文造端置辭，要爲不襲蹈前人者。……贊曰……至貞元、元和間，愈遂以六經之文爲諸儒倡。障隄末流，反刓以樸，剗僞以眞。然愈之才，自視司馬遷、揚雄，至班固以下不論也。當其所得，粹然一出於正，刊落陳言，橫鶩別驅，汪洋大肆，要之無牴牾聖人者。《新唐書‧韓愈傳》

以「新舊唐書」比較，可見《舊唐書》以爲元和一代文章正宗，應推元、白，而非韓愈。至北宋歐陽脩、宋祁修《新唐書》，始抑元、白而尊韓愈。歐陽脩所倡導的北宋古文運動，本爲尊韓運動，則《新唐書》之推尊韓愈，自是必

然之事。《舊唐書》係後晉司空同中書門下平章事劉昫等人所撰，此中所記載的，不但代表五代時人的意見，也與中唐人的意見相符，自然可採信，也是可信賴的。

又，當時文人裴度曾寄書給李翱說：「觀弟近日製作，大旨常以時世之文多偶對儷句，屬綴風雲，羈束聲韻，爲文之病甚矣，故以雄詞遠志一以矯之。則是以文字爲意也。且文者，聖人假之以達其心：心達則已，理窮則已，非故高之下詳之略之也。……故文之異，在氣格之高下，思致之淺深，不在其碟裂章句、墮廢聲韻也。人之異，在風神之清濁，心志之通塞；不在於倒置眉目，反易冠帶也。……昌黎韓愈，僕識之舊矣，中心愛之，不覺驚賞。然其人信美材也。近或聞諸儕類云：恃其絕足，往往奔放，不以文立制，而以文爲戲。可矣乎？可矣乎？」〔註1〕可見裴度對韓文的不滿。皇甫湜是韓愈得門人，愈臨終，猶以墓誌委湜。而裴度立「福先寺碑」，竟欲捨皇甫湜而遠徵白居易，益見在裴度心中韓派古文不如白居易之作。今觀元、白長慶集，元之制策、白之奏議，純厚明切，雍容大度，誠足冠冕元和。其文名所以不彰，全是北宋古文家的見解。而白居易於中唐之際，因詩名過盛，掩蓋其古文之光彩，實亦其因也。〔註2〕

白居易所遭逢之時代，正是古文運動興起的時候。此時人才輩出，文風鼎盛，與白居易同一時代的成名人物，如韓愈、柳宗元等人，才大志廣，抒意立文，自成一家。他們出現，有如日出東山一般，照耀了當時的文壇，對文體的革新和文風的復古有很大的貢獻，在文學史上的名聲和影響力都較白居易受到重視。而且韓愈雅好人才，對提攜後進不遺餘力，於是漸漸醞釀出一股對當時文壇深具有影響力的文人集團，進而形成了以韓愈、柳宗元爲先導的古文運動。在韓、柳的影響下，以後文壇，一直到宋代，更有所謂的宋六大家繼之而起，爲古文運動之發展，再造一新的高潮。在這一條古文運動的大河流當中，有許多後學之士，皆以韓、柳和宋六大家爲師法的對象，但終究無人能過之。這時代與他們同期的人，除非是和韓、柳和宋六大家一樣，對古文運動的思想變化有重大的影響力，否則是很難在此階段留下足跡，這

〔註1〕 〔清〕董誥主編：《欽定全唐文》：（臺北：文友書店，1974 年 3 月），卷 538，頁 6925～6926。

〔註2〕 葉慶炳：《中國文學史》（臺北：臺灣學生書局印行，1987 年 8 月），頁 454～455。

也是白居易古文在文學史上無法大現光芒的原因〔註3〕。

　　白居易與韓、柳雖處於同樣的時代，然而白居易卻不像其他人一樣師法韓、柳，我們在他的古文找不到有明顯贊同韓愈主張的言論，又，在白居易文集中，雖有零星的篇言及文理，但不具體本文在第二章第三節有論及「古文理論」，從中不難發現，白居易的文學理念也只是留在古文運動剛開始的階段。白居易在詩歌方面，就有極優異的表現，對詩歌他有獨特的見解和主張：「文章合為時而著」、「歌詩合為事而作」，在當為士人們所樂以接受。但在古文方面，雖有好的文章，然而卻沒有像韓、柳一樣對文章有明確的觀點。文學史上或文學批評史提到白居易的時候，並沒有給白居易古文適當的評價，這是可以理解的。

　　陳柱所著《中國散文史》，對白居易古文是以「淺易派」予以肯定：

　　　　天下事物，苟非中庸，必有相對。文章亦然。有主難者，必有主易者；有主深者，必有主淺者。故有樊紹述之艱深；必有白樂天之淺易。惟淺易與草率不同，第一要件即在真切。真切則文字雖淺易而意味實長，此實為最高之文境。反是，則可謂以艱深之字文其淺陋耳。白樂天之文，自來論文者不選而吾則以為陶淵明以後一人而已。《新唐書‧本傳》：「白居易，字樂天。其先蓋太原人，後徙下邽。敏悟絕人，工文章。未冠謁顧況，況吳人，恃才少所許可，見其文，自失曰：吾謂斯文遂絕，今復得子矣。又云：居易於文章精切，然最工詩，初頗以規諷得失，及其多更下偶俗好，至數千篇，當時士人爭傳，雞林行價售其國相，率篇易一金，甚偽者相輒能辨之。初與元稹酬詠，故號元白：稹卒，又與劉禹錫齊名，號劉白。其始生七月能展書，姆指之無兩字，雖試百數不差。九歲暗識聲律，其篤於文章蓋天稟然。〔註4〕

陳柱顯然是肯定白居易古文，而且給與「淺易」、「真切」、「真情」、「真趣」的評價；同時，肯定白居易是陶淵明以後的第一人。但要建立白居易古文的地位，有一個不可忽視的因素，即是白居易與古文運動的關係。古文運動始

〔註3〕　姜素英《白居易散文研究》（臺北：臺灣師範大學碩士論文，1998年6月），頁147。

〔註4〕　陳柱：《中國散文史》（臺北：臺灣商務印書館發行，1975年4月臺四版），頁227～228。

於唐代，在古文史上具有畫時代的重大意義。白居易剛好這是時期的主要文人之一，他的創作自然與當時文風有關。在本論文第四章文體與風格中提到「時代、環境、作家個性」等因素，都會影響到作者的創作。換言之，我們若想爲白居易的古文找地位，必須在中唐的「古文運動」中，找出白居易古文應有地位與價值。

　　一般研究古文運動之專書或論文，鮮少言及白居易在古文運動中地位，甚至在古文史上也很少提到；即是提到也只是簡短介紹其古文特色而已，並未深入言及他的古文地位。這與白居易在古文方面，未曾公開發表過自己的意見有很大的關係，而且他所提的文學理論皆與詩歌創作有關，所以他在詩歌方面的成就較爲後人所矚目〔註5〕。其次，白居易古文創作大部分皆屬公文類的「實用文」爲主要對象，不足凸顯白居易古文的文學魅力。然葉慶炳《中國文學史》一書曾分析說：「白居易在理論上未曾積極提倡古文，只是在創作的態度的取著上與古文運動走著相同的路線。他雖未能在當日的文壇上有一可觀的成就，但透過對唐、宋古文運動的全盤分析，應可以重新找出白居易古文在文學史上的角色和應當給的地位。」〔註6〕這種見解是很中肯的，因此下兩小節就想從這個角度，進行探討。

二、白居易與古文運動

　　白居易生於中唐時代，此期的文學，就文章言，正爲古文運動之高潮時期。所謂古文運動，其含義係指反對六朝華靡不實、氣象委靡之駢儷文，要求文體復古；內容以明道爲主，氣格以渾浩爲務；不是文辭的復古，而是另創新的文辭。羅聯添稱：「韓愈提倡古文運動所以成功其最主要因素，在於韓愈能將理論付諸實踐。古文運動理論方面是以文章載道、文體復古、氣格復古、辭句創造爲主。韓愈本自己理論實踐創作，終於寫出許多傑出古文作品。世人因而群起仿作，輔佐推展，終使古文盛行一時。其次，古文運動能夠成功，是韓愈信念堅定不移。」〔註7〕此運動初唐時已開始，至中唐韓愈、柳宗

〔註5〕 姜素英《白居易散文研究》（臺北：臺灣師範大學碩士論文，1998 年 6 月），頁 150。

〔註6〕 葉慶炳：《中國文學史》（臺北：臺灣學生書局印行，1987 年 8 月出版），頁 454～456。

〔註7〕 羅聯添：《韓愈研究‧古文運動》（臺北：臺灣學生書局印行，1988 年 7 月增訂三版），頁 221。

元等極力推動，古文運動遂逐漸開展。

　　唐初文章尙承襲六朝選風，喜好駢儷。自陳子昂始，首先攻擊齊梁駢體，提倡文章復古，然未能形成風氣。玄宗開元時，燕國公張說、許國公蘇頲改革駢文，化柔靡爲渾茂壯偉，時稱「燕許大手筆」。天寶以降至貞元時代，陸宣公（贄）以古句入駢體，所作諸詔書，文字平易，說理通達剴切，駢文本身改革，至此遂告完成，而古文運動接著逐漸開展。理論方面，有柳冕提出以文學教化合一的主張；實踐方面，有蕭穎士、李華、獨孤及、梁肅等人寫作載道及含有教化作用的古文。（葉慶炳《中國文學史》，頁 446～4470）他們的努力雖未能完全成熟，但已爲古文運動開闢徑途。及韓愈、柳宗元繼起，順此兩百餘年的歷史潮流，承前人遺緒，終使古文的理論與寫作蔚爲大觀，並使古文運動推展至另一新階段，進而達到高峰。

（一）白居易與柳冕

　　唐代自盛唐至中唐，已相繼出現一批古文家，皆以提倡古文爲己任，如蕭穎士、李華、賈至、元結、獨孤及、梁肅、權德輿、柳冕諸人，提倡古體，不過尙未形成一個有力的運動。〔註8〕上述人士上承王勃、陳子昂，下啓韓、柳，當中以柳冕爲韓愈之前，提倡復興古文最用心者，也是韓、柳古文運動的先驅者。柳冕提出「教化中心說」，主張爲復興儒道而復興古文，也就是以復興古文爲工具以達到復興儒道之目的〔註9〕。柳冕繼承唐初史家之文學復古主張，強調以古文爲教化之功用〔註10〕（本節在論文第三章第一節一「祖述詩經」（二）詩經教化功，頁 72～79 已說明，此處不在贅述），其主張見於〈謝杜相公論房杜二相書〉、〈答荊南裴尙書論文書〉、〈與徐給事論文書〉等。

　　依據白居易所提〈與元九書〉、〈新樂序〉、〈採詩〉三文，可知白氏所提倡的文學理論正與柳冕相同。但白居易所言只是傳統的理論，又以零星的篇

〔註8〕　劉大杰：《校訂本中國文學發展史》（臺北：華正書局股份有限公司，1977 年 5 月），頁 357～359。

〔註9〕　姜素英《白居易散文研究》（臺北：臺灣師範大學碩士論文，1998 年 6 月），頁 157。

〔註10〕　劉大杰：《校訂本中國文學發展史》「唐初的史家，如李百藥《北齊書》、魏徵《隋書》、姚思廉《梁陳書》、令孤德棻《周書》、李延壽《南北史》諸人，在檢考前代的興衰得失時，一致諸認爲六朝的淫靡文風，給予政治以不良的影響。於是都借著文苑傳、文學傳的序文，來攻擊六朝文學的風氣，同時又發揮宗經、尊聖、補助教化、切合實用的儒家傳統的文學理論。頁 57～361。

章，抒發在與友人的書信，或是祭文、碑銘文，甚至只是在程式的實用文中，呈現出來；明顯缺乏文論的提出及大力倡導的魄力，誠為可惜。

由白居易《策林・探詩》篇章中所提的理論而言：

> 臣聞：聖王酌人之言，補己之過，所以立理本，導化源也。將在乎選觀風之使，建採詩之官，俾乎歌詠之聲，諷刺之興，日採於下，歲獻於上者也。所謂言之者無罪，聞之者足以自誡。大凡人之感於事，則必動於情；然後興於嗟嘆，發於吟詠，而形於歌詩矣。

> 故國風之盛衰，由斯而見也；王政之得失，由斯而聞也；人情之哀樂，由斯而知也。然後君臣親覽而斟酌焉：政之廢者修之，闕者補之，人之憂者樂之，勞者逸之。……上下交和，內外胥悅。若此，而不臻至理，不致昇平，自開闢以來，未之聞也。（白居易集卷65，頁1370）

是知白居易所倡導的《詩經》教化，不僅限於教化之功，更有「救濟人病，裨補時闕」的觀念，意識到文學對社會、政治上的功能，並提出由下往上的諫言功能。上述主張，絕非柳冕所能及，惟一感到遺憾的是白居易所言之理論，未能將「文」與「道」結合在一起！

（二）白居易與韓、柳

韓、柳古文運動與當時之儒學復古運動有關。韓愈以宣揚儒學進行文體改革，以樸質實用的古文替代浮華空泛的駢文，得到廣大文士的支持，進而促使古文運動的發展。古文運動的作家中，韓愈最為重要，他所倡導的「文以貫道」乃儒家的「仁義之道」。韓愈〈送陳秀才彤序〉云：「讀書以為學，纘言以為文，非以誇而鬥靡也。蓋學所以為道，文所以為理耳。苟行事得其宜，出言適其要，雖不吾面，吾將信其富於文學也。」〔註11〕是知韓愈提倡古文，是「學所以為道」，是「儒道」之器。其〈答尉遲生書〉又云：

> 夫所謂文者，必有諸其中，是故君子慎其實，實之美惡，其發也不掩。本深而末茂，形大而聲宏，行峻而言厲，心醇而氣和。昭晰者無疑，優游者有餘。體不備不可以為成人，辭不足不可以為成文。〔註12〕

〔註11〕 〔唐〕韓愈：《韓昌黎集》（臺北：河洛圖書出版社，1974年12月），卷4，頁152。

〔註12〕 〔唐〕韓愈：《韓昌黎集》（臺北：河洛圖書出版社，1974年12月），卷2，

是知韓愈強調文章的寫作，貴乎「有諸其中」、「愼其實」，發之於文才能體備辭足。而這「中」、「實」的涵養，即是「仁義」之謂，也就是孔、孟一貫相承的道。所以他在〈答李翊書〉才說：「行之乎仁義之途，游之乎詩書之源。無迷其途，無絕其源，終吾身而已矣。」〔註 13〕。韓愈認爲「以道爲文，爲道而文學」；文學不能離開道而獨立，文學的技巧也是爲了表現「道」而存在。又提出「陳言務去，辭必己出」的主張，是由我手寫我意，非用古的之言語。所以韓愈所提倡的古文，實非秦、漢之古文，而係自由創造以「我手寫我口」的新古文。總之，他所謂的「復古」，是強調仍以古聖先賢之道爲準則，而其古文的撰寫，則是依自己的思想來創作，已不駢文所能駕馭了。

　　柳宗元文章與韓愈並稱於後世，也是唐古文運動中的重要作家，然其論文意見，與韓愈未盡相同。而以「文以明道」爲其主張，在文與道的關係上，柳宗元以「明道」爲務。〈答韋中立論師道書〉云：「始吾幼且少，爲文章，以辭爲工。及長，乃知文者以明道。是固不苟爲炳炳烺烺、務采色、誇聲音而以爲能也。」〔註 14〕又〈報崔黯秀才論爲文書〉云：「然聖人之言，期以明道，學者務求諸道而遺其辭。辭之傳於世者，必由於書。道假辭而明，辭假書而傳。要之之道而已耳。道之及，及乎物而已耳。斯取道之內者也。今世因貴辭而矜書，粉澤以爲工，道密以爲能，不亦外乎？」〔註 15〕「明道」，是柳宗元的用語，強調以「儒道」爲內在美，「語辭」爲外在美的主張，也就是借文辭闡明聖道，所以他也反對形式主義之文風，即是以駢文來寫作。但就「儒道」的依歸而言，柳宗元「文以明道」的主張與韓愈的「文以貫道」的主張是相同的。

　　韓、柳的古文運動傾向已與白居易古文有明顯差別，白居易古文的表現，主要是就其詩歌理論予以延伸，其觀念仍留滯於唐代初期古文家的論調，而無深一層的探討與論述；也就是仍以聖賢之述作爲依歸，以儒家思想爲依據。其次，是白居易以《詩經》精神「裨贊王道」、「綱紀人倫」爲標準，做爲他

　　　頁 84。

〔註 13〕〔唐〕韓愈：《韓昌黎集》（臺北：河洛圖書出版社，1974 年 12 月），卷 3，頁 99。

〔註 14〕〔唐〕柳宗元：《柳河東集》（臺北：河洛圖書出版社，1974 年 12 月），卷 34，頁 542。

〔註 15〕〔唐〕柳宗元：《柳河東集》（臺北：河洛圖書出版社，1974 年 12 月），卷 34，頁 550。

創作古文的準的。所以他的古文務求平易，以淺易情眞、語言樸實爲特色；少用駢文，少用典故，此種行文風格與白居易的個性、思想是有密切關係。嚴格來說，白居易與韓柳的不同是在「文」與「道」之異，而沒有將「文」、「道」結合在一起。

唐代古文運動的特色，是以文體的改革及復興儒家政教思想爲主。白居易在這方面是有表現，是直接呼應的。由他的記序、雜文、論文中不難發現，他的古文已趨向古文家的要求。至於公式化的「實用文」，也已「駢、古」兼用，不受駢文的約束，而是以一種平易近人的古文風格出現，有別於韓、柳的古文運動，形成另一類的文體改革。再者，白居易所提導倡的詩歌理論雖然具體，但與唐初、中唐韓、柳所倡導之古文論調，並不完全相同。白居易所創作的古文，無法找出與古文理論有直接的關係，或與他所寫作的篇章理論相結合。但在白居易古文寫作的思想與淵源而言，確實與古文家所提出的見解是一致的，他韓、柳所倡導的古文運動，是有密切的關係，也就是以「儒家思想」做爲他創作古文的主要源頭，這是可以肯定的。

白居易早年爲科考而寫的古文，如〈百道判〉、〈策林〉等，已有儒道的觀念。如《策林》文中的「養老」、「睦親」、「救學之失」、「採詩」等，先後提出以儒家爲政之道。茲舉〈養老〉爲例：

> 賜之以布帛，仁則仁矣；不若勸其桑麻之業，使天下五十者可以衣帛矣。賜之以肉粟，惠則惠矣；不若教其雞豚之畜，使天下七十者可以食肉矣。然後牧以仁賢，愼其刑罰；雖不與之年，而老者得以壽矣。不奪其力，不擾其時；雖不與之財，而老者得以富矣。使幼者事長，少者敬老；雖不與之爵，而老者得以貴矣。此三代盛王，所以不遺年而興孝者，用此道也。（白居易集卷65，頁1375）

此與孟子「養生送死無憾，王道之始也。五畝之宅，樹之以桑，五十者可以衣帛矣。雞豚狗彘之畜，無失其時，七十者可以食肉矣。百畝之田，勿奪其時，數口之家，可以無饑矣。謹庠序之教，申之以孝悌之義，頒白者，不負戴於道路矣」的觀念相同。再如〈議祭祀〉云：

> 近者敬失於鬼，祭祀以淫。禳禱者有僭濫諂媚之風，蒸嘗者失疏數豐儉之節。今欲使俗無淫祀，家不黷神，物省費而厚生，人守義而不惑。何爲何作，可以救之？（白居易集卷65，頁1365）

此文源自《論語・述而》所云：「子不語：怪、力、亂、神」之精神而來。白

居易所欠缺者，是未具體提出理論，惟有在寫作實踐上處處呈現儒家的精神。其次，是白居易所處之時代與韓、柳同時，白居易以詩聞名當代並爲後人所推崇，而其所創作的淺易古文，反而爲人所忽視。不如他的詩歌爲人所流傳歌頌，如《新樂府》、《秦中吟》、《琵琶行》、《長恨歌》等。

　　總之，白居易古文創作的精神與初唐古文家相同，提出了復古觀念；其文並強調文章的寫作是「教化世人」、「補察時政」爲主要功能。而白居易古文所以不爲後人所注意，則是欠缺強而有力的文學理論；同時未能清楚將詩歌與古文分開討論所致。若與古文運動家韓愈、柳宗元相比較，白居易的古文在「文」與「道」方面，確實有其遺憾；但就唐代古文運動的角色而言，白居易的實用文如「詔誥」、「奏狀」、「表章」、「論議」、「書牘」雜文、記序等文體的創作，無疑是韓、柳所倡的「古文」是相通的，而且相呼應的，白居易可說是韓、柳古文的嚮應者，在古文運動發展史上，也應該有他的重要地位存在，這是值得後人深思、研究與探討的。

三、白居易與宋代的古文運動

　　中唐時代韓愈、柳宗元領導的古文運動，取得相當大的成就，但是還不夠普遍和深入。到了晚唐，由於李商隱、段成式等人以駢文創作，興起駢儷文風，古文運動的發展，遭受了阻礙。北宋初期，西崑體領袖楊億、劉筠與錢惟演等人先後入館閣，遂主盟文壇。他們所作的詩文，以李商隱爲宗，取其雕鏤駢儷的形式技巧，而忽略其思想內容，成爲臺閣體的典型文體。西崑當日雖風行天下，然而一般有文學思想的作者，並不感到著滿意，如：石介、王禹偁、范仲淹、柳開諸人的古文，或以平淺質樸的古體說理記事，或以清新平淡之語表現眞情實感的生活紀錄，一掃西崑臺閣體的富貴氣與浮艷氣。本節撰寫參考《北宋文論研究》、《宋文彙》、《唐宋八大家文選》、《唐宋八大家鑑賞辭典》、《宋文選》、《古文觀止》、《古文析評》等書。如范仲淹撰〈尹師魯河南集序〉，述敘了當時文壇的情況：

> 予觀堯典、舜歌而下，文章之作，醇醨迭變，代無窮乎！惟抑末揚本，去鄭復雅，左右聖人之道者難之。近則唐正元和之間，韓退之主盟於文，而古道最盛。懿、僖以降，寢及五代，其體簿弱。皇朝柳仲塗起而麾之，髦俊率從焉。仲塗門人，能師經探道，有文於天下者多矣。洎楊大年以應用之才，獨步當世，學者刻辭鏤意，

有希覯？未暇及古也。其間甚者專事藻飾，破碎大雅，反謂古道不適於用，廢而弗學者久之。洛陽尹師魯少有高識，不逐時輩，從穆伯長遊，力為古文。而師魯深於春秋，故其文謹嚴，辭約而理精。章奏疏議，大見風采，士林方聳慕焉。遽得歐陽永叔，從而大振之，由是天下之文一變而古，其深有功於道歟。〔註16〕

由此序可知，范仲淹對尹師魯能以古文寫作極為肯定，同時穆修、歐陽脩等人隨之大振古文，天下文風因之丕變。石介〈怪說下〉云：

昔楊翰林欲以文章為宗於天下，憂天下未盡信己之道，於是盲天下人目，聾天下人耳。使天下人目盲，不見有周公、孔子、孟軻、揚雄、文中子、吏部之道，使天下人耳聾，不聞周公、孔子、孟軻、揚雄、文中子、吏部之道滅。俟周公、孔子、孟軻、揚雄、文中子、韓吏部之道，乃發其盲，開其聾，使天下惟見己之道，唯聞己之道，莫知其他。

今天下有楊億之道四十年矣。今人欲反盲天下人目，聾天下人耳，使天下人目盲不見有楊億之道，使天下人耳聾不聞有楊億之道。俟楊億之道滅，……堯、舜、禹、湯、文、武之道也，三才、九疇、五常之道也，反厥常，則為怪矣。

周公、孔子、孟軻、揚雄、文中子、吏部道，堯、舜、禹、湯、文、武之道也，三才九疇五常之道也，反厥常，則為怪矣。夫書則有堯舜典、皋陶、益稷謨、禹貢、箕子洪範；詩則有大小雅、周頌、商頌、魯頌；春秋則有聖人之經，易則有文王之繇、周公之爻、夫子之十翼。

今楊億窮妍極態，綴風月，弄花草，淫巧侈麗，浮華纂組，刓鎪聖人之經，破碎聖人之言，離析聖人之意，蠹聖人之道，使天下不為書之典、謨、禹貢、洪範，詩之雅、頌，春秋之經，易之繇、爻、十翼，而為楊億之窮妍極態，綴風月，弄花草，淫巧侈麗，浮華纂組，其為怪大矣！是人欲去其怪，而就於無怪，今天下反謂之怪之而怪，嗚呼。〔註17〕

〔註16〕〔宋〕范仲淹：《范仲淹全集》（南京：鳳凰出版社，2004年11月），卷6頁158～159。

〔註17〕高明主編：《宋文彙》（臺北：中華叢書編審委員會印行，1967年11月）據四部

由此文可知，石介對楊億西崑派的攻擊，是有力的、是有積極意義的。但他的文學思想，卻不如歐陽脩文學理論來得完整。石介特別將文學與聖道聯繫起來，處處壓制純文學的發展，將《尚書》、《周易》與《詩經》三百篇，一同視爲文學正統，將堯、舜、周、孔一同視爲文學作家的典範。宋代道統文學的理論基礎由此而建立，後來許多道學家對於文學的觀念，都是沿着這條路線發展演進。當日與石介持相同見解，以復古爲運動、主張文道合一的思想者，還有柳開、孫復、穆修、尹洙諸人。他們雖非文學家，但對文學的見解，在文學思想史上，也有一定的影響。在他們的言論裏雖難免有繁複之處，歸納起來，不外「明道」、「致用」、「尊韓」、「重古體」、「反西崑」五點。總之，他們的意見，有進步性，也有片面性；但對西崑體的激烈反抗，是很有積極作用的。〔註18〕其次，是《四庫全書總目‧穆參軍集》卷三云：「宋之古文，實柳開與修爲倡。然開之學，及身而止；修則一傳爲尹洙，再傳爲歐陽脩，而宋之古文，於斯極盛，則其功亦不鮮矣。〔註19〕」由此可知，其文的特色。再次。則是柳開〈應責〉亦云：

> 子責我以好古文，子之言何謂爲古文。古文者非在辭澀言苦，使人難讀誦之：在千古其理，高其意，隨言短長，應變作制，同古人之行事，是謂古文也。子不能味吾書，取吾意，今而視之，今而誦之，不以古道觀吾心，不以古道觀吾志，吾文無過矣。吾若從世之文也，安可垂教於民哉？亦自愧於心矣。欲行古人之道，反類今人之文，譬乎遊於海者乘之驥，可乎哉？苟不可，則吾從於古人。

〔註20〕

柳開此文，將尊重古文的理由說得非常明白。古文特點並非在辭澀言苦，使人難讀，而是有其千古道理，垂教於民。而且隨言之短長，用質樸平淺的語言表達出來，不致發生辭華於理的弊病。在他們這種「明道」、「致用」、「尊韓」、「重古」四個主旨之下，對於當日風靡天下的「綴風月，弄草，淫巧侈

　　　　叢刊本皇朝文鑑，頁 14。
〔註18〕劉大杰：《校訂本中國文學發展史》（臺北：華正書局股份有限公司，1977 年
　　　　5 月），頁 553。
〔註19〕《四庫全書總目》：（北京：中華書局出版，1865 年 6 月第一版）集部，卷 152，
　　　　別集類，頁 1308。
〔註20〕高明主編《宋文彙》。又見劉大杰：《校訂本中國文學發展史》（臺北：華正書
　　　　局股份有限公司，1977 年 5 月），頁 557。

麗，浮華纂組」的西崑派文風，自然要一致地加以攻擊和破壞了。〔註21〕他
們因為未曾在理論上積極反抗西崑，只是在創作上消極地取着不合作的態
度，所以他們一時也未能在當日文壇造成有力的運動，則有賴歐陽脩的提倡
與推動。

　　宋代古運動，在歐陽脩的推動下才得到成功的發展。他上繼韓、柳，後
承石、穆等人，因此古文運動是由他手中形成。再加上許多有力的同志，如
蘇舜欽、梅堯臣、三蘇、曾鞏、王安石等人，都從事古文創作，也都成為宋
代文壇上有名的人物。歐陽脩古文運動的成功，不僅是因為他提出了理論，
同時在創作上表現出優秀的成就。歐陽脩在文學思想方面，遠與韓、柳，近
與石、穆、柳等人的主張，大致是相同的。他既重道又重文，而且是先道後
文。如其〈答吳充秀才書〉云：「夫學者未始不為道，而至者鮮焉。非道之於
人遠也，學者有所溺焉爾。蓋文之為言，難工而可喜，易悅而自足；世之學
者往往溺之。一有工焉，則曰吾學足矣；甚者至棄百事不關於心，曰：「吾文
士也，職於文而已，」此其所以至之鮮也。……聖人之文，雖不可及；然大
抵道勝者，文不難而自至也。」〔註22〕此書可知，歐陽脩以古文勉勵作文章
的人，絕對不能沉溺於形式的華美，應在進德修業上下工夫。其〈答祖擇之
書〉又云：「學者當師經，師經必先求其意，意得則心定，心定，則道純。道
純則充於中者實，中充實則發為文者輝光，施於世者果致。三代兩漢之學，
不過此也。」（《歐陽脩全集》，卷 3，頁 96～97）文中清楚說出，「明道」為
作文主要的依據，而「明道」之說，即是儒家思想的宏揚。歐陽脩於〈送徐
無黨南歸序〉文中更深言「明道」為文之要旨，是最明確的印證，其文云：

> 草木、鳥獸之為物，眾人之為人，其為生雖異，而為死則同，
> 一歸於腐壞、漸盡、泯滅而已。而眾人之中，有聖賢者，固亦生且
> 死於其間，而獨異於草木、鳥獸、眾人者，雖死而不朽，逾遠而彌
> 存也。其所以為聖賢者，修之於身，施之於事，見之於言，是三者
> 所以能不朽而存也。……
>
> 東陽徐生，少從予學為文章，稍稍見稱於人。既去，而與群士

〔註21〕劉大杰：《校訂本中國文學發展史》（臺北：華正書局股份有限公司，1977 年
　　　　5 月），頁 557。

〔註22〕〔宋〕歐陽脩：《歐陽脩全集》（臺北：河洛圖書出版社，1975 年 3 月），卷 2，
　　　　頁 156～157。

試於禮部,得高第,由是知名。其文辭日進,如水涌而山出。予欲
摧其盛氣而勉其思也,故於其歸,告以言。然予固亦喜爲文辭者,
亦因以自警焉。(《歐陽脩全集》卷2,頁131～132)

本文作於至和元年(西元 1054 年)。徐無黨,婺州東陽永康(今浙江永康)
人,曾從歐陽脩學古文辭,並爲歐陽脩纂的《新五代史》作過注。徐無黨於
宋仁宗皇祐年間中進士,知名文壇。及第後歸鄉,永康在開封南,所以稱「南
歸」,作者爲之作序贈行。文中「三不朽」的說法,最早見於《左傳》襄公二
十四年叔孫豹之語:「太上有立德,其次立功,其次有立言。雖久不毀,此之
謂三不朽。」在序文中,歐陽脩一方面將文章提到「立言」之層次,同時又
以顏淵爲例,指出「修於身矣,而不施於事,不見於言,亦可也。」就是說,
爲人必須以德行、修身爲本,有德,即使不見於言,亦可揚名後世。否則即
使「文章麗矣,言語工矣」,「無異草木榮華之飄風,鳥獸好音之過耳。」故
爲文而文,以文自喜,是文弊的根源。因此,歐陽脩一再提醒後學,不能「勤
一世以盡心於文字間」。其實,徐無黨文章在當時,已爲世人所稱許,又中甲
科,由是知名。如果以此自滿,正如歐陽脩〈答吳充秀才書〉所云:「蓋文之
爲言,難工而可喜,易悅而自足。世之學者往往溺之,一有工焉,則曰:『吾
學足矣!』甚者至棄百事不關於心,曰:『吾文士也,職於文而已』。」就不
能繼續進步,因而要以「摧其盛氣而勉其思」的方式鼓勵徐無黨。

〈送徐無黨南歸序〉一文立意高遠,有襯託,有照應,言詞懇切,平易
近人,實爲贈序中的名篇。評曰:「須知此文,句句言文之不可恃,實在句句
嘆文之難工,而虞傳世之不易。所謂愛之深,言之切,乃歐文之最詼詭者。
細細涵詠,自得其意。」〔註23〕由上敘述可知,歐陽脩改革文弊、倡導古文
的苦心與毅力。不過歐陽脩的古文,有別韓愈的「古文」,既不同於秦、兩漢
之作,與韓愈古文也大有出入;他不以「險怪」、「艱澀」行文,而以「平易
近人」爲寫作的主要準則,故爲一般人所樂於接受。他所領導的古文運動所
以較韓更有大成就,就在於文章力求「平易自然」。這種主張近乎白居易爲文
「平實淺易」的創作風格。

北宋初期的古文家,在古文運動方面的主要功績是提倡,而真正使古文
寫作蔚爲風氣的是歐陽脩。歐陽脩在古文的創作上有很高的成就,並且極力

〔註23〕 王更生:《歐陽脩散文研讀》(臺北:文史哲出版社印行,1996 年 5 月初版),
頁 187～188。

推動古文運動。在他主持考政時，凡是雕琢之作，一概不取，於是文風爲之
丕變。明・茅坤將唐朝的韓愈、柳宗元，宋代的歐陽脩、曾鞏、王安石、蘇
洵、蘇軾、蘇轍等人，合稱爲「唐宋八大家」，自有道理在。

（一）白居易與歐陽脩

歐陽修，字永叔，晚號六一居士，北宋吉州廬陵（今江西吉安縣，一云
永豐縣）人。生於眞宗景德四年（西元 1007 年），卒於神宗熙寧五年（西元
1072 年），年六十六。修四歲喪父，母鄭氏親自授讀。家貧無紙筆，常以荻畫
地學書。仁宗天聖八年，舉進士甲科，時年二十四。慶曆初，召知諫院，改
右正言，知制誥。時杜衍、韓琦、范仲淹、富弼等相繼罷去，修上書疏極諫，
貶知滁州（今安徽滁縣），在滁自號醉翁。徙知揚州、潁州，還爲翰林學士，
奉敕重修唐書。嘉祐五年，拜樞密副使。六年，參知政事，與韓琦同心輔政。
神宗初，出知亳州，轉青州、蔡州，以太子少師致士，歸隱於潁州。卒諡文
忠。修早年讀昌黎文，苦心探索，遂倡爲古文，以明道致用爲主旨，天翕然
師之。修喜獎掖後進，曾鞏；王安石、蘇軾、蘇轍皆出其門下，爲北宋古文
之宗師。著有文忠集、新五代史、毛詩本義、集古錄，及與宋祁合纂之新唐
書。

歐陽脩是北宋時期的文壇領袖，他所領導的古文運動是繼承唐代古文運
動而來。他應宋代社會生活日益發展的形勢，配合他所參與的政治革新，努
力寫作漢唐古文，與尹洙、梅堯臣等人提倡詩文革新。歐陽脩的古文創作，
既發揮了韓愈「不平則鳴」的理論，也提出「窮而後工」的論述。歐陽脩認
爲有窮困的生活和苦難的遭遇，它才是文學創作的泉源；文學應發揮「怨刺」
的作用，抒寫羈臣、寡婦和「人情之難言」，進一步加強了文學創作與社會生
活的聯繫，以反映現實、反映民生、反時事、寫生民之痛爲主。

大陸學者劉衍在其所著《中國古文史綱》評歐陽脩的古文道：

> 以其道德文章彪炳當世，奠定了新古文古運動全面勝利的基
> 石。他的古文婉轉曲折、措辭平易，一唱三嘆、富有情韻，對宋代
> 古文形成平易簡潔、委婉流暢的風貌具有深遠的影響。他以出色的
> 古文創作，影響了北宋文壇的幾代古文作家，這些作家又均以其富
> 有創造力的創作，共創了北宋六大家并崎的局面，帶來了有宋一代

古文的繁榮。〔註24〕

是知宋代文人較唐代文人重視古文，並進一步著力於古文的「平易簡潔」。而歐陽脩「平易簡潔」的文風，與白居易古文的「平實淺易」、「自然平實」，是不謀而合的。白居易以平易自然，真情、真意、真切的創作古文，與他的日常生活有密切關係；其內容則以人生的經驗、智慧、生命為主，故能深得宋代古文運動者所喜愛。劉氏讚美歐陽脩的言論，間接的也是肯定白居易古文的創作，可見宋代古文普遍傾向以「平易自然」為行文準的，除韓、柳文風的思想外，更有陶淵明、白居易等人的行文風格，這也是歐陽脩創作古文的主要依據。茲以〈醉翁亭記〉為例：

> 環滁皆山也。其西南諸峰，林壑尤美。望之蔚然而深秀者，琅琊也……醉翁之意不在酒，在乎山水之間也。山水之樂，得之心而寓之酒也。
>
> 若夫日出而林霏開，雲歸而巖穴暝，晦明變化者，山間之朝暮也。野芳發而幽香，佳木秀而繁陰，風霜高潔，水落而石出者，山間之四時也。朝而往，暮而歸，四時之景不同，而樂亦無窮也。
>
> 已而夕陽在山，人影散亂，太守歸而賓客從也。樹林陰翳，鳴聲上下，遊人去而禽鳥樂也。然而禽鳥知山林之樂，而不知人之樂；人知從太守遊而樂，而不知太守之樂其樂也。醉能同其樂，醒能述以文者，太守也。太守謂誰？廬陵歐陽脩也。（《歐陽脩全集》卷2，頁110～111）

宋仁宗慶曆五年（西元 1045 年），歐陽脩因支持范仲淹等人的改革主張，得罪守舊派人士，被貶滁州，十月至郡；六年，年四十，自號醉翁。他趁公務之暇，常率眾出遊，放情於山水詩酒。這反映了歐陽脩滁州生活的一個面向。

這篇遊記，以輕鬆、流暢的筆調，詞彩生動，音調嘹亮的語言，描寫他和賓客在醉翁亭中歡宴的情景，以及所領略的山林情趣和人間安樂，從而抒發了「與民同樂」的深沉感情。過商侯曰：「從滁出山，從山出泉，從泉出亭，從亭出人，從人出名，一層一層復一層，如累疊階級，逐級上去，節脈相生妙矣！尤妙在醉翁之意不在酒，及太守之樂其樂，兩段有無限樂民之樂意，隱見言外。若止認作風月文章，便失千里。」〔註25〕又，慶曆八年正月，歐

〔註24〕劉衍：《中國散文史綱》（廣州：南方出版社，2005 年，4 月），頁 247。
〔註25〕過商侯：《古文評註》（臺中：曾文出版社，1975 年 7 月），頁 451。

陽脩又徙知揚州，則〈醉翁亭記〉當作於此其間。歐陽脩並作有〈題滁州醉翁亭〉詩云：「四十未爲老，醉翁偶題篇。醉中遺萬物，豈復記吾年。但愛亭下水，來從亂峰間。聲如自空落，瀉向兩簷前。流入岩下溪，幽泉助涓涓。響不亂人語，其清非管弦，豈不美絲竹，絲竹不勝繁。所以屢攜酒，遠步就潺湲，野鳥窺我醉，溪雲留我眠，山花徒然笑，不解與我言。惟有岩風來，吹我還醒然。」（《歐陽脩全集》卷2，頁202）詩中透露出被貶後政治上的壓抑心情，然而牢記於心者「不作戚戚之文」，而是借詩文山水酒以自放，故文中有「醉翁之意不在酒，在乎山水之間也。山水之樂，得之心而寓之酒也」與「蒼顏白髮，頹然乎其間者，太守醉也」諸語，頗有長歌當哭之意。此記駢古結合，每句結尾基本用「也」字，爲作者傳世之力作。宋·羅大經《鶴林玉露》云：「歐公在漢東，於破筐中得韓文數冊，讀之始悟作文法。東坡雖遷海外，亦惟以陶、柳二集自隨。各有所悟入，各有所酷嗜也。然韓、柳猶用奇字、重字，歐、蘇唯用平輕虛字，而妙麗古雅，自不可及。此又韓、柳所無也。」〔註26〕歐陽脩此記爲世人所重如此。

清初吳楚材《古文觀止》曾評此文：「通篇共用二十一個也字，逐層脫卸，逐步頓跌，句句是記山水，卻句句是記亭；句句是記太守；似古非古，似排非排，文家之創調也。」〔註27〕又「醉翁」身處優美大自然，享受「樂亦無窮」之情趣，然而「醉翁」的山水之樂，還有更深一層的內涵，即是與民同樂。文中對滁人遊山之樂與太守宴遊之樂的描述，充分勾勒與民同樂之趣。須知歐陽脩此文係仿白居易〈冷泉亭記〉寫作之精神而來：

> 東南山水，餘杭郡爲最。就郡言，靈隱寺爲尤。由寺觀，冷泉亭爲甲。亭在山下，水中央，寺西南隅。高不倍尋，廣不累丈；而撮奇得要，地搜勝概，物無遁形。春之日，吾愛其草薰薰，木欣欣，可以導和納粹，暢人血氣。夏之夜，吾愛其泉渟渟，風泠泠，可以蠲煩析酲，起人心情。山樹爲蓋，巖石爲屏，雲從棟生，水與階平。坐而玩之者，可濯足於牀下；臥而狎之者，可垂釣於枕上。矧又潺湲潔澈，粹冷柔滑。若俗士，若道人，眼耳之塵，心舌之垢，不待盥滌，見輒除去。潛利陰益，可勝言哉？斯所以最餘杭而甲靈隱也。

〔註26〕〔宋〕羅大經：《鶴林玉露》（北京中華書局2005年6月3版），卷五，頁93。
〔註27〕鄭佩香主編，吳楚材：《古文觀止》（臺南市：正言出版社，1991年4月），頁647。

杭自郡城抵四封，叢山複湖，易爲行勝。（白居易集卷 43，頁 944
～945）

大自然之清新明麗、渾樸脫俗，作者深深陶醉，公事之煩擾、政治上之失意
似乎全被大自然的美景與湖光山色所驅除。自然風光不僅使作者流連忘返，
同時也潛移默化著作者的思想與情感，此爲白居易記文最大特色。

　　白居易與歐陽脩所作記文，皆駢古夾雜，在語言上既有整齊的對偶，又
有奇零變化的古句，錯落有致，具整齊與錯綜之美。用字遣詞亦皆平易自然，
尤其是虛字的應用，更是得心應手，酣暢流動。其次，再以歐陽脩〈六一居
士傳〉爲例：

　　　　客有問曰：「六一，何謂也？」居士曰：「吾家藏書一萬卷，集
　　三代以來金石遺文一千卷，有琴一張，有棋一局，而常置酒一壺。」
　　客曰：「是爲五一爾，奈何？」居士曰：「以吾一翁，老於此五物之
　　間，是豈不爲六一乎。」……居士曰：「吾之樂，可勝道哉！方其得
　　意於五物也，太山在前而不見，疾雷破柱而不驚；雖響九奏於洞庭
　　之野，閱大戰於涿鹿之原，未足喻其樂且適也。然常患不得極吾樂
　　於其間者，世事之爲吾累者眾也。其大者，有二焉：軒裳珪組，勞
　　吾形於外；憂患思慮，勞吾心於內。使吾形不病而已悴，心未老而
　　先衰，尚何暇於五物哉。雖然，吾自乞其身於朝者三年矣；一日，
　　天子惻然哀之賜其骸骨，使得與此五物皆返於田廬，庶幾償其夙願
　　焉。此吾之所以志也。」客復笑曰：「子知軒裳珪組之累其形，而不
　　知五物之累其心乎？」居士曰：「不然，累於彼者，已勞矣，又多憂；
　　累於此者既佚矣，幸無患。吾其何擇哉？」於是與客俱起，握手大
　　笑曰：「置之。區區不足較也。」

　　　　已而嘆曰：「夫士少而仕，老而休，蓋有不待七十者矣，吾素慕
　　之，宜去一也；吾嘗用於時矣，而訖無稱焉，宜去二也；壯猶如此，
　　今既老且病矣，乃以難彊之筋骸，貪過分之榮祿，是將其素志，而
　　自食其言，宜去三也。吾負三宜去，雖無五物，其去宜矣，復何道
　　哉！」熙寧三年九月七日，六一居士自傳。（《歐陽脩全集》卷 2，
　　頁 140～141。）

歐陽脩此篇傳文，作於熙寧三年，然歐陽脩自熙寧元年始，即接連上表請求
退休。熙寧二年秋在青州，因擅止發古青苗錢，被朝詰責，退休之願更加迫

切。到蔡州後，又多次上章告老，終於熙寧四年六月獲准，七月退居潁州；熙寧五年閏七月在潁去世。

〈六一居士傳〉與陶淵明〈五柳先生傳〉、王績〈五斗先生傳〉以及白居易〈醉吟先生傳〉相似，皆以抒發隱逸情趣，打破傳統寫作框架的作者小傳。所不同的是，本文模仿漢賦主客問答的形式，圍繞更號「六一居士」之問題，使作者的內心世界，籍五問的對話中得到充分的展現。筆調自然悠閒紆緩，字裡行間，卻蘊含著無可奈何的苦悶情懷。

雖然作者在藝術上並未多加雕琢與修飾，是借用漢賦主客「問答」形式行文，以述志趣，看似「平易自然」，卻恰到好處地表達了真情實感，使得全文跌宕錯落，並在恬澹多姿中，蘊含着深遠的情趣。此篇傳文與白居易的〈醉吟先生傳〉有異曲同工之妙，如〈醉吟先生傳〉所言：

> 醉吟先生者，忘其姓字、鄉里、官爵，忽忽不知吾為誰也。宦遊三十載，將老，退居洛下。所居有池五六畝，竹數千竿，喬木數十株，臺榭舟橋，具體而微，先生安焉。家雖貧，不至寒餒；年雖老，未及昏耄。性嗜酒、耽琴、淫詩。凡酒徒、琴侶、詩客，多與之遊。遊之外，棲心釋氏，通學小中大乘法。與嵩山僧如滿為空門友，平泉客韋楚為山水友，彭城劉夢得為詩友，安定皇甫朗之為酒友。每一相見，欣然忘歸。……

> 若捨吾所好，何以送老？因自吟〈詠懷〉詩云：「抱琴榮啟樂，縱酒劉伶達，放眼看青山，任頭生白髮。不知天地內，更得幾年活？從此到終身，盡為閒日月。」吟罷自哂，揭甕撥醅，又引數盃，兀然而醉。既而醉復醒，醒復吟，吟復飲，飲復醉：醉吟相仍，若循環然。由是得以夢身世，雲富貴，幕席天地，瞬息百年，陶陶然，昏昏然，不知老之將至，……今之前，吾適矣；今之後，吾不自知其興何如？（白居易集卷70，頁1485～1486）

此篇傳記，是白居易晚年退居洛陽後所寫的一篇自傳，記敘退居洛陽後十年的生活，描述自己沉湎詩酒的狀況，說明自號「醉吟先生」的原因。其中以劉伶自比，終日沈湎於詩酒中。表面上似乎很曠達，一杯在手，「兀然而醉」，「陶陶然，昏昏然，不知老之將至」，其實是他的「兼濟天下」理想破滅後產生的一種逆反心理，所以借酒澆愁，暫時自我麻醉而已。所謂「全於酒者」，不過是聊以解嘲，掩蓋內心的真實感情，以求得心理上的平衡。文章在字裡

行間，都蘊藏着無限的鬱悶與痛苦。它在古代古文中別具一格，足以與阮籍〈大人先生傳〉、劉伶〈酒德頌〉、陶淵明〈五柳先生傳〉相比美；同時也是開創了傳記的另一種新變種，卻不具體地完整記敘傳主的生平事跡，而是描述傳主生活的某一方面，「馳騁文墨間，以滑稽之術雜焉」，實際上是假託作傳以抒寫懷抱，亦是研究白居易晚年的重要篇章。將白居易與歐陽脩兩篇傳記相比較，不也都是抒懷之作，以寄託情感爲主要訴求。過商侯曰：「唐六如曰：『達言妙論，可使醉者頓醒，愁者頓粲。』高致落落，亦知止，亦安分，令人可感可傷。」〔註28〕，誠肺腑之言也。

由以上引文可知，歐陽脩在文學創作上，是以「眞情眞意」、「平易自然」的文字將其內心世界寄託於文字中。歐陽脩對後世貢獻最大，影響最烈的，是他的文學創作。在理論建設上，他雖然以「尊韓」作號召，但是卻突破了韓愈純粹儒家道統的束縛，賦予「道」的內容轉而爲現實生活中的「百事」；認爲關心百事，即是「道」的具體表現，將「百事」呈現出來，「儒道」自然在百事中張顯出來。

歐陽脩所謂的「百事」，就是白居易所言的「生民」之事，既可以反映社會民生問題，也可以抒發己志、寄情己意於古文中，也就是他所謂的「文章反映時弊」、「文章合爲時而著」的主張，已脫離「道」的精神而注入反映實事的寫作。

至於歐陽脩議論文的寫作，則是說理透徹，論證有據，夾敘夾議，層次分明。如〈五代史伶官傳序〉，即是一篇佳作：

> 嗚呼！盛衰之理，雖曰天命，豈非人事哉？原莊宗之所以得天下，與其所以失之者，可知之矣。
>
> 世言晉王之將終也，以三矢賜莊宗，而告之曰：「梁吾仇也；燕王吾所立；契丹與吾約爲兄弟，而皆背晉以歸梁。此三者，吾遺恨也。與爾三矢，爾其無忘乃父之志。」莊宗受而藏之於廟。其後用兵，則遣從事以一少牢告廟，請其矢，盛以錦囊，負而前驅，及凱旋而納之。
>
> 《書》曰：「滿招損，謙得益。」憂勞可以興國，逸豫可以亡身，自然之理也。故方其盛也，舉天下之豪傑，莫能與之爭；及其衰也，

〔註28〕過商侯：《古文評註》，頁298。

> 數十伶人困之，而身死國滅，爲天下笑。夫禍患常積於忽微，而智
> 勇多困於所溺，豈獨伶人也哉！作《伶官傳》(《宋文彙》，頁 290)

本篇是〈伶官傳〉的開首部分，歐陽脩於文章中，首先提出一個國家的盛衰，不在於「天命」，而在於「人事」，作爲行文的論點。然後以先敘後議的筆法，敘寫後唐莊宗李存勗接受並盡力執行其父晉王李克用的遺命，屢獲勝利，終達到「繫燕父子以組，函梁君臣之首，入於太廟」、「仇讎已滅，天下已定」的目的。歐陽脩以一盛一衰、一正一反、一揚一抑，相互映襯，跌宕多姿，曲折變化。短短四百餘字，既使中心論點具體明確，文章的說服力又強，誠是古文的能手。

歐陽脩所領導的古文運動，所以比韓愈有更大的成就，主要原因在於歐陽脩對文章的要求力求平易、不詰屈聱牙。歐陽脩將道與現實生活中的「百事」聯繫起來，反對「棄百事不關於心」的性理之學，強調學道作文履之以身，施之以事」，將有利於國計民生。他指出「道勝者文不難而自至」，同時又說道德高尚的人未必都是「能言之士」，糾正了宋初古文家文道合一、重道輕文的偏差。歐陽脩以「力求平易」與「反映百事」的寫作文風與白居易古文風格有相似之處。由此可知，歐陽脩提倡古文運動，雖以「明道」、「致用」爲號召，實際上仍有「文道」並重之意味。

其次，歐文雖淵源於韓文，但不等同於韓文，而是在作品風格上別樹一幟。韓愈的文學主張雖標榜「文從字順」，但同時也強調「詞必己出」、「唯陳言之務去」，於是韓愈的作品，給人一種尚奇好險的印象。歐陽脩則不然，他在領導北宋古文運動中，便針對韓文「奇險」的弊病提出否認的態度，而以「平易自然」爲主的行文風格。同時以身作則，身體力行，倡導「平易自然」的行文風格，此與白居易「平實淺易」的文風頗爲類似。歐陽脩的古文明白流暢、平易自然，又能深入淺出，文風自然清新，抒情委婉，說理透徹。如〈醉翁亭記〉、〈六一居士傳〉、〈養魚記〉、〈瀧岡阡表〉、〈縱囚論〉、〈朋黨論〉、〈五代史伶官傳序〉等，即是最佳的證明。歐陽脩的古文，也是宋以後爲文士爭相模仿學習的對象，與後世學習「白文」相似，以「平實淺易」爲寫作的準的。

白居易關心現實，反映民生疾苦的文學傳統，由《詩經》而來，是杜甫詩歌之後，最重要的一環。歐陽脩的政治情懷與器識人品和白居易也頗多相似，他寫了大量的建議性文章，很容易讓人聯想到白居易忠言直諫的奏狀文。

　　歐陽脩是宋代古文的第一位大師，對宋初以來近一個世紀的古文和流行文體的爭論作個總結，爲宋代古文史揭開了新的一頁。作爲宋代古文運動的領袖人物，歐陽脩的主要功績在於繼韓、柳之後，再一次舉起古文運動的大旗。歐陽脩以「平易簡潔」的文風創作古文，變革晚唐、五代以至宋初的卑弱靡麗文風，從實踐和理論兩方面，爲有宋一代樹立光輝的文風典範。歐陽脩一生寫了五百餘篇文章，有政治、史論、記事、抒情、筆記文之類，各體兼備，大都內容充實，不矜才使氣。而且析理言情，曲盡其致，獨具一種平易自然、流暢婉轉的藝術風格，這種風格反映了唐以來古文去華求實、接近通俗的發展趨勢〔註29〕。

　　歐陽脩古文的特色，是個性色彩十分濃厚：一是強調了唐代古文家所倡導的「明道」的口號，進一步掃除了浮華的文風；二是要求文風樸實，語言平易自然，文從字順，掃除了在文中使用艱深冷僻詞句的舊習，縮小了文言文與口語的距離。此後，宋代古文基本上，是沿著他所開闢的古文之路而發展。〔註30〕

（二）白居易與五大家

　　歐陽脩承繼唐代古文運動的主要理論觀點，又結合當時的具體情況，在不少方面有所發展，奠定了宋代古文運動的理論基礎，爲宋代古文的發展作出重要貢獻。同時，歐陽脩又身體力行，終生積極進行創作，實踐了他的理論。

　　乃至北宋曾鞏、王安石、三蘇（蘇洵、蘇軾、蘇轍）的古文作品相繼問世，終使宋代古文能夠在我國文學史上大放異彩，直可與兩漢古文、唐代詩歌爭容比艷。此種成就，首先得力於歐陽脩的文體改革，它從制度上給宋代詩文革新運動掃了障礙，有益於大批作家走上文壇。其次，得力於歐陽脩闡發的文學主張，指導曾鞏、王安石、三蘇的古文，豐富並發展此觀點。第三，歐陽脩自己的大量創作，也影響了三蘇、曾、王等人，使北宋中期的創作，掀起了繁榮的高潮。在此風潮下，促使綿延幾百年的綺麗文風爲之一變，轉以樸實通俗的古文來創作。本節撰寫參考《唐宋八大家文選》、《歐陽脩古文

〔註29〕王更生：《歐陽脩散文研讀》（臺北：文史哲出版社，1996 年，5 月），頁 75
　　　　～88。又見馬積高、黃鈞主編：《中國古代文學史・宋遼金元》（臺北：萬卷
　　　　樓圖書有限公司，1998 年 7 月），頁 81～82。
〔註30〕馬積高、黃鈞主編：《中國古代文學史・宋遼金元》，頁 81～83。

研讀》、《蘇軾古文研讀》、《曾鞏古文研讀》、《王荊公古文研究》、《唐宋八大家鑑賞辭典》等書。茲就北宋古文五大家的特色分述如次：

1・曾鞏

曾鞏受儒家「道統」思想的影響很深，宋人稱他是「淵源聖賢，表裡經傳……醇乎其醇」的儒學信奉者。不過他所信奉的道並不是教條式式的空洞說教，而是從「適天之用」的要求出發，以道爲根本原則；「因其所遇之時，所遭之變，而爲當世之法」，達到「成太平之功」的政治目的。對文的要求，一是「明聖人之道」，二是「發難顯之情」；亦即是發揮以文學闡發儒道，強調「經世濟民」的「宣傳教化」作用。他要求作家成爲「蓄道德又能文章」的人，既有「周萬事之理」、「通難知之意」的豐富社會知識和判斷能力，又要有「得諸心，充諸身，擴而被之國家天下」的深厚道德修養和政治實踐，同時掌握較強的文學藝術技巧。〔註31〕曾氏的爲文以「經世濟民」與「教化」爲主的觀念，和白居易爲文「補察時政」、「反映民生」重視文學以「教化」爲是的理念是相同的。

曾鞏爲文以「古雅平正」見稱，敘事簡潔，議論鋒利，尤長於序文的寫作。他的古文不以慷慨激烈取勝，而以沖淡平和見稱；風格雍容典雅，結構完整嚴謹，行文委婉周詳，語言平易靈活。這種獨具一格的新式文體，在北宋文壇曾被廣爲傳誦，並對後世有深遠影響〔註32〕。今錄〈戰國策目錄序〉說明如次：

> 夫孔孟之時，去周之初已數百歲，其舊法已亡，舊俗已熄久矣，二子乃獨明先王之道，以謂不可改者，豈將彊天下之主以後世之所不可爲哉？亦將因其所遇之時、所遭之變，而爲當世之法，使不失乎先王之意而已。二帝三王之治，其變固殊，其法固異，而其爲國家天下之意，本末先後，未嘗不同也。二子之道如是而已。蓋法者所以適變也，不必盡同，道者所立本也，不可不一，此理之不易者也。故二子者守此，豈好爲異論哉？
>
> 或曰：「邪說之害正也，宜放而絕之，則此書之不泯，其可乎？」
> 對曰：「君子之禁邪說也，固將明其說於天下，使當世之人皆知其說不可從，然後以禁則齊，使後世之人皆知其說之不可爲，然後以戒

〔註31〕陳霞村、閻鳳梧譯注：《唐宋八大家文選》，頁440。
〔註32〕陳霞村、閻鳳梧譯注：《唐宋八大家文選》，頁575。

則明，豈必減其籍哉？放而絕之，莫善於是。是以孟子之書，有爲神農之言者，有爲墨子之言者，皆著而非之。至於此書之作，則上繼春秋，下至楚漢之起，二百四五年之間，載其行事，固不得而毀也。」〔註33〕

本文寫作特點，是採取對比方法，用劉向「惑於流俗，而不篤於自信」，與孔孟「不惑乎流俗，而篤於自信」作比較，以孔孟之「道」，與游士之「邪說」作對照，提煉出作者「法」可異，而「道」不變的政治觀點。論點明晰，結構緊湊，語言簡潔，文字平實樸質；明先王之要道，黜處士之橫議，有功於世道人心，是曾鞏本色的文字。

「書序」文體向爲曾鞏所擅專，所以清‧方苞稱道：「南豐之文長於道古，故序古書尤佳。」（《唐宋文舉要》甲編卷七引）林琴南也讚嘆：「曾子固爲目錄之序，至有條理。」（《選評古文辭類纂》）其實，曾氏的善作「序體」於「目錄」之外，也有爲文善寫序的名篇佳作傳世，如〈范貫之奏議集序〉、〈李白詩集後序〉、〈張文叔文集序〉、〈齊州雜詩序〉與〈先大夫集後序〉，無不是記人事論古今，語旨新穎；而行文至理，情摯意深，發人所未發，更獨具一格。〔註34〕如〈先大夫集後序〉文云：

公所爲書號《仙鳧羽翼》者三十卷，《西陲要紀》者十卷，《清邊前要》五十卷，《廣中臺志》八十卷，《爲臣要紀》三卷，《四聲韻》五卷，總一百七十八卷，皆刊行世，今類次詩賦書奏一百二十三篇，又自爲十卷，藏於家。……宋既平天下，公始出仕。纏此之時，太祖、太宗已綱紀大法矣。公於是言當世得失。其在朝廷，疾當事者不忠；故兆言天下之要，必本天子憂憐百姓、勞心萬事之意；而推大臣從官執事之人……公卒以齟齬終，其功行或不得在史氏記；藉令記之，當時好公者少，史其果可信歟？後有君子，欲推而考之，讀公之碑與書，及予小子序其意者，具見其表里，其於虛實之論可覆矣。公卒，乃贈諫議大夫。曾氏，諱某，南豐人。序其書者，公之孫鞏也。」（《曾鞏全集》，卷4，頁39～40）

〔註33〕〔宋〕曾鞏：《曾鞏全集‧曾南豐文集》（臺北：河洛圖書出版社，1975 年 3 月）卷3，頁32～33。

〔註34〕穆梓：〈先大夫集後序〉《唐宋八大家鑒賞辭典》（太原：北岳文藝出版社，1989 年 10 月），頁 1216。

曾鞏此書序巧妙將「言當世得失」之觀點，作爲行文的主軸，藉以表彰他先人秉性忠直，進諫益切的舉措，讀來如聞其聲，如見其人，足使耳目一新。此乃曾鞏「書序」文，以記人記事，詳根由、明情狀、抒心懷；將敘、記、議融合摻雜，使全篇委曲感慨，渾然磅礴，足以啓迪心志，教人愛不釋手。又曾鞏的古文以「古雅」、「平正」見稱，而缺乏新鮮感或見實感。然於當時其文名僅次歐陽脩，風格也與歐陽脩相近。敘事議論，委曲周詳，詞不迫切，而思致明晰。如〈寄歐陽舍人書〉、〈趙州趙公救災記〉等，都表現了這樣的特點〔註35〕。

曾鞏一生屈就下僚，思想修養又源自儒家經典，因而他的文章多以平和見稱，風格雍容典雅，行文委婉周詳，這種獨具一格的新式文體，惠及後世深遠，有《元豐類稿》五十卷傳世。

2・王安石

王安石不僅是一位著名的政治家，而且是一位優秀的古文家和詩人，現存作品有《臨川先生文集》一百卷。王安石的文學主張與歐陽脩基本相同，但特別強調文學爲社會服務的實用價值，認爲「且所謂文者，務爲有補於世而已」、「要之以適用爲本」。王安石一生爲實現自己的政治理想而奮鬥，他把文學創作和政治活動密切地聯繫起來。他對西崑派華而不實的文風，強烈反對「楊劉以其文詞染當世」，指出當時「學者迷其端原，靡靡然窮日力以摹之，粉墨青朱，顛錯叢麗，無文章黼黻之序」（〈張刑部詩序〉）、認爲「文者，務爲有補於世用而已矣」；「所謂辭者，猶器之刻鏤、繪畫也」，「要之以適用爲本」（〈上人書〉）。正是由於王安石持有「適用」的文學創作觀念，他的古文的寫作都有濃厚的政治色彩，是直接爲他的政治前途服務的〔註36〕。

王安石的文章，從「適用」觀點出發，他要求文章應該寫得「詞簡而精，義深而明」，使人「心目開滌」，注意發揮文學的宣傳作用與社會效果。他以爲文章以「適用」觀點出發，爲民服務、爲民反映疾苦，這觀念與白居易所主張文章反映時弊，以「致用」才是爲文之道是相同的〔註37〕。王安石的小品文立論精闢，於曲折中見勁峭，而他的敘事與寫景，文有濃厚的議論色彩

〔註35〕游國恩等主編：《中國文學史》下冊（臺北：五南圖書出版公司，1990 年 11月），頁 689。

〔註36〕游國恩等主編：《中國文學史》下冊，頁 695。

〔註37〕陳霞村、閻鳳梧譯注：《唐宋八大家文選》，頁 643。

與白居易的〈荔枝圖序〉的寫作方式相似，結構整齊、參差變化，讀之琅琅上口。所不同者一為敘述、一為說理。今以〈讀孟嘗君傳〉一文說明如次：

> 世皆稱孟嘗君能得士，士以故歸之，而卒賴其力，以脫於虎豹之秦。嗟夫！孟嘗君特雞鳴狗盜之雄耳，豈足以言得士？不然，擅齊之強，得一士焉，宜可以南面制秦，尚何取雞鳴狗盜之力哉；夫雞鳴狗盜之出其門，此士之所不至也。〔註38〕

本文是一篇讀史雜論，歷來以短小別致、出語驚人稱之。全文八十八字，卻「語語轉，筆筆緊」，波瀾層迭；又以立意深邃獨到、析理顯豁中肯、文辭駭俗震世，而成為「千秋絕調」，至今仍被譽謂「文短氣長」的典範〔註39〕。全文拗折峭深，以簡短為精，但議論正大，見解高超，非常人所能及。又如〈傷仲永〉「金溪民方仲永，世隸耕。仲永生五年，未嘗識書具，忽啼求之。父異焉，借旁近與之，即書詩四句，并自為其名。其詩以養父母、收族為意，傳一鄉秀才觀之。自是指物作詩立就，其文理皆有可觀者。吧人奇之，稍稍賓客其父，或以錢幣乞之。父利其然也，日扳仲永環丐於吧人，不使學。予聞之也久。明道中，從先人還家，於舅家見之，十二三矣。令作詩，不能稱前時之聞。又七年，還自揚州，復到舅家，問焉，曰：『泯然眾人矣！』王子曰：『仲永之通悟，受之天也。其受之天也，賢於材人遠矣。卒之為眾人，則其受於人者也。彼其受之天也，如此其賢也，不受之人，且為眾人。今夫不受之天，固眾人；又凝受之人，得為眾人而已邪？』」（46 卷頁 164）這篇因事抒感，敘議結合的短文，作於宋仁宗慶曆三年（西元 1043）。時作者年二十三歲，與文章中的主角方仲永年齡相仿。是名傷仲永），這「傷」字正是全篇點眼，它所包含的內容是相當豐富的。在王安石的古文中〈傷仲永〉雖不以峭刻拗折著稱但仍具有深刻透辟、簡潔遒勁的特點與平易淺白的文句為主。尤其是最後一段，層層轉進，一氣蟬聯，既曲折盡致，又渾浩流轉，結以問語作收，雄勁中具有不盡之致，平易近人的語句，尤耐人尋味。〔註40〕

　　王安石其他古文，如〈書刺客傳後〉、〈書李文公集後〉、〈上人書〉、〈同學一首別子固〉、〈遊褒禪山記〉等，皆以短簡為其行文風格。如〈回蘇子瞻

〔註38〕〔宋〕王安石：《王石安全集》（臺北：河洛圖書出版社，1974 年 10 月），卷 46，頁 165。

〔註39〕李林：〈讀孟嘗君傳〉《唐宋八大家鑒賞辭典》（太原：北岳文藝出版社，1989 年 10 月），頁 1107。

〔註40〕劉學鍇：《古文鑒賞辭典》上海辭書出版社，1997 年 7 月，頁 1313～1314。

簡〉云：「某啓：承誨喻累幅，知尚盤桓江北，俯仰逾月，豈勝感悵！得秦君詩，手不能捨。葉致遠適見，亦以爲清新嫵麗，與鮑、謝似之。不知公意如何？余卷正冒眩，尚妨細讀。嘗鼎一臠，旨可知也。公奇秦君，數口之不置；吾又獲詩，手之不捨。然聞秦君嘗學至言妙道，無乃笑我與公嗜好過乎？未相見，跋涉自愛，書不宣悉。」（《王石安全集》卷29，頁15～16）此文是王安石晚年書寄蘇軾的一封短信。雖說是尺幅小品，但在蘇、王之交往中，不失一篇契合忘年之意的文字。誦讀書簡，頗覺質樸潔淨，殷殷切切，思路明晰，亦可見困頓罷相之後的王荊公，依然敏銳機警、文思泉湧。由引文可知，王安石的古文具健拔奇氣，有陽剛之美。總之，王安石的古文旗幟鮮明，結構嚴謹，說理透徹，概括性高，說服力強，語言樸素，代表著宋代議論文的傑出成就〔註41〕。

3·蘇洵

蘇洵爲文長於策論，筆力堅勁。曾鞏稱他的文章「煩能不亂，肆能不流。其雄壯俊偉，若決江河而下也；其輝光明白，若引星辰而上也。」〔註42〕曾氏所言甚是，蘇洵之文，亦以平易樸實爲主。如〈心術〉一文即可見其文風：

> 爲將之道，當先治心，太山覆於前而色不變，麋鹿興於左而目不瞬，然後可以制利害，可以待敵。……夫惟義可以怒士，士以義怒，可以與百戰。凡戰之道，未戰養其財，將戰養其力，既戰養其氣，既勝養其心。……故士常蓄其怒，懷其欲而不盡，怒不盡則有餘勇，欲不盡則有餘貪，故雖并天下而士不厭兵，此黃帝所以七十戰而兵不殆也。……凡主將之道，知理而後可以舉兵，知勢而後可以加兵，知節而後可以用兵。知理則不屈，知勢則不沮，知節則不窮。見小利不動，見小患不避，小利小患不足以辱吾技也，夫然後有以支大利大患。夫惟養技而自愛者無敵於天下，故一忍可以支百勇，一靜可以制百動。……善用兵者使之無所顧，有所恃。無所顧，則知死之不足惜。有所恃，則知不至於必敗。尺箠當猛虎，奮呼而操擊。徒手遇蜥蜴，變色而却步，人之情也。知此者可以將矣。袒裼而按劍，則烏獲不敢逼。冠冑衣甲，據兵而寢，則童子彎弓殺之矣。故

〔註41〕陳霞村、閻鳳梧譯注：《唐宋八大家文選》，頁643。
〔註42〕陳霞村、閻鳳梧譯注：《唐宋八大家文選》（臺北：建宏出版社1994年4月），頁397。

善用兵者以形固。夫能以形固，則力有餘矣。〔註43〕

本文是一篇軍事論文，旨在闡論將領領導軍隊作戰之權宜法術。文中專論「治心」與「治軍」的關係，是一篇見解精闢的時論。按孫子〈計篇〉云：「將者，知、信、仁、勇、嚴。」〔註44〕此即所謂將軍之五德。蘇洵〈心術〉之作，蓋以此為濫觴。心術者，乃指運用心思而論之。此文最能反映蘇洵策論風格的名篇之一，它是蘇洵《權書》的第一篇文章，專講「將」如何「治心」，具有樸素軍事辨證法思想。

　　蘇洵文多以議論為主，好說理為特色，他是較早體現這一特色的古文家之一。他的思想深儒家的影響，但受戰國縱橫之士的浸潤亦頗深〔註45〕。其思想受《戰國策》、《孟子》影響倆深，文風縱橫恣肆，雄奇凌厲，鮮明突出，論據充分有力，語言論點犀利流暢。〔註46〕由上述引文可知，蘇洵的古文，此與白居易平鋪直述，說理明確的論述是相似的。

4・蘇軾

　　蘇軾，自號東坡居士。詩、詞、古文都代表北宋文學的最高成就。其古文特色是波瀾疊出，變化無窮。誠如蘇軾〈答謝民師書〉文所云：「大略如行雲流水，初無定質，但常行於所行，常止於不可不止，文理自然，恣態橫生。」不論什麼題材，在他的筆下都能獨創新意，不同凡響。文章沒有生硬的文章法度，卻合乎生活的自然規律。他的政論、史論文，往往能廣徵史事，層層剖析，翻新出奇，雄辯滔滔，頗有縱橫家騰挪變化的論辯氣勢。他的筆記與雜文，更是隨意揮灑，信筆點染，毫不雕飾鋪陳，卻能維妙維肖地寫出一個人物，一種情景，一片心境和一項見解，最能表現作者的思想、性格和生活特點。蘇軾以其才情豐贍、文采風流而著稱當時，影響後世，在中國文學史

〔註43〕　〔宋〕蘇洵：《蘇洵集》（臺北：河洛圖書出版社，1974 年 12 月），卷 2，頁 11～12。

〔註44〕　〔清〕孫星衍、吳人驥校，畢以珣敘錄《孫子十家注》（臺北：世界書局印行，1955 年 11 月）「孫子曰：兵者國之大事。死生之地，存亡之道，不可不察也。一曰道、二曰天、三曰地、四曰將五曰法。道者，令民與上同意也。故可與之死，可以之生，而民不畏危。天者陰陽寒暑時制也。地者遠近險易廣狹死生也。將者，智信仁勇嚴也。法者，曲制官道主用也。凡此五者將莫不聞，知之者勝，不知者不勝。」，卷 1，頁 1～9。

〔註45〕　馬積高、黃鈞主編：《中國古代文學史・宋遼金元》，頁 83。

〔註46〕　陳霞村、閻鳳梧譯注：《唐宋八大家文選》，頁 379。

上占有輝煌的地位〔註47〕。然其為文強調「辭達」而已,故能行文流暢,不可勝用。如〈與謝民師推官書〉云:

> 夫言止於達意。疑若不文,是大不然。求物之妙,如繫風捕影,能使是物了然於心者,蓋萬千而不一遇也,而況能使了然於口與手者乎?是之謂「辭達」。辭至於能達,則文不可勝用矣。

> 揚雄好為艱深之詞,以文淺易之說,若正言之,則人人知之矣。

此正所謂「雕蟲篆刻」者,其《太玄》、《法言》,皆是類也。〔註48〕
蘇軾所謂的「辭達」,不是輕視文采,也不僅是文詞通順,而是要把客觀事物的奧妙充分表現出來。如此的「辭達」,即是最高的文采,二者並不矛盾。文章的寫作,蘇軾以為只要語言明白曉暢,平易近人就是美文,不必求華麗雕飾;但求「了然於心」、「了然於口與手」即可。蘇軾博通經史,精研佛老,加上他爽朗的性格和廣泛的閱歷,因而器識宏偉,議論卓犖,形成了他在文章上豪放與清俊並具的風格。茲錄舉其短文〈記承天寺夜遊〉為例:

> 元豐六年十月十二日夜,解衣欲睡,月色入戶,欣然起行。念無與樂,遂至承天寺,尋張懷民,未寢,相與步於中庭。庭中藻荇交橫,蓋竹柏影也。何夜無月?何處無竹柏?但少閒人如吾兩人耳!

〔註49〕

蘇軾《志林》各篇,雖大多篇幅短小,但由於作者是大手筆,往往隨手揮灑,涉筆成趣,實為晚明小品之濫觴,其影響是較大的〔註50〕。蘇軾「信筆抒意」、「隨物賦形」,是他隨筆古文的特點,與白居易小品淺易的風格相近。〈記承天寺夜遊〉一文,看似簡單的紀錄、描述了明淨清幽冷峻的夜景,其實想表達的卻是作者宦途失意後的惆悵心態。蘇軾以其才情豐贍、文彩風流著稱當時,惠及後世,在中國文學史上占有輝煌的地位,是後人所公認的。此文之所以能夠成為宋以後古文小品的藝術範文,除語言上的簡潔、準確、形象,觀察體物的細致入微,抓住了瞬間佳境最敏感的特徵外,還在於它以極少的文字,包羅了較多的內容,凝練含蓄,文字爐火純青,命意深邃雋永。

〔註47〕 陳霞村、閻鳳梧譯注:《唐宋八大家文選》,頁440。
〔註48〕 〔宋〕蘇軾:《蘇東坡全集》(臺北:河洛圖書出版社,1975年9月),續集卷11,頁359~360。
〔註49〕 〔宋〕蘇軾、劉文忠評注:《東坡志林》(北京:中華書局,2007年9月),插圖本卷1,頁5。
〔註50〕 劉文忠:《東坡志林》(北京:中華書局,2007年9月),頁6。

蘇軾在文學史上傑出的作家，他的詩、詞、古文裡表現的豪邁氣象、豐富的思想內容和獨特的藝術風，是後人難以達到的。他的思想有儒、佛、道三教合一的傾向，此與其個性有關，也是境環、時代背景使然，此正是白居易生活寫照與創作泉源影響所致。蘇軾一生所遭遇受的政治挫折在唐宋著名文人中是較多的一個，然而在蘇軾的作品中，卻較少出現那揮悲涼淒愴、消極頹廢的情調。老年貶官到海南，仍以樂觀態度看待：「九死南荒吾不恨，茲遊奇絕冠平生。」如此心態，才鑄成蘇軾作品所特有的曠達的風格。蘇軾遭遇巨大的政治迫害，也不放棄自己對生命價值的追求，能自我完美實現人生的藝術，這正是蘇軾的可貴之處〔註51〕。

5・蘇轍

蘇轍在文學創作上繼承並發展了孟子的「養氣」說，以及曹丕「文以氣為主，氣之清濁有體，不可強而致」的觀念影響所致。又，以韓愈「氣盛言宜」的論點為依據，強調後天的知識積累、生活閱歷和道德修養對文學的決定作用，注意文學創作對社會生活的依賴關係，反對為文而文，要求文學創作應當是作家思想、道德和性格的自然表露。〔註52〕蘇轍的古文，顯然議論平正、文字淺淡的風格，茲舉〈黃州快哉亭記〉為例：

> 江出西陵，始得平地，其流奔放肆大。南合沅湘，北合漢沔，其勢益張。至於赤壁之下滿波流浸灌，與海相若。清河張君夢得，謫居齊安，即其廬之西南為亭，以覽觀流之勝，而余兄子瞻名之曰「快哉」。

> 蓋亭之所見，南北百里，東西一舍。濤瀾洶湧，風雲開闔。晝則舟楫出沒於其前，夜則魚龍悲嘯於其下。變化倏忽，動心駭目，不可久視。今乃得玩之几席之上，舉目而足。西望武昌諸山，岡陵起伏，草木行列；煙消日出，漁夫樵父之舍，皆可指數。此其所以為「快哉」者也。至於長洲之濱，故城之墟，曹孟德、孫仲謀之所以睥睨，周瑜、陸遜之所騁騖，其流風遺跡，亦足以稱快世俗。

> 昔楚襄王從宋玉、景差於蘭臺宮，有風颯然至者，王披襟當之曰：「快哉，此風！寡人所與庶人共者耶？」宋玉曰：「此獨大王雄

〔註51〕馬積高、黃鈞主編：《中國古代文學史・宋遼金元》，頁91。
〔註52〕陳霞村、閻鳳梧譯注：《唐宋八大家文選》（臺北：建宏出版社，1994年4月），頁543。

風耳，庶人安得之？」宋玉之言，蓋有諷焉。夫風無雄雌之異，而
人有遇不遇之變。楚王之所以爲樂，與庶人之所以爲憂，此則人之
變也，而風何與焉？士生於世，使其中不自得，將何適而非快？

今張君不以謫爲患，竊會計之餘功，而自放山水之間，此其中
宜有以過人者。將蓬戶甕牖，無所不快，而況乎振長江之清流，挹
西山之白雲，窮耳目之勝以自適也哉？不然，連山絕壑，長林古木，
振之以清風，照之以明月，此皆騷人思士之所悲傷憔悴而不能勝者，
烏睹其爲快也哉！〔註53〕

宋神宗元豐六年（西元1083年）十一月初一，蘇轍正貶謫筠州（今江西高安
縣）作鹽酒稅小吏，其兄蘇軾與友人張夢得亦貶居黃州。張夢得（字懷民）
在其寓所的西南依江建亭，覽勝自適。蘇軾名之曰「快哉亭」，並寫一首〈水
調歌頭〉贈之。蘇轍亦作〈黃州快哉亭記〉送張夢得，揄揚其隨緣自適、坦
蕩豁達的處世態度與樂觀精神，既慰藉他人也借以自勉。此篇古夾有敘事、
寫景、議論，又緊扣「快哉」兩字，融爲一體，布局合理完整，主題鮮明突
出，思路暢達，文勢貫通。語言精練明快，生動形象，對仗工整，而又駢古
相參，長短交錯，讀來琅琅上口，音樂感頗強，字字珠璣。〔註54〕

蘇轍與其父兄一樣，深受儒家思想的熏陶，懷有積極用世，濟國救民的
抱負。其論文說古道今，縱橫議論，針砭時政，不務空言，很受其父影響。
如〈六國論〉，即是其例。蘇轍文章體裁多樣，內容豐贍，主要內容有論辯文、
書信體古文、抒情古文、記敘及賦等。其文章風格，以汪洋澹泊、深醇秀傑
著稱。由此可知，蘇轍的文章與白居易「平實、眞心、眞意」撰寫，而無造
作虛假的文風是相同的。

由上引述可知，北宋六家中，歐陽脩長於抒情記敘，曾鞏與王安石長於
經術論說，三蘇長於策論而富變化。在文字方面，除王安石的作品有奇崛逼
人之勢外，餘者皆以「平易質樸自然」見稱。又，六家古文與白居易的古文
也有其共同特色，即「平易、樸質、眞切」，文字淺易，說理透徹、剴切扼要，
信而有徵。茲以〈養竹記〉爲例，說明於次：

〔註53〕〔宋〕蘇轍：《蘇轍集》（臺北：河洛圖書出版社，1975年10月）欒城集卷
24，頁326～327。

〔註54〕蔣佩春：〈黃州快哉亭記〉《唐宋八大家鑑賞辭典》（太原：北岳文藝出版社，
1989年10月），頁1000～1003。

　　竹似賢，何哉？竹本固，固以樹德；君子見其本，則思善建不
拔者。竹性直，直以立身；君子見其性，則中立不倚者。竹心空，
空以體道；君子見其心，則思應用虛受者。竹節貞，貞以立志；君
子見其節，則思砥礪名行，夷險一致者。夫如是，故君子人多樹之
為庭實焉。……嗟乎！竹，植物也，於人何有哉？以其有似於賢，
而人愛惜之，封植之；況其真賢者乎？然則竹之於草木，猶賢之於
眾庶。嗚呼！竹不能自異，惟人異之；賢不能自異，惟用賢者異之。
故作〈養竹記〉，書予亭之壁，以貽其後之居斯者，亦欲以聞於今之
用賢者云。（白居易集卷43，頁936～937）

此記以竹喻賢人，藉此抒發議論，說明識賢用才的重要，論述極確切。又如
〈荔枝圖記〉：

　　荔枝生巴峽間。樹形團團如帷蓋。葉如桂，冬青。華如橘，春
榮。實如丹，夏熟。朵如葡萄，核如枇杷，殼如紅繒，膜如紫綃，
瓤肉瑩白如冰雪，漿液甘酸如醴酪。大略如彼，其實過之。若離本
枝，一日而色變，二日而香變，三日而味變，四五日外色香味盡去
矣。（白居易集卷45，頁973～974）

此記主次分明，篇章完整，平易近人，樸實無華，僅百餘字即將荔枝巨細靡
遺寫出。白居易以譬喻手法，描繪荔枝本身之各部位及其特點：「朵如葡萄，
核如枇杷，殼如紅繒，膜如紫綃，瓤肉瑩白如冰雪，漿液甘酸如醴酪。」形
象鮮明，非常貼切。其次是遊記之作，如〈遊大林寺〉：

　　大林窮遠，人跡罕到。環寺多清流蒼石，短松瘦竹。寺中惟
板屋木器，其僧皆海東人。山高地深，時節絕晚：於是孟夏，如
正、二月天。梨桃始華，澗草猶短；人物風候，與平地聚落不同，
初到，恍然若別造一世界者。因口號絕句云：「人間四月芳菲盡，
山寺桃花始盛開。長恨春歸無覓處，不知轉入此中來。」既而，
周覽屋壁，見蕭郎中存、魏郎中弘簡、李補闕渤三人姓名詩句。
因與集虛輩嘆且曰：「此地實匡廬第一境，由驛路至山門，曾無半
日程；自蕭、魏、李游，迨今垂二十年，寂寥無繼者。嗟乎！名
利之誘人也如此！」時元和十二年，四月九日，樂天序。（白居易
集卷43，頁941～942）

此文作於元和十二年（八一七），年四十六，任江州司馬。本文為白居易小品

遊記之一，以淺近的詞語將明山秀水，盡置於目前，令人嚮往。

綜上敘述可知，宋六大家古文之寫作與文學之表現，皆以「平易自然」為主，又有準確的語言表達的特色，可以說是繼承陶淵明、白居易古文的風格而開創的新格局。其次，宋代文人對白居易的接受，由文學思想，到生存方式、皆有跡可循，已達超出文學的創作。我們還以定論，宋代文人對白居易的接受，就如同他們對杜甫、陶淵明的接受一樣，已將他視為前代歷史文化的一個典範，尤其在人生態度上更超越了白居易。至於綜評白居易的文章，要以清代錢大昕〈虎邱（丘）創建白公祠記〉所提及的三不朽最為具體，茲引錄如次：

> 古人稱三不朽，以言與立德立功並稱，言豈易立哉！言之立者，根乎德，通乎功，而一以貫之，非徒組織其詞以為麗，詰屈其句以為功者也。唐太子少傅白文公，早踐清要，直道事君，其章奏可以彌縫主闕，其諷諭可以宣達下情，而終始一節，不肯干進，矯然於閹幸之朝，超然於朋黨之局，使其遭時遇主，功豈在房、魏、姚、宋之下；而時命限之，獨以詩為百代宗師。公之立言，出於性之所好，要非有慚於德，亦豈無意於功哉！

> 當寶曆初年，公來刺蘇州，次年即移疾去，在郡未久，史不詳其治行，然讀其〈郡齋走筆〉詩有云：「救煩無若靜，補拙莫如勤。削使科條正，攤令賦役均。敢辭稱俗吏，且願活疲民。」藹藹乎，懇懇乎，洵古循吏之言也。又於虎邱重開寺路，桃李蓮荷，約種二千株，今山塘尚有白堤之稱，其有德於吳人甚厚，而郡志不備書。自郡學名宦祠而外，未有專祠，以慰邦人尸祝之忱，豈非中吳之闕事耶？

> 予承乏茲郡，兩載以來，留心掌故，有味乎公靜勤之言，因念昔賢轍跡所至，湖山藉以生色。況公虎邱，有開路之績，而一年十二度，遊賞之數，亦無過於此，千秋萬歲，精爽必留戀焉。……創為公祠，落成之日，卜吉奉栗主，妥而侑之。

> 嘗讀公〈詩石記〉，言年十四五時，慕韋、房二公詩酒仙之名，謂異日蘇杭苟得一郡足矣。厥後自蘇歸洛，值劉夢得守蘇作〈憶舊遊〉一篇寄之，又有〈夢蘇州寄馮侍御詩〉。晚歲編次文集為五本，其一藏蘇之南禪寺，自少至老，眷眷於蘇如此，而報功仰德之舉，

　　　至今始得以藉手。忝在守土，聿觀厥成，詎非大幸乎！祠成當有記。
　　〔註55〕

白居易有立言之不朽，其詩文大小凡三千八百四十餘首，數量之多爲唐人之
冠，除少數古佚，其餘皆流傳至今。其次，白居易有立德、立功之不朽，他
一生秉持著儒家民本主義，「達則兼善天下，窮則獨善其身」，外放蘇杭雖是
「吏隱」思想的徹底實現，卻仍不忘要濟世救民，削簡科條，降低賦稅。杭
州有西湖白堤，因爲他的良善規劃，而成爲美麗的煙柳繁華地；蘇州有虎丘
山塘，經由他的開鑿美化，而形成溫柔富貴鄉。後世建有「三賢堂」，並祠韋
應物、白居易、劉禹錫，紀念他們在蘇州的賢良善政；也建有「五賢堂」並
祠韋應物、白居易、劉禹錫、王禹偁、蘇軾，感念五位先賢對於杭州的建設。
因此以三不朽評白居易，確乎實至名歸。〔註56〕

第二節　白居易古文的影響

　　白居易詩文廣受後人喜受愛與接受，並能將其思想、理念貫徹實踐，全
賴白居易親手編纂的文集使然。今特以白居易「淺易」、「平淡」、「通俗」、「純
眞」、「眞情」的古文，對晚唐、宋代、明、清古文家的影響。本節寫作參考
賴詠鈴《白居易蘇杭形勝詩之研究》及《全唐文》、《唐代文選》、《新譯白居
易詩文選》、《白居易詩文選注》、《唐代文選注》、《古文評註》、《宋代古文選
注》、《清代古文選注》、《焚書》、《三袁詩文選注》、《古代遊記選注》、《鄭板
橋全集》、《袁枚全集》、《古代小品文鑑賞辭典》、《古文鑑賞辭典》、《古代古
文鑑賞辭典》、《古文鑑賞辭典》、姜濤主編的《中國文學欣賞全集》等書，依
析探如次：

一、晚唐

　　唐末經濟衰落，藩鎮割據，政治黑暗，昏無天日，統治者極端腐化墮落；
最後終於導致黃巢之禍，唐帝國也隨之崩潰。值此全國分裂，社會秩序混亂
之際，人民生活的痛苦也可想而知。但政治環境與社會環境的惡劣，提供了

〔註55〕〔清〕錢大昕：《潛研堂文集》（臺北：臺灣商務印書館，1968 年 12 月），卷
　　　　20 頁 289～290。
〔註56〕賴詠鈴：《白居易蘇杭行勝之研究》（臺北：中國文化大學中國文學系，2000
　　　　年 6 月），頁 178。

寫作的題材，也決定了晚唐諷刺小品的內容走向；而文學環境也是影響的重要因子。諷刺小品文以此背景為基礎，應時代之需要而蓬勃發展起來。皮日休、羅隱、陸龜蒙等人所創作的諷刺小品文，皆能深刻揭露與批評現實，鞭撻統治者之殘酷與荒淫奢侈，同時對社會一切腐朽醜惡之人情世態，極盡其嘻、笑、怒、罵之能事〔註57〕。

晚唐後期，由於階級矛盾極端尖銳，出現繼承中唐新樂府運動之精神，以白居易所倡「惟歌生民病」的寫實主義引導文風，代表人物有皮日休、羅隱、陸龜蒙等人。他們以抒發個人情感，反映社會民生為主，以創諷刺小品文為務，標舉美刺諷諭的理念，希望以文章傳揚教化，除弊興利。所謂晚唐諷刺小品文即是雜文與寓言而言。晚唐小品文的興盛和成就，是由於古文運動，特別是當時的社會危機對古文創作刺激與推動的結果〔註58〕。於是諷刺小品文在晚唐、五代，發出耀眼的光輝。晚唐諷刺小品運用了寓言及歷史進行說理，在說理過程中，也展現了高度的邏輯能力。所以，以寓言說理、借史論事，富帶邏輯論證，便成為晚唐諷刺小品的特色。如皮日休《鹿門隱書六十篇》之第二十九，即刺民心善妒；羅隱〈木偶人〉、〈二工人語〉等篇章，是嘲諷世人重外在而輕內在；陸龜蒙〈書銘〉等篇章，則是譏刺百姓包藏禍心。這些都是對民風的譏刺，至於社會、國君、政治的諷諫更為激烈，茲以人物為主，舉證說明如次：

（一）皮日休

皮日休（西元834～883年），字逸少，後改字襲美，襄陽人，出身貧寒。隱居鹿門山，自稱鹿門子。懿宗咸通八年（西元867年），以榜末登士第。次年遊蘇州，為刺史崔璞軍事判官，與陸龜蒙唱和齊名，人們把他們合稱「皮陸」。僖宗廣明元年（西元800年），黃巢入長安稱帝，皮日休為黃巢翰林學士。咸通七年自鐫《皮子文藪》〔註59〕。皮日休最推崇李白、杜甫與白居易，其文學主張受白居易之影響尤最。其《文藪序》云：「皆上剝遠非，下補近失，非空言也」。又於〈桃花賦序〉云：「非有所諷，輒抑而不發。」其〈正樂府十篇〉小序文，更明確強調樂府詩之政治作用所謂：「樂府，蓋古聖王採天下之詩，欲以知國之利病，民之休戚者也。……詩之美也，聞之足以戒乎政。」

〔註57〕姜濤主編：《中國文學欣賞全集》（臺北：莊嚴出版社1979年12月），頁673。
〔註58〕馬積高、黃鈞主編：《中國古代文學史·宋遼金元》，頁284。
〔註59〕張搞之：《唐代散文選注》（臺北：建宏出版社，1996年1月），頁436。

又云：「今之所謂樂府者，唯以魏晉之侈麗，梁陳之浮艷，謂之樂府，眞不然矣。」其所言者，顯然是白居易寫實主義詩歌理論的繼承者，與漢樂府民歌「緣事而發」的精神也是一脈相承的。《文藪》之詩文，便是皮日休文學主張的實踐。〔註 60〕他的詩文，對晚唐政治的腐敗、階級矛盾的尖銳，作了很多揭露批評。

皮日休不僅是晚唐傑出的現實主義詩人，也是晚唐文壇上傑出的現實主義古文家。他的創作都能深刻反映現實人生，披露統治者鄙陋的面目，揭示日常生活的本質，頗能發人深省。如〈鹿門隱書〉六十篇，長者達三、四百字，短者僅八字，乃作者早年隱居鹿門山所作隨感的結集。文前有序云：「醉士隱於鹿門。不醉則遊，不遊則息。息於道，思其所未至；息於文，慚其所未周；故復草隱書焉。嗚呼！古聖王能旌夫山谷民之善者，意在斯乎？」〔註 61〕皮日休的小品文，又具有強烈的批判性，往往是托古諷今，三言兩語，一針見血，極富強烈的諷刺作用，也都具有高度深刻的概括能力。如〈鹿門隱書〉所言：

古之殺人也怒；今之殺人也笑。（《欽定全唐文》，卷 798，頁 10558）

不以堯、舜之心爲君者，具君也；不以伊尹、周公之心爲臣者，具臣也。（《欽定全唐文》，卷 798，頁 10557）

古之官人也，以天下爲己累，故己憂之；今之官人也，以己爲天下累，故人憂之。（《欽定全唐文》，卷 798，頁 10555）

古之決獄，得民情也哀；今之決獄，得民情也喜。哀之者，哀其化之不行；喜之者，喜其賞之必至。（《欽定全唐文》，卷 798，頁 10557）

金貝珠璣，非能言而利物者也。至夫有國者，寶之甚乎賢，惜之過乎聖。如失道而有亂，國且輸人，況夫金貝珠璣哉！（《欽定全唐文》，卷 798，頁 10557）

或曰：「吾善治苑囿；我善治禽獸；我善用兵，我善聚賦。」古

〔註 60〕 游國恩等人：《中國文學史》（臺北：五南圖書出版公司，1990 年 11 月），頁 596～597。

〔註 61〕 〔清〕董誥主編：《欽定全唐文》（臺北：文友書店印行，1974 年年 8 月），卷 798 冊 17，頁 10554。

之所謂賊兵；今之所謂賊臣。(《欽定全唐文》，卷 798，頁 10557)

今道有赤子，將為牛馬所踐，見之者無問賢不肖，皆惕惕然，皆欲驅牛馬以活之。至夫國有弱君，室有色婦，有謀其國欲其室者，惟恨其君與夫不懼其赤子之禍也。噫！是復可心哉？(《欽定全唐文》，卷 798，頁 10555)

此書表明作者因文託諷和以文干世之意，內容極精要，語言極簡鍊，表達十分犀利；這是作者長期觀察社會，認真思考分析所得的結論。文中涉及層面相當廣泛：上自統治階級之罪惡，下至社會風尚之虛偽；由歷史規律之認知，至現實生活之批判；乃至個人立身處世之法則，作者皆提出精闢見解。表面看來，各篇似無內在關聯，然加以歸納，卻大致反映出作者對亂世種種不合理現象之全面觀省、諷刺與檢討。〔註62〕

又，在〈讀司馬法〉文云：「古之取天下也，以民心；今之取天下也，以民命。唐、虞尚仁，天下之民從而帝之，不曰取天下以民心者，漢、魏尚權，驅赤子於利刃之下，爭寸土於百戰之內。由諸侯為天子，非兵不能威，非戰不能服，不曰取天下以民命者乎？由是編之為術，術愈精而殺人愈多，法益切而害物益甚。」(《欽定全唐文》，卷 799，頁 10575) 由此可知，皮日休以打仗攻取天下引起了感慨。他用古今對比的寫作法來指責封建王朝的統治，是建立在對人民的屠殺和剝奪的基礎上而來的，辛辣揭露歷代所謂開國之君的兇殘面目〔註63〕。

其次，在〈原謗〉文中，更清楚說道：「天之利民，其仁至矣，未有美於味而民不知者，便於用而民不由者，原於生而民不求者。然而，暑雨亦怨之，祁寒亦怨之，己不善而禍及亦怨之，己不儉而貧及亦怨之：是民事天，其不仁至矣。天尚如此，況於君乎？況於鬼神乎？是其怨詈恨讟莫倍於天下矣。有帝天下、君一國者，可不慎歟？故堯有有不慈之毀，舜有不孝之謗。殊不知堯慈被天下而不在子，舜孝及萬世而不在於父。嗚呼！堯舜大聖也，民且謗之；後之王天下者，有不為堯舜之行者，則民扼其吭，摔其首，辱而逐之，折而族之，不為甚矣。」(《欽定全唐文》，卷 798，頁 10568) 本文從怨天到怨皇帝，前者是賓，用來做陪襯的；後者是主，才是全文的中心思想所在。

〔註62〕呂武志：《唐末五代散文研究》(臺北：臺灣學生書局印行，1989 年 2 月)，頁 106。

〔註63〕姜濤主編：《中國文學欣賞全集》，頁 673。

作者採取由遠而近，層層推進的寫法，議論「民謗」的由來，最後大聲疾呼：「堯舜大聖也，民且謗之；後之王天下者，有不爲堯舜之行者，則民扼其吭，捽其首，辱而逐之，折而族之，不爲甚矣。」而有鼓勵百姓反抗消滅暴君的意味。

總之，皮日休爲文均以銳利之筆觸，揭露當政者之殘暴、貪婪、詐僞與腐敗；深刻反映人民生活之苦痛、心頭之憤恨。主要在文末的最後幾句說得更入骨，通篇文字是用來逼出這幾句。至於批評社會虛僞習氣者，也有〈十原系述〉、〈相解〉、〈趙女傳〉、〈悲摯獸〉等篇，皆如璞中之玉；以諷刺小品爲寫作目的，一經解剖，即光芒四射。〔註 64〕再次，論聖賢、君子、小人之道者，可以〈鹿門隱書六十篇并序〉爲例：

> 聖人之道不安其所安；小人之道安其所不安。（《欽定全唐文》，卷 798，頁 10556）

> 嗚呼！才望顯於時者殆哉！一君子受之，百小人妬之；一愛固不勝於百妬，其爲進也難。（《欽定全唐文》，卷 798，頁 10557）

> 聖人行道而守法，賢人行臣而守道，眾人侮道而貨法。（《欽定全唐文》，卷 798，頁 10557）

> 或問：君子之道，何如則可，以常行矣！曰：「去四蔽，用四正，則可以常行矣！」曰：「何以言之？」「見賢不能親，聞義不能伏，當亂不能正，當利不能節，此之謂四蔽。道不正不言，禮不正不行，文不正不修，人不正不見，此之謂四正。（《欽定全唐文》，卷 798，頁 10557～10558）

〈鹿門隱書〉六十篇，乃一部具有深刻思想性之諷刺小品文集。他以尖銳、尖刻的憤世、罵世之言，用議論方式或格言、語錄方式直截了當地陳述出來；集中篇篇鋒芒畢露，借古比今，橫掃一切權威，描繪一幅血淋淋的現實圖畫。皮日休常在短短篇幅內，包藏哲理性之精闢見解；甚至格言式的三言兩語，也是採取由遠而近的寫法來創作；具有高度深刻的概括能力，給統治者無情的諷刺與批評。

皮日休的小品可視爲處士之文，帶來了二個特點，多數文章偏於理論、

〔註64〕姜濤主編：《中國文學欣賞全集》（臺北：莊嚴出版社 1983 年 19 月），冊 36，頁 673。

或理性滿層面論析古今，和用儒家政治理念、道德標準、價值取向衡量現實政治、規範自己和他人的現實人生。即使抨擊時政、時俗之弊，總是超越眾多具體現象，從中找出有普遍意義的本質特徵。其次是用語精練，說得十分明白。因為用語精練，所以短文多；他又善於以古喻今，借此論彼，而他的思想鋒芒，常明顯表現他的叛逆性。因為要講得明白，說得清楚，所以少有掩飾，直言直語以至鋒芒畢露。總之他的古文有敘述、有議論有主旨，是另一種寫作手法的呈現，但他最終立論依據，仍是以儒家的思想為主。

（二）羅隱

羅隱（西元 833～909 年），原名橫，字昭諫，自號「江東生」，新城（今浙江富陽）人。因好譏諷世事，得罪權貴，屢次進士試考不取。咸通元年初至京師，應進士試，歷七年不第。咸通八年乃自編所作《讒書》，益為統治階級所憎惡，所以羅袞贈詩云：「讒書雖勝一名休。」黃巢起義後，避歸鄉。晚年依吳越王錢鏐，任錢塘令、諫議大夫等職。羅隱諷刺古文的成就比他的詩作更高，著有《羅昭諫集》。其古文《讒書》收於集中，而以諷刺小品文為主，都是他「憤懣不平之言，不遇於當世而無所以洩其怒之所作」（見方回《讒書》跋）。

羅隱認為文學創作「所以警當世而戒將來」因此所著《讒書》中多諷刺小品，深寓憤悶不平。大抵言之，其行文雖較隱晦，仍極銳利，與皮日休、陸龜蒙相似，能大膽抨擊古今之統治者〔註65〕。如〈說天雞〉，以雞比喻官吏，以狙氏子比喻皇帝，他論狙氏子云：

> 狙氏子不得父術，而得雞之性焉。其畜養者，冠距不舉，毛羽不彰，兀然若無飲啄意。洎見敵，則他雞之雄也；伺晨，則他雞之先也。故謂之天雞。狙氏死反先人之道，非毛羽彩錯觜距銛利者，不與其棲，無復向時伺晨之儔，見敵之勇，峨冠高步，飲啄而已。
> 吁！道之壞也，有是夫！〔註66〕

羅隱咒罵皇帝昏庸，鞭撻官吏僅知奢侈腐化，以及腐朽無能之醜態，故而嘆曰：「吁！道之壞也，有是夫！」這篇短文用寓言的形式針對晚唐統治者以貌取人，不用真才的政治現實表示不滿，指斥那些達官貴人不過是一些「峨冠高步，飲啄而已」的無德、無才、無能之輩，只會作威作福的小人。又於〈救

〔註65〕姜濤主編：《中國文學欣賞全集》，頁 677。
〔註66〕〔清〕董誥主編：《欽定全唐文》，卷 896，頁 11799。

夏商二帝〉一文中揭露皇帝之殘暴，而慕堯舜之「夏之癸、商之辛，雖童子
婦人皆知，其爲理矣。然不知皆當其時，則受其弊，居其後則賴其名。夫能
極善惡之名，皆化之一端也。善者俾人慕之，惡者俾人懼之。慕之者必俟其
力有餘，懼之者雖寢食不忘之也。癸與辛所謂死其身以穴過者也，極其名以
橫惡者也。故千載之後百王有聞其名者，必縮項掩耳，聞堯舜者必氣躍心跳。
慕之名與懼之名顯然矣。而慕之者，未必能及，懼之者庶幾至焉！是故堯舜
以仁聖法天，而桀紂以殘暴爲助。」（《欽定全唐文》，卷895，頁11792）因而
有不滿的感嘆！其次，又於〈英雄之言〉揭露當時弊政，以救天下自命之「英
雄」，實與「強盜」無異。其所謂之「強盜」，即指無「退讓之心，貞廉之節」
的竊位者而言，彼等與「英雄」自稱，若與強盜相比，則有過之而無不及〔註
67〕。所謂：

> 物之所以有韜晦者，防乎盜也，故人亦然。夫盜，亦人也，冠
> 履焉，衣服焉。其所以異者，退讓之心，貞廉之節，不恆其性耳。
> 視玉帛而取者，則曰「牽於寒飢」；視國家而取者，則曰：「救彼塗
> 炭。」牽於寒饑者，無得而言矣。救彼塗炭者，則宜以百姓心爲心。
> 而西劉則曰：「居宜如是」。楚籍則曰：「可取而代。」噫！彼必無退
> 讓之心，貞廉之節，蓋以視其靡曼驕崇，然後生其謀耳，爲英雄者
> 猶若是，況常人乎！是以峻宇逸遊，不爲人之所窺者鮮矣！（《欽定
> 全唐文》，卷896，頁11797）

羅隱古文明辨是非，題材廣泛，往往於一二百字中透露出深刻的思想意義。〈敘
二狂生〉文中假禰衡、阮籍之遭遇，慨寄己之憂憤；文中云：「漢之衰也，君
若客旅，臣若豹虎；晉之弊也，風流蘊籍，雍容閒暇。苟二子氣下於物，則
謂之非才氣高於人，則謂之陵我是人難事也。」（《欽定全唐文》，卷 895，頁
11793）實藉漢、晉之衰弊影射當時之昏暗現實。此外尚有〈三閭大夫意志〉、
〈梅先生碑〉等篇，亦皆摻雜作者不得意之感嘆。〈莊周氏弟子〉，通篇以虛
構之小故事，譏諷迂腐之儒者。〈荊巫〉一文，揭穿神巫騙人的迷信，流露出
對傳統的懷疑。而〈維岳降神解〉，則以爲怪妖之言「以顯詩人之旨，苟不爾
則子不語怪，出於聖人也，不出於聖人也，未可知」（《欽定全唐文》，卷896，
頁11798）。在羅隱心目中，所謂聖人是被漠視的，是極爲低賤的。又，其〈龍
王靈〉一文，以龍比統治者，以水比百姓，指出「龍之所以能靈者，水也！

〔註67〕姜濤主編：《中國文學欣賞全集》，頁677。

涓然而取，需然而神，天之於萬物，必職於下以成功，而龍立之職，水也。不取於下，則無以健其用，不神於上，則無以靈其職。」（《欽定全唐文》，頁11798）道出了歷史的真實，同時將歷史的眞象給清楚的說出來。

羅隱的古文大抵忿勢嫉邪，舒泄胸中不平的憤悶之言，不遇於當世而無所泄其怒之所作，如此文風，自與他的人生境遇有關，同時也受到他爲人簡傲、性格諧謔、好高談闊論、出言不遜的影響。羅隱並認爲其文只是發一己之牢騷，而是將詩文寫作納入他「廣聖之道」、「扶植教化」的功能之中，羅氏與白居易發揚儒家思想，發揮《詩經》教化的思想功能是相似的。

羅隱生活於唐末五代動盪離亂之際，經由現實的徵象，了解百姓巨大的力量是不可輕視的；由於他思想先進，遂成爲唐末五代傑出的現實主義古文家。唐末諷刺小品文的藝術特點爲深刻尖銳，具高度的概括性，及強烈的挑戰性；熱情充沛，筆鋒銳利，笑罵嘻怒，躍然紙上；語言十分精鍊、簡潔，能運用各種比喻、寓言，富有幽默情趣〔註68〕。

（三）陸龜蒙

陸龜蒙，字魯望，吳郡（今江蘇蘇州）人。做過蘇州、湖州兩郡的從事。個性高潔，隱居松江甫里，多所論撰，自稱「江湖古人」，又自號「天隨子」、「甫里先生」。與皮日休、羅隱、吳融等交往。與皮日休齊名，他們所寫的詩文內容，針對晚唐統治者的腐敗無能，作了很多的揭露和批判。著作有《吳興實錄》、《松陵集》、《笠澤叢書》等其中以後者最爲後人所推崇〔註69〕。其在《笠澤叢書》序云：

> 《叢書》者，叢胜之書也。叢胜猶細碎也，細而不遺大，可知其所容矣，乾符（唐僖宗年號）六年春，臥於笠澤之濱。敗屋數間，蓋盡書十餘簏，伯男兒纔三尺許長，齔齒猶未徧，教以藥劑，象梧子大小舛研，墨泚筆供紙札而已。體中不堪羸耗，時亦隱几強坐，內壹鬱，則外揚爲聲音，歌、詩、賦、頌、銘、記、傳、敘，往往雜發，不類不次，渾而載之，得稱爲《叢書》自當諉憂之，一物非敢露世家耳目，故凡所譁其中略無避焉。〔註70〕

陸龜蒙生活在唐末衰亂之世，「多所論撰，雖幽憂疾痛，貲無十日計，不少輟

〔註68〕姜濤主編：《中國文學欣賞全集》，頁678。
〔註69〕張搗之：《唐代散文選注》，頁426。
〔註70〕〔清〕董誥主編：《欽定全唐文》，卷800，冊19，頁10600。

折也。」〔註71〕雖退隱江湖，卻仍關注時政。爲文作詩，均是傷古思今，發抒自己的窮愁憤鬱；文直意深，對傳統道德與黑暗現實，都能予以尖刻諷刺。如〈野廟碑〉云：

> 碑者，悲也。古者懸而窆，用木。後人書之以表其功德，因留不忍去，碑之名由是而得。自秦漢以降，生而有功德政事者，亦碑之，而又易之以石，失其稱矣。余之碑野廟也，非有政事功德可紀，直悲夫虻竭其力，以奉無名之土木而已矣。
>
> 今之雄毅而碩者有之，溫願而少者有之，升階級，坐堂筵，耳弦匏，口粱肉，載車馬擁徒隸者皆是也。解民之懸，清民之瞡，未嘗貯於胸中。民之當奉者，一日惰怠，則發悍吏，肆淫刑，驅之以就事，較神之禍福，孰爲輕重哉！平居無事，指爲賢良，一旦有天下之憂，當報國之日，則恛撓脆怯，顛躓竄踣，乞爲囚虜之不暇。此乃纓弁言語之土木爾，又何責其眞土木耶！故曰：「以今言之，則庶乎神之不足過也。既而爲詩，以亂其末：土木其形，竊吾民之酒牲，固無以名；土木其智，竊吾君之祿位，如何可議？祿位顒顒，酒牲甚微，神之饗也，孰云其非！視吾之碑，知斯文之孔悲！（《欽定全唐文》，卷801，頁10615）

這篇文章從碑的來歷和爲野廟立碑的用意說起，此碑揭露唐末之當朝權貴，平居則尸位素餐，趾高氣揚，壓榨百姓以自肥；有事則畏頭縮尾，乞爲囚虜之不暇，刻畫其虛僞殘暴之醜陋面目，入木三分。而借鬼神罵人，更是痛快淋漓；土木有知，當亦羞與爲比。又進一步運用映襯類比的寫法，諷刺封建統治者，勾出了晚唐時期大小官吏的猙獰面目，指責這些官吏比鬼神還要凶惡〔註72〕。

陸氏諷刺小品十分出色，如〈記稻鼠〉、〈祀灶解〉等篇，亦深刻揭露殘酷之黑暗現實。由篇中可見統治者如何豺狼般欺壓百姓，茲舉〈記稻鼠〉爲例：

> 賦索愈急，棘械束、榜肌體者無壯老。吾聞之於禮曰：迎貓爲食田鼠也，是禮缺而不行久矣。田鼠知之後歟？物有時而暴歟！政有貪而廢歟！……上扼其財，下啗其食，率一民當二鼠，不流浪轉

〔註71〕歐陽脩、宋祁：《新唐書・隱逸傳・陸龜蒙》，卷196列傳121，頁5613。
〔註72〕張撝之：《唐代散文選注》，頁435。

徒聚，而爲盜何哉？（《欽定全唐文》，卷 801，頁 10605）

陸氏將他尖銳、尖刻的憤世、罵世之言，用述說寓言故事的方式引發出來，借事作論或借論事抒懷，不但把「時政之弊」說得脫皮露骨，而且用語夾槍帶棒，不掩飾鋒芒。此文將統治者之官吏比作老鼠，進而說明官逼民反的現實。再如〈祀灶解〉，則藉天帝諷人帝，暗示統治者之昏敗腐朽與沒落命運。陸龜蒙擅長比喻論說，如〈招野龍對〉、〈蠹化〉、〈蟹志〉等篇，皆帶有寓言之色彩，於幽默文學中，流瀉作者對現實之不滿情緒，同時無一不是針對統治者而發。此外，〈江湖古人傳〉、〈雜說〉、〈大儒評〉、〈治家子言〉等，也都是出色的小品文，形象生動，含意深遠。又如〈禽暴〉一文云：「予曰：噫！失馭之民，化而爲盜，關梁急徵，商不得行，使江湖小禽，亦肆其暴，以害民食。古聖人驅害物之民出乎四裔，矧害民之物乎！俾生靈衆死乎盜、死乎饑，吾不知安用驛馭者爲？」（《欽定全唐文》，卷 801，頁 10611）文中將強徵民賦的貪官污吏比喻成暴禽，這些禽暴專門啄食人民的穀糧；然而更可恨者，是無能的君王，無法像古代明君一樣，將毒害百姓的惡物趕走。陸氏以爲，在這種情況下，還需要統治者做什麼？這種反政府的思想非常強烈，對於因政府失德，遂轉而爲盜的亂民，也表現出相當程度的理解。〔註 73〕其次，是陸龜蒙的古文以篇幅短小爲主，是對唐末的社會黑暗面，眞實的給揭露出來，除了用冷嘲熱諷、嬉笑怒罵表示作者忿忿不平之外。主要是用聚焦的手法將現實社會的腐惡現象，凸顯出來，並不作理論的闡述，而以譬喻的筆法呈現。

皮日休、羅隱、陸龜蒙等人，是晚唐末期最出色的現實主義作家，他們所創作的諷刺小品古文，有三個特點：其一，是皮、羅、陸三人都以古文創作爲主，有意繼承古文的藝術傳統，以典雅爲主，以諷刺爲務；其二，是三人都強調古文有「救時補政」的社會功能，發揮《詩經》諷諭的功能；其三，是三人的文章寫作都以篇幅短小爲主，語言風格則以峭直爲務，出語憤激、用詞尖刻爲導向，以濃厚的批判性。這種造語、用詞的表達方式，主要表現在雜文、小品文上，而且是大量的出現。其次，是對唐末小品的認識，似應該注意的有二點：其一，是唐末小品文藝術精神、藝術風格，從一般意義上講，它的小品文特別是明、清所講的小品文是不同的。準確的講，它應該稱古文小品，屬於唐末古文中篇幅較小的一類，而帶有儒家思想在其作品中，

〔註 73〕 田啓文：《晚唐諷刺小品之風貌》（臺北：文津出版社有限公司，2004 年 3 月），頁 33。

由上述的引文中不難發現。其二，是不能將皮日休、羅隱、陸龜蒙等人文集的古文都為小品文，也不能用小品來概述唐末古文；因為他們的作品中，仍有濃厚的儒家思想；而明、清的小品文，則是以抒情寫意為其寫作的主要目的〔註74〕。然就他們繼承杜甫現實主義精神，與白居易在中唐所倡導的新樂府運動精神，以「惟歌生民病」，創作不少出色的詩文，而且取得實質的成就。他們以諷刺小品文最具鮮明的特色，在唐末文壇大放異采，對後世古文的創作與啟發是有相當大的影響，尤其對晚明的小品文更是深遠。

二、宋代

宋初結束晚唐五代長期分裂割據的局面，百姓獲得比較穩定的生及、生產環境，統治者也採取放鬆壓迫、減輕剝削的措施，使階級矛盾趨向緩和，農業、手工業得到一定的發展，社會呈現繁榮景象。宋王朝有意提倡詩賦，常於宮廷賞花、釣魚，君臣彼此唱和，形成風氣。太祖、太宗以後，真宗、仁宗的休養生息，樹立了隱固的基礎，餘澤所及，直至徽、欽事變之前，北宋一百餘年，中原未受干戈之亂，而且因農工商業的迅速發達，促成社會經濟的高度繁榮〔註75〕。在這樣的歷史條件下，形成大都市的發達，市民階層的擴大，倡樓伎院的林立，宮廷的奢侈。到了徽宗時代達到了非常繁榮的盛況，〔註76〕孟元老《東京夢華錄序》云：

> 僕從先人宦遊南北，崇寧癸未到京師。卜居於州西金梁橋西夾道之南。漸次長立，正當輦轂之下，太平日久，人物繁阜。垂髫之童，但習鼓舞；班白之老，不識干戈。時節相次，各有觀賞：燈宵月夕，雪際花時，乞巧登高，教池遊苑。舉目則青樓畫閣，繡戶珠簾；雕車競駐於天街，寶馬爭馳於御路，金翠耀目，羅綺飄香。新聲巧笑於柳陌花衢，按管調絃於茶坊酒肆。八荒爭湊，萬國咸通。集四海之珍奇，皆歸市易；會寰區之異味，悉在庖廚。花光滿路，何限春遊；簫鼓喧空，幾家夜宴。伎巧則驚人耳目，侈奢則長人精神。瞻天表則元夕教池，拜郊孟亭。頻觀公主下降，皇子納妃。修

〔註74〕田啟文：《晚唐諷刺小品之風貌》，頁285～297。
〔註75〕賴詠鈴：《白居易蘇杭形勝詩之研究》，頁164～165。
〔註76〕劉大杰：《校定本中國文學發展史》（臺北：華正書局股份有限公司，1977年5月），頁541～542。

造則創建明堂，冶鑄則立成鼎鼐。〔註77〕

由此序可知，北宋初期的，都城生活，瀰漫一股宴遊歡樂的風氣。無論君臣、百姓，不分男女、老幼，皆以宴遊歡樂，爲其生活的主要風潮。太宗時，多召集羣臣「宴於後苑」、「賞花釣魚」、「賦詩習射」〔註78〕；眞宗時，依然延續此風氣，上有所好，下必勝焉。又，太宗、眞宗兩位君王喜愛白居易，並曾大幅修葺過白居易的墳墓、舊宅，因爲白居易的閒適曠達，充分迎合他們喜好吟遊賞玩的心性；白居易「平易近人」的詩文特色，又完全符合君臣學詩的趣味。於是上行下效，白居易得到當代文士廣泛的認同，他描寫生活雅趣與景色物類的詩文篇章，也受到當代文人、雅士羣體仿效，白居易詩文由是盛行〔註79〕。

（一）王禹偁等

王禹偁（西元954～西元1001年），字元之，北宋濟州鉅野人。太平興國八年中進士，歷遷大理評事。太宗曾親試賢士，召禹偁賦詩，頃刻而就。帝大悅，及拜左司諫，知制誥。於太宗、眞宗二朝曾幾次向朝廷建議裁減冗兵冗員，鞏固邊防。但始終未被重視。後來預修太宗實錄。直筆寫史，爲宰相所不滿，出知黃州，作三黜賦以見志。後徙蘄州，未踰月而卒。王禹偁爲北宋最重要的改革派政治人物之一。在文學上主張掃除浮艷靡麗的文風。詩文平淺生動，自然清新，又能針現實，是一位實務派的文學家。著有小畜集等書〔註80〕。

宋初詩壇普遍延續唐詩風格，有所謂白體、晚唐體、西崑體之分。歐陽脩《六一詩話》載：「仁宗朝，有數達官，以詩知名。常慕白樂天體，故其語多得於容易。」歐陽脩所言白樂天體即是「白體」，白體流行於太宗、眞宗時期，以白居易爲師，效法其精神、詩歌理論進行創作。據方回〈送羅壽可詩序〉所舉，白體詩人主要有徐鉉、徐鍇、李昉、王禹偁等人〔註81〕。

徐鉉、徐鍇兩兄弟時代較早，彼等學習白居易與元稹、劉禹錫之方式，

〔註77〕〔宋〕孟元老：《東京夢華錄》（臺北：古亭書屋印行，1975年8月），頁1。

〔註78〕〔元〕脫脫等：《宋史·禮志》（臺北：藝文印書館，據清乾隆武英殿刊本影印），第4冊，卷113，頁1329。

〔註79〕賴詠鈴：《白居易蘇杭形勝詩之研究》，頁164～165。

〔註80〕顏美雲主編：《古文觀止導讀》（臺南：晨光出版社，1992年2月），頁526～527。

〔註81〕賴詠鈴：《白居易蘇杭形勝詩之研究》，頁164～165。

是與羣臣唱和。如徐鉉著有《騎省集》三十卷，其中七卷皆是唱和之作。另外，徐鉉還學白居易新樂府的精神，有十餘篇詩序類文章強調詩歌教化功能。其作品也不乏吟詠山水閒適之作，如〈秋日盧龍村舍〉：「置卻人間事，閒從野老遊。樹聲村店晚，草色古城秋。獨鳥飛天外，閒雲渡隴頭。姓名君莫問，山木與虛舟。」〔註82〕以「淺近平淡」之語言描寫農村景色，自然渾成；又兩次提及「閒」字，表示悠閒淡遠之意。此詩雖不是歌詠蘇杭之作，然已得白居易蘇杭詩自然閒適之氣味。

李昉是白體中重要詩人，編有《二李唱和集》，內容多詠臺閣閒情、山水樂趣、詩酒歌舞以及酬唱寄贈之事。序云：「昔樂天、夢得有《劉白唱和集》，流布海內，為不朽之盛事。今之此詩，安知異日不為人之傳寫乎？」又云：

南宮師長之任，官重而身閒；內府圖書之司，地清而務簡。朝謁之暇，頗得自適，而篇章和答，僅無虛日，緣情遣性，何樂如之。二卿，好古博雅之君子也，文章大手，名擅一時，眷我之情，於斯為厚，凡得一篇一詠，未嘗不走家僮以示我。惸病之叟，頗蒙牽率，若抽之思強以應命，所謂策疲兵而當大敵也。日往月來，遂盈篋笥。

〔註83〕

李昉與李至也學白居易與劉禹錫，彼此作詩唱和。在生活方面，李昉「緣情遣性」，生活閒適，繼承了白居易在蘇杭「退公獨處」或「知足保和」的心態，以及「吟玩情性」〔註84〕的達觀性格。寫詩常有「閒」意，如「自喜身無事，閒吟適性情」、「圖書閣下養閒情」、「等閒無客訪閒門」、「時訪閒門祇有君」、「愛閒專喜掌圖書」等，充滿閒情逸致。為寫文亦有閒情，《宋史》稱李昉「為文章慕白居易，尤淺近易曉。」〔註85〕王禹偁說他「須知文集裡，全似白公詩」〔註86〕，足證李昉確實受到白居易很大的影響。〔註87〕

王禹偁是白體詩人中，受白居易影響最深的人，也是在宋初詩歌藝術上

〔註82〕〔宋〕徐鉉：《騎省集》（臺北：臺灣商務印書館，1983年初版，《景淵閣四全書》據國立故宮博物院藏本影印），第1085冊卷2，頁12。

〔註83〕〔宋〕李昉：《二李唱和集》（臺北：新文豐出版，1989年臺一版），頁239。

〔註84〕〔唐〕白居易：《白居易集‧與元九書》（新北市：漢京文化事業有限公司印行1984年3月），卷45，頁，964。

〔註85〕〔元〕脫脫等人修：《宋史‧李昉傳》，卷265，頁3454。

〔註86〕王禹偁：〈司空相公挽歌〉（《景淵閣四全書》）第1086冊，卷10，頁103。

〔註87〕賴詠鈴：《白居易蘇杭形勝詩之研究》，頁165。

真正有所建樹的詩人。他自幼喜歡白詩，並從白居易的閒適詩與和唱酬詩開始模仿，〔註88〕三十歲中進士前，已與畢士安為唱和之友，並於任武縣主簿時與魚臺主簿傅翱唱和；次年官長洲知縣，又與吳縣知縣羅處約唱和，從而寫下大量酬唱詩。而且王禹偁仿效白居易唱和之寫作技巧，已達到相當熟練的程度，其〈放言詩〉小序即云：「元、白謫官，皆有《放言詩》，著於編集，蓋騷人之道味也。予雖才不侔於古人，而謫官同矣。因作詩五章，章八句，題為放言云。」又，他與羅處約遊太湖的唱和詩多達百首，〈桂陽羅君遊太湖洞庭詩序〉云：「前不見劉、白，後不見皮、陸，又何人也。」〔註89〕其〈聽羅評事話太湖洞庭之景因賦十韻〉詩云：「思純十日水鄉遊，歸見同年說不休。湖闊盡疑吞澤國，洞深皆道徹宣州。杉松自宿千年鶴，橘柚堪輕萬戶侯。銷夏古灣長積雪，隔帆危柱幾經秋。離離魚網垂村巷，漠漠茶煙出寺樓。雲葉擁僧迎墨緩，浪花和鷺裹仙舟。傳書往事人難問，鏈藥池空水自流。明月峰高欺少室，桃花塢好似洿洲。許渾有句君應笑，張祜無詩我不愁。直擬如今拋印去，雨蓑風艇狎群鷗。」〔註90〕太湖是蘇州的勝境景之一，白居易刺史蘇州也有〈泛太湖書事寄微之〉、〈夜泛陽塢入明月灣即事寄崔湖州〉二首唱和詩，分寄給元稹與崔玄亮，王禹偁此首詩即是仿白居易的太湖詩而與羅處約唱和〔註91〕。

其次，古文之仿作，四庫總目提要云：「《西崑酬唱集》二卷，……其詩宗法李商隱，詞取妍華而不乏興象，效之者漸失本真，惟工組織，於是有優伶撏撦之譏。……《西崑酬唱集》對偶字面雖工，而佳句可錄者殊少，宜為歐公之所厭。」〔註92〕西崑風氣當日雖風行天下，然而一般具文學思想之作者，並不感到着滿意。如王禹偁、范仲淹、柳開諸人之古文，以平易質樸的古體說理記事，或以清真平淡之音，表現真情實感的生活，一掃西崑臺閣體的富貴氣與浮艷氣，而歸於質樸無華、不事虛語的真實境界〔註93〕。如王禹偁〈待漏院記〉：

〔註88〕 許總：《唐宋詩體派論》（江西人民出版社，2008年3月一版），頁239。

〔註89〕 王禹偁：〈桂陽羅君遊太湖洞庭詩序〉（《景淵閣四庫全書》）第1086冊。

〔註90〕 王禹偁：〈聽羅評事話太湖洞庭之景因賦十韻〉（《景淵閣四庫全書》）第1086冊。

〔註91〕 賴詠鈴：《白居易蘇杭形勝詩之研究》，頁165。

〔註92〕 《四庫全書總目》（北京：中華書局出版，1965年6月），卷186集部總集類一，頁1693。

〔註93〕 賴詠鈴：《白居易蘇杭形勝詩之研究》，頁165。

天道不言，而品物亨、歲功成者，何謂也？四時之吏，五行之佐，宣其氣矣。聖人不言，而百姓親、萬邦寧者，何謂也？三公論道，六卿分職，張其教矣。是知君逸於上，臣勞於下，法乎天也。古之善相天下者，自皋、夔至房、魏，可數也。是不獨有其德，亦皆務於勤耳。況夙興夜寐，以事一人，卿大夫猶然，況宰相乎！

待漏之際，相君其有思乎？其或兆民未安，思所泰之。四夷未附，思所來之。兵革未息，何以弭之？思疇多蕪，何以闢之？賢人在野，我將進之；佞人立朝，我將斥之；六氣不和，災眚薦至，願避位以禳之。五刑未措，欺詐日生，請修德以釐之。憂心忡忡，待旦而入。九門既啓，四聰甚邇。相君言焉，時君納焉。皇風於是乎清夷，蒼生以之而富庶。若然，則總百官，食萬錢，非幸也，宜也。

我將陟之；直士抗言，我將黜之；三時告災，上有憂色，構巧詞以悅之；羣吏弄法，君聞怨言，進諂容以媚之。私心慆慆，假寐而坐。九門既開，重瞳屢迴。相君言焉，時君惑焉。政柄於是乎隳哉，帝位以之而危矣。若然，則死下獄，投遠方，非不幸也，亦宜也。

是知一國之政，萬人之命，懸於宰相，可不慎歟！復有無毀無譽，旅進退，竊位而苟祿，備員而全身者，亦無所取焉。棘寺小吏王禹偁爲文，請志院壁，用規於執政者。〔註94〕

本文選自《小畜集》，是屬於雜記。「漏」，就是玉漏。古時欽天監有銅壺玉漏，這是一種計時器，作用和現在的時鐘一樣。待漏院是宰相上朝時休息的地方。宰相每天早晨上朝，因爲時間還早，就在這裏休息等到漏盡門開以後再入朝。本文主旨，在於勤規勉執政者。此記將千古賢相、奸相之心事曲曲描出，辭氣嚴正，可法可鑒，尤妙在借「勤」字立說，以「慎」字作收。蓋爲相者，一出於勤慎，則所思自有善而無惡。文中描繪了三種宰相的形象：一心爲國的賢相，光明磊落。一心爲私的奸相，齷齪卑鄙。占據高位的庸相，隨俗浮沈。作者使用對比的手法，將以上三種宰相的形象凸顯出來，激發讀者對賢人的尊敬，對奸人庸人的鄙視與憎惡。文末又說出一種苟祿全身之庸相，其

〔註94〕高明主編：《宋文彙》（臺北：中華叢書編審委員會印行，1967年11月）據四部叢刊本皇朝文鑑，頁1369。

害正與奸相等，尤足以爲後世戒。雖名爲記，卻極似箴體之作。古文評論家過商侯曰：「通篇出力，只寫勤字，勤字下得好，正與待漏字恰恰相當。相君有思，亦是待漏時所必有之想，寫得森嚴可畏。有體有裁，宜與溫公〈諫院題名記〉並垂。」〔註95〕頗能掌握文章的精義。

宋朝開國不久，階級矛盾與民族矛盾急劇發展，社會危機迅速出現。統治階級中的一些人物開始醞釀「變法」，企圖通過對封建政治某些部分予以補偏救弊、改革調整，以鞏固宋王朝的統治，王禹偁也抱持相同的主張。此篇文章即仿白居易《策林·尊賢》而作，如：「……是故圖帝而成王，圖王而成霸者，有矣；未有圖霸而成王，圖王而成帝者也。夫以夷吾之賢，爲不可召之臣，桓公所以霸齊也。孔明之才，爲非屈致之士，劉氏所以圖蜀也。夫欲霸一國，圖一方，猶審其禮，行其道焉。況開帝王之業，垂無疆之休；苟無尊賢之風，師友之佐，則安能弘其理，恢其化乎？國家有天下二百年，政無不施，德無不備；唯尊賢之禮，未與三代同風。陛下誠能行之，則盡美盡善之事畢矣！」此與王禹偁所作〈待漏院記〉，思想觀念是一致的，文章總結封建官僚統治的經驗提出實行「尊賢」之吏治要求。王禹偁希望由此達到安定社會秩序、發展農業生產、國富民強的目的。此篇記文，於當時歷史條件下，具有一定的前瞻性。又本篇文字嚴謹精練，多以排比論述，前後對比，增強文章的氣勢，頗似白居易《策林》的寫作法。

王禹偁後期政治生涯屢遭挫折，接連被貶，外放遠地，因此，詩文的創作也隨之改變。所不同者，白居易前期以「惟歌生民病」自許，後期則以「知足保和」的心理體現；而王禹偁則是前期仕途順達，後期不順遂，因以幽怨憤恨的情緒爲務。其詩歌的創作，趨向杜甫擁有深厚意涵的社會詩，開宋代尊崇杜詩風氣之先，成就是顯著的。總而言之，王禹偁的創作風格是以白居易爲生命典範，進而推展到以白居易爲學習的主要對象，汲眾家之長，使得他不只是在「吟玩情性」的唱和、寫景詩有所推進，在嘲諷政治社會的寫實詩方面也能有突破性的發展。又如〈黃州新建小竹樓記〉：

　　　　黃岡之地多竹，大者如椽。竹工破之，刳去其節，用代陶瓦，
　　　比屋皆然，以其價廉而工省也。

　　　　子城西北隅，雉堞圮毀，榛莽荒穢，因作小樓二間，與月波樓

〔註95〕過商侯：《古文評註》（臺中：曾文出版社，1975 年 7 月），頁 531。

通。遠吞山光，平挹江瀨，幽闃遼夐，不可具狀。夏宜急雨，有瀑布聲；冬宜密雪，有碎玉聲；宜鼓琴，琴調虛暢；宜詠詩，詩韻清絕；宜圍棋，子聲丁丁然；宜投壺，矢聲錚錚然：皆竹樓之所助也。

公退之暇，被鶴氅衣，戴華陽巾，手執周易一卷，焚香默坐，消遣世慮。江山之外，第見風帆沙鳥、煙雲竹樹而已。待其酒力醒，茶煙歇，送夕陽，迎素月，亦謫居之勝概也。彼齊雲落星，高則高矣，井幹麗譙，華則華矣，止於貯妓女，藏歌舞，非騷人之事，吾所不取。

吾聞竹工云：「竹之爲瓦，僅十稔，若重覆之，得二十稔。」噫！吾以至道乙未歲，自翰林出滁上，丙申移廣陵，丁酉，又入西掖，戊戌歲除日，有齊安之命，己亥閏三月到郡，四年之間，奔走不暇，未知明年又在何處，豈懼竹樓之易朽乎？幸後之人與我同志，嗣而葺之，庶斯樓之不朽也。咸平二年八月十五日記。（《宋文彙》頁 1370）此文作於宋眞宗咸平二年（西元 999 年），王禹偁被貶任黃州刺史時。文中通過修築竹樓之記敘與描寫，表達作者貶謫後隨緣自適、遊於物外的思想，此乃封建士大夫消極、落寞人生觀的表現。但王禹偁並未完全忘情世事，在表面的平靜中，仍然可以隱隱感到其激憤與不平〔註96〕。

王禹偁爲宋代古文運動的先驅者之一，他以「句之易道，義之易曉」（〈答張扶〉），反對雕章琢句、難深晦澀。他反對浮靡的文風，是北宋初期倡導文學革新重要的人物之一。〈黃州新建小竹樓記〉一文是最好的體現。本文以抒情小品筆調書寫，在形式上清新自然，不務雕飾，但又清淡有味。作者十分注意語言的錘煉，注意文章的內在節奏韻律和恰如其分的辭藻運用，語辭雅麗，如出天然。同時以寓情於景，以境達意，抒發作者的理念於其中，並將內心的忿懣不平現實的思想情緒寄託其中。

王禹偁此記與白居易貶謫江州所作的〈江州司馬廳記〉情境相似。該記云：「惟司馬，綽綽可以從容於山水詩酒間。由是郡南樓，山北樓，水濊亭、百花亭、風篁、石巖、瀑布、廬宮、東西二林寺、泉石松雪，司馬盡有之矣。苟有志於吏隱者，捨此官何求焉？案唐典：上州司馬，秩五品。歲廩數百石，月俸六七萬，官足以庇身，食足以給家。州民康，非司馬功；郡政壞，非司

〔註96〕王水照選注：《宋代散文選注》（臺北：建宏出版社，1996 年 1 月），頁 15。

馬罪。無言責，無事憂。噫！爲國謀，則尸素之尤蠹；爲身謀，則祿仕之優穩者。」是知，白居易任司馬可以從容於山水詩酒間，說自己居此閒官能享「吏隱」之樂，待遇優厚，並道出原因在於「識時知命」，但是此中可知隱約流露尸位素餐而不能實現「兼濟」之志的苦悶。王禹偁〈黃州新建小竹樓記〉的寫作，正是他「吏隱」的苦悶的向徵，同時將其感情寄託於文字中，也是他記山水的代表作。

（二）范仲淹等

范仲淹，字希文，諡文正，宋蘇州吳縣人。仲淹二歲而孤，母更適長山朱氏，從其姓，名說。少有志節，既長，知其家世，乃感泣辭母去。晝夜苦讀，眞宗大中祥符八年，登進士第，迎母歸養，始還姓更名。嘗守陝邊，號令嚴明，愛撫士卒，西夏人不敢犯，曰：「小范老子，胸中自有數萬甲兵！」累官參知政事（副相）。秉性外和內剛，考覈嚴峻，爲僥倖者所不悅，後罷相，出知毫州、青州，未幾卒。

范仲淹獎掖儒學，每出其奉以食天下俊士，孫復、胡瑗、歐陽修、張載等人皆蒙裁成，隱然爲清流領袖。一時士大夫崇尙風節，自仲淹倡之，後人譽爲「天下第一流人物」。提倡古文，而主厚重。著有范文正公集。范仲淹，於「慶曆新政」變法運動失敗後貶居外地時所寫的〈岳陽樓記〉，也是作者貶官後仍堅持其政治理想的代表作。其文云：

> 予觀夫巴陵勝狀，在洞庭一湖。銜遠山，吞長江，浩浩湯湯，橫無際涯，朝暉夕陰，氣象萬千。此則岳陽樓之大觀也，前人之述備矣。然則北通巫峽，南極瀟湘，遷客騷人，多會於此，覽物之情，得無異乎？

> 若夫霪雨霏霏，連月不開；陰風怒號，濁浪排空，日星隱耀，山岳潛形，商旅不行，檣傾楫摧，薄暮冥冥，虎嘯猿啼；登斯樓也，則有去國懷鄉、憂讒畏譏，滿目蕭然，感極而悲者矣！

> 至若春和景明，波瀾不驚，上下天光，一碧萬頃；沙鷗翔集，錦鱗游泳，岸芷汀蘭，郁郁青青；而或長烟一空，皓月千里，浮光耀金，靜影沉璧，漁歌互答，此樂何極！登斯樓也，則有心曠神怡，寵辱皆忘，把酒臨風，其喜洋洋者矣！

> 嗟夫！予嘗求古仁人之心，或異二者之爲，何哉？不以物喜，

不以己悲。居廟堂之高，則憂其民；處江湖之遠，則憂其君。是進亦憂，退亦憂。然則何時而樂耶？其必曰：「先天下之憂而憂，後天下之樂而樂歟！」噫！微斯人，吾誰與歸！時六年九月十五日。〔註97〕

此種深謀遠慮之憂患意識，誠為當時執政者的暮鼓晨鐘也。岳陽樓大觀，被前人寫盡，范仲淹不便贅述。落筆側重在登樓覽物之情，寫出悲喜二意，以翻出後文憂樂一段正論。以聖賢憂國憂民心地，發而為文章，非范仲淹孰能為之。此文可見范仲淹在貶居生活中，仍能堅持其政治理想與自我鞭策，也是對遭到同樣陷害的朋友滕子京的勉勵與鼓舞。

其次，歐陽脩、蘇軾、蘇轍等人，遭貶官時，也能處之泰然，安心於山水之間，全然受白居易「吏隱」觀念使然。如歐陽脩的〈醉翁亭記〉文中所云：「……太守與客來飲於此，飲少輒醉，而年又最高，故自號曰醉翁也。醉翁之意不在酒，在乎山水之間也。山水之樂，得之心而寓之酒也。……已而，夕陽在山，人影古辭，太守歸而賓客從也。樹林陰翳，鳴聲上下，遊人去而禽鳥樂也。然而禽鳥知山林之樂，而不知人之樂；人從太守遊而樂，而不知太守之樂其樂也。醉能同其樂，醒能述以文者，太守也。太守謂誰？廬陵歐陽脩也。」其實歐陽脩所表現的是以人們生活的快樂，反襯出自己為政的成績，同時流露出「與民同樂」的思想情緒。整篇文章，在表面上又將自己描寫得很閒適，以反映作者貶官後寄情山水、排遣愁懷的生活態度。此與白居易「吏隱」生活相似，也就是有機會施展抱負，即能「兼濟」天下，兩人的精神是相通的。

（三）蘇軾

蘇軾（西元 1037～1101 年）北宋大文學家，書畫家。字子瞻，自號東坡居士，眉山（即今四川眉山縣）人。與父蘇洵、弟蘇轍，都有文名，時人合稱為「三蘇」，同屬「唐宋八大家」之列。蘇軾博學才高，嘉祐二年，與弟蘇軾應試禮部，歐陽修擢置於第二，當時他才二十二歲。歐陽修對他的文才大為讚賞，並說：「吾當避此人出一頭地。」可知歐陽修提拔後進的愛心。熙寧中，王安石創作新法，蘇軾上書反對，從而請求外調，出為杭州通判。後又因「烏臺詩案」被謫黃州團練副使。元祐間，累官翰林學士兼侍讀。紹聖元

〔註97〕〔宋〕范仲淹：《范仲淹全集》（南京：鳳凰出版社，2004 年 11 月），卷8，頁 168～169。

年，累貶瓊州別駕。元符二年，赦歸，北上，建中靖國元年，卒於（江蘇）常州，享年六十六。

蘇東坡嘗自述寫文章的奧妙，「大略如行雲流水，初無定質，但常行於所當行，止於不可止。文理自然，姿態橫生。」又道：「吾文如萬斛泉源，不擇地皆可出。」他不僅古文好，詩、詞也是第一流的；甚至書法、圍棋、琴、酒、佛學都有極高的造詣，可謂「全能之士」。著有仇池筆記、東坡志林、東坡全集、東坡詞等書。

南宋洪邁《容齋隨筆・東坡慕樂天》云：「蘇公謫居黃州，始自稱東坡居士。詳考其意，蓋專慕白樂天而然。白公有〈東坡種花二詩〉云：『持錢買花樹，城東坡上栽。』又云：『東坡春向暮，樹木今何如？』又有〈步東坡詩〉云：『朝上東坡步，尉上東坡步。東坡何所愛？愛此新成樹。』又有〈別東坡花樹詩〉云：『何處殷勤重回首？東坡桃李種新成。』皆爲忠州刺史時所作也。蘇公在黃，正與白公忠州相似，因憶蘇詩，如〈贈寫眞李道士〉云：『他時要指集賢人，知是香山考居士。』〈贈善相程傑〉云：『我似樂天君記取，華顚賞遍洛陽春。』〈送程懿叔〉云：『我甚似樂天，但無素與蠻。』〈入侍邇英〉云：『定似香山老居士，世緣終淺道根深。』而跋曰：『樂天自江州司馬除忠州刺史，旋以主客郎中知制誥，遂拜中書舍人。某雖不敢自比，然謫居黃州，起知文登，召爲儀曹，遂忝侍從。出處老少，大略相似，庶幾復享晚節閑適之樂。』〈去杭州〉云：『出處依稀八樂天，敢將衰朽較前賢。』序曰：『平生自覺出處老少粗似樂天。』則公之所以景仰者，不止一再言之，非東坡之名偶爾暗合也。」〔註98〕由引文可知，東坡是仰慕白樂天的。

明代高鶴《見聞搜玉》曾云：「蘇公居黃州，稱東坡居士，蓋慕白公樂天而云然也。白公有〈東坡種花〉詩：『持錢買花樹，坡東坡上栽。』……皆刺史州時作也。蘇公雅慕白公，如〈贈李道士〉云：『他時要指集賢人，知是香山老居士』……〈去杭州〉云：『出處依稀似樂天，誰將衰朽較前賢。』其景仰白公，可謂至矣。愚謂白公蘊藉，蘇公超邁，趣則一也。」〔註99〕

清代趙冀《歐北詩話》云：「香山在忠州，城有東坡，嘗種花於其上。故有〈東坡種花詩〉……又有〈步東坡詩〉：『朝上東坡步，夕上東步，東坡何

〔註98〕宋洪邁《容齋三筆》（上海：上海古籍出版社，1998 年 3 月第二次印刷）卷第五，頁 474～475。

〔註99〕陳友琴：《白居易資料彙編》（北京：中華書局，1962 年 12 月），頁 230。

所愛，愛此新栽樹。』蘇子瞻在黃州，以東坡爲號，蓋本於此。子瞻平生敬慕香山，屢形吟詠，如〈贈善相程傑〉云：『我似樂天君記取。』〈送程懿叔〉：『我甚似樂天，但無素蠻。』……洪容齋所謂子瞻景仰香山者，不止一再言之，非東坡之名偶爾暗合也。」（《白居易資料彙編》，頁 324）

　　蘇軾淵源於白居易的地方尚不僅於此，首先，蘇軾與白居易在出處方面頗爲相似。白居易二十九歲舉進士，三十五歲復應制舉，不久入爲翰林學士，授左拾遺；貶江州司馬後，佛道思想逐漸增長；爲避黨禍，力求外任，先後任杭州與蘇州刺史；後以太子賓客分司東都，在洛陽度過十八年似出復處的吏隱生活。蘇軾同樣也是舉進士、應制舉、入翰林，貶黃州、守杭州，他自覺出處頗似樂天〔註100〕。

　　蘇軾在杭州又與白居易所留歲月略爲相似。他兩次到杭州任職，第一次在熙寧四年（西元 1071 年），任杭州通判，第二次是在元祐四年（西元 1089年），任杭州知州。總共五年時間，他盡情遊覽了杭州的山水形勝，也重新疏浚錢塘六井與西湖池水；另外還開鑿、挖深茅山涕與鹽橋河，造堰閘，以便有計畫的蓄泄湖水，而不使潮水進入城市。清出的淤泥葑草，經過他善加利用，築成一條長堤，以便通行於西湖南北兩岸，這條堤上植滿楊柳，並建有映波、鎖瀾、望山、壓堤、東浦、跨虹六座石拱橋，他作詩云：「我在錢塘拓湖淥，大堤士女爭昌豐。六橋橫絕天漢上，北山始與南屏通。」當時的百姓爲了紀念他，遂將此堤命名爲「蘇公堤」，而這座美麗的蘇堤與六座拱橋在時間的推移下，已逐漸成爲遊湖必訪的勝景之一「蘇堤春曉」。正因爲蘇軾在杭州的善政、善舉皆與當年的白居易相似，一築蘇堤，一築白堤，所以人們只要提起西湖，不由得都會聯想起白、蘇二人在西湖的功績；建於湖中孤山之麓的「白蘇二公祠」即是人民對他們永恆的悼念。〔註101〕

　　蘇軾一生宦海沉浮，歷盡坎坷。他就是從佛老哲學中尋求擺脫、超越悲哀的思想，度過黃州、惠州、儋州長期貶謫生活，保持對生活、對美好事物的信心與追求，堅持對自我價值的肯定。其〈黃州安國寺記〉云：

　　　元豐二年十二月，余自吳興守得罪，上不忍誅，以爲黃州團練

　　　副使，使思過而自新焉。其明年二月至黃，舍館初定，衣食稍給，

〔註100〕張惠民、張進：《蘇軾文化人格與文藝思》（北京：中華書局，1962 年 12 月），
　　　　頁 230。
〔註101〕賴詠鈴：《白居易蘇杭形勝之研究》，頁 168。

閉門卻掃，收召魂魄。退伏思念，求所以自新之方。反觀從來舉意動作，皆不可中道，非獨今之所以得罪者也。欲新其一，恐失其二，觸類而求之，有不可勝悔者。於是喟然嘆曰：「道不足以御氣，性不足以勝習，不鋤其本而耘其末，今雖改之，後必復作。蓋歸誠佛僧，求一洗之。」

得城南精舍，曰安國寺，有茂林修竹，陂池亭榭。間一二日，輒往焚香默坐，深自省察，則物我相忘，身心皆空，求罪始所從生而不可得。一念清淨，染污自落，表里翛然，無所附麗。私竊樂之，旦往暮還者，五年於此〔註102〕。

蘇軾貶官後，自我反省，對佛禪思想的參研、接受更加深入，同時將所重生的精神依賴也寄託於佛家。讀其〈次韻子由浴罷〉詩云：「楞嚴在床頭，妙偈時仰讀。返流歸照性，獨立遺所囑。」可見《楞嚴經》一直是東坡的床頭書。其次他所作的〈記承天夜遊〉、〈記游松風亭〉、〈在儋耳書〉等，也成為後人探討蘇軾貶謫後的重要文章，藉此可以了解蘇東坡當時的心態。其中貶海南所作的〈儋耳夜書〉，最能看出他的心境，文云：

己卯上元，余在儋耳，有老書生數人來過，曰：『良月桂夜，先生能一出乎？』予欣然從之。步城西，入僧舍，歷小巷，民夷雜揉，屠酤紛然，歸舍已三鼓矣。舍中掩關熟寢，已再鼾矣。放杖而笑，孰為得失？問先生何笑？蓋自笑矣！然亦笑韓退之釣魚，無得更欲遠去：不知釣者，未必得大魚也。〔註103〕

蘇軾自笑，笑自己沒有擺脫患得患失，不能超然物外；笑韓愈釣魚釣不到就走開，是不能自得其樂，亦有自嘲之意。此乃作者老莊思想之反映，也亦是封建時代士人處不得意之際，多乞靈寄託於老莊的明證〔註104〕。其次，東坡於〈儋耳〉詩中更明白道出：「霹靂收威暮雨開，獨憑欄檻倚崔嵬。垂天雌霓雲端下，快意雄風海上來。野老已歌豐歲語，除書欲放逐臣回。殘年飽飯東老歸，一壑能專萬事灰。」（《蘇東坡全集》，續集卷2，頁50）由此可知，蘇東坡對其人生看法已有轉變，其思想已有濃厚的老莊哲理意味。這也是東坡

〔註102〕〔宋〕蘇軾：《蘇東坡全集》（臺北：河洛圖書出版社，1975年9月）前集卷33，頁396～397。
〔註103〕劉文忠：《東坡志林》（北京：中華書局2007年9月），頁11。
〔註104〕劉文忠：《東坡志林》（北京：中華書局2007年9月），頁12。

排解憂患、調整心態的精神食糧。

其次，蘇轍也深受白居易的影響，他的於文集中載有：〈書白樂天集後二首〉云：

> 元符二年夏六月，予自海康再謫龍川。冒大暑，水陸行數千里，至羅浮。水益小，舟益庳，惘然有瘴暍之慮。乃留家於山下，獨與幼子遠，葛衫布被，乘葉舟，秋八月而至。既至，廬於城東聖壽僧舍。閉門索然，無以紹日。欲借書於居人，而民家無畜書者。獨西鄰黃氏，世爲儒，粗有簡冊，乃得樂天文閱之

> 樂天少年知讀佛書，習禪定。既涉世，覆憂患，胸中了然，照諸幻之空也。故其還朝爲從官，小不合，即捨去。分司東洛，優游終老，觀唐世士大夫達者如樂天寡矣。予方流轉風浪，未知所止息。觀其遺文，中甚愧之。然樂天處世，不幸在牛、李黨中，觀其平生端而不倚，非有附麗者也。蓋勢有所至而不能已耳。會昌之初，李文饒用事，樂天適已七十，遂求致仕，不一二年而歿。……樂天之賢，當爲辨之。

> 《圓覺經》云：「動念息念，皆歸迷悉。」世間諸修行人，不墮息念中矣。……《金剛經》云：「應無所住而生其心，既不住六塵，亦不住靜六塵，日夜遊於六根而不兩相染。」此樂天所謂六根之源湛如止水也。……亦云：「妄念既不起，眞心任遍知。」皆所謂應無所住而生其心者也。佛祖舊說，符合如此，而樂天《八漸偈》，亦似見此事，故書其後，寄子瞻兄。〔註105〕

蘇轍與其兄皆是白居易的忠實讀者、接受者與崇拜者。尤其在思想方面，更是完全接受白居易儒、釋、道三合一的觀念，同時也是個實踐者。貶官後的「吏隱」態度，與爲官時忠於職守、熱忱爲民服務的態度，蘇氏兄弟可說是白居易的再生、再造者，他們對白居易的崇敬，由上述引文可知。又，蘇轍於〈亡兄子瞻端明墓志銘〉中云：

> 少與轍皆師先君。初讀賈誼、陸贄書，論古今治亂，不爲空言，既而讀莊子。喟然歎息曰：『吾昔有見於中，口未能言，今見莊子，得吾心矣。』乃出中庸論。其言微妙，皆古人所未喻，嘗謂轍曰『吾

〔註105〕〔宋〕蘇轍：《蘇轍集》（臺北：河洛圖書出版社印行，1975 年 10 月）樂城後集卷 22，頁 213～214。

－365－

視今世學者，獨子可與我上下耳！』既而謫居黃，杜門深居，馳騁翰墨，其文一變……後讀釋氏書，深悟相，參之孔老，博辯無礙，沼然不見其涯也。（後集，卷22，頁217～226）

白居易以儒、釋、道三家雜糅合而為一的思想，對蘇軾之處世心態影響頗巨。蘇軾於貶官之後，既不至於棄世、避世，亦不至於隨波逐流、隨人世浮沉中患得患失、無所適從，而是以一種超然物外、隨遇而安的心態看待人世間的一切挫折。由此可知，蘇軾出入儒、釋、道三教，融合三教思想於一身，又不偏執於任何一方，他這種作與白居易極為相似，而趨於一致。不過在對待人生的態度上，和擺脫名利的世俗而言，蘇軾已超越白居易許多。我們若以宋代文人、士大夫接受白居易人生哲學而言，蘇軾可說是最佳的典範。

蘇軾的人生模式和文化性格影響著後世文人，他經由坎坷經歷而生發出來生命意識、人生哲學和文化性格，千百年來也一直為中國無數的文人所傾慕。不僅欽慕他的文學成就，更嚮往他灑脫飄逸的氣度、睿智深邃的風範、超然曠達的性格內涵。特別是人們在生活道路上受到挫折時，往往從蘇軾的作品中去尋找精神慰藉；而當人們厭惡煩苛的禮教束縛時，也往往從蘇軾的灑脫中去尋找支持，明代後期李贄及公安三袁等，都鼓吹蘇軾詩文，即是其中一例。〔註106〕

白居易詩文集特別突出的唱和詩與閒適詩，到了宋代更被文人所接受與學習。而白居易詩文本身所包含的豐厚內容，又提供宋代文人，可以更深入發掘、闡釋的空間。不同時期、不同理想追求的宋人從中發現了適合自己趣尚的內容：關心民瘼、胸懷天下者賞其諷喻詩，發揚批判腐朽現實的「新樂府」精神；人生坎坷、命運多舛者則學其潛居古官、地方官的「吏隱」生存方式，作為自己安身立命的吉安之法；官運不暢、精神苦悶者師其超然面對困厄艱險的曠達心態，以此作為擺脫精神百鎖、獲得心靈自由的不二法門。杜甫被宋代文人視為投身社會的典範，陶淵明被視為追求個性心靈自由與人格獨立的典範，宋人以此二人作為自己兩種不同人生理想追求的理想模式，頂禮膜拜。然而在生活實踐中，宋人真正踐行的卻是白居易的生存之道，並且將它發展得更為成熟，使它成為宋代高度成熟封建文化的一個表徵。從這一點看，白居易對宋代文人的意義絕不遜色於杜、陶二人。〔註107〕

〔註106〕馬積高、黃鈞主編：《中國古代文學史‧宋遼金元》，頁109。

〔註107〕倪春雷：《論宋代文人對白居易的接受》（曲阜師範大學碩士學位論文，2007

三、明代

晚明的反擬古主義，固然是對擬古派詩文空洞無物的反感，實際上則是受到王陽明學說的影響。自李贄一直到公安三袁，反擬古的作家，無不直接或間接與陽明學說有密切關係。以袁宗道、袁宏道、袁中道兄弟爲代表的公安派，崛起萬曆年間，它的出現是有其歷史的必然性，正如錢謙益在論袁宏道創作的背景時所說的：「萬曆中年，王、李之盛行，黃茅白葦，彌望階是。文長、義仍，嶄然有異。沉痼滋蔓，未克芟薙。中郎以明之資，學禪於李龍湖，讀書論詩，橫說豎說，心眼明而膽力放，於是乃昌言擊排，大放厥辭。」（《列朝詩集小傳》丁集中《袁稽勛宏道》）此論甚是，在此之前，明代徐渭、湯顯祖和李贄等人，已提出與時代不同的見解。尤其是李贄更是袁宏道與公安派的先驅，也是公安派精神上和理論上的導師。在公安派之前，徐渭與湯顯祖都創作了大量富有個性的優秀作品，但仍未能扭轉整個文壇風氣，等到公安三袁出現，文壇上才眞正形成新的氣象〔註108〕。

公安派繼承和發展了李贄的文學觀點，又受到禪學的影響，推崇性靈，反對摹古，主張文學是進化的。他們反對前、後七子，但不像唐宋派那樣把「文必秦漢」改爲師法唐宋，他們徹底擯棄摹擬對象，而把「性靈」作爲創作的表現準則。他們的作品以「平易自然、坦率、大膽、眞實」地表現自己的眞性靈，敢言人之不敢言，願寫人之不願寫；一切文學上的拘縛和戒律都爲他們所拋棄，公安派的理論和創作在當時形成文學主潮流與主力〔註109〕。茲以作家爲序，論說如次：

（一）李贄

李贄（西元 1527～1602 年）字卓吾，號宏甫，福建晉江人。篤信佛，受佛教思想影響頗深；泉州是溫陵禪師的住地，所以自號溫陵居士，又號龍湖叟。有《焚書》、《續焚書》、《藏書》、《續藏書》等書傳世。李贄對當時統治者任人唯親，排斥異己的用人政策十分不滿，而有他獨特的見解，如〈與焦弱侯書〉中云：「嗟乎！豪傑之士，亦若此焉爾矣。今若索豪士於鄉人皆之中，是猶釣魚於井也，胡可得也！則其人可謂智者歟！何也？豪傑之士決非鄉人

年 4 月），頁 36。

〔註108〕葉慶炳：《中國文學史》，頁 256～270。又見劉大杰：《中國文學發展史》，頁859～866。

〔註109〕吳志達：《明清文學史》明代卷，頁 515～525。

之所好，而鄉人之中亦決不生豪傑。古今賢聖皆豪傑爲之，非豪傑而能爲聖賢者，自古無之矣。今日夜汲汲，欲與天下之豪傑共爲賢聖，而乃索豪傑於鄉人，則非但失卻豪傑，亦且失卻賢聖之路矣。所謂北轅而南其轍，亦又安可得也！」〔註110〕此爲李贄造就豪傑用人的主張。他所謂豪傑之士，是指「決非鄉人之士所好」的「豪傑」，而這種「豪傑」之人，也決不會生於「鄉人」之中，而是產生在反傳統之中。至於他的文學主張，主要見於《焚書》中的〈童心說〉一文。今錄片段如下：

> 龍洞山農敘《西廂》末語云：「知者勿謂我尚有童心可也。」夫童心者，眞心也；若以童心爲不可，是以眞心爲不可也。夫童心者，絕假純眞，最初一念之本心麗。若失卻童心，便失卻眞心；失卻眞心，便失卻眞心；失卻眞心，便失卻眞人。人而非眞，全不復有初矣。

> 夫既以聞見道理爲心矣，則所言者，皆聞見道理之言，非童心自出之言也，言雖工，於我何與！豈非以假人言假言，而事假事，文假文乎！蓋其人既假，則無所不假矣。由是而以假言與假人言，則假人喜；以假事與假人道，則假人喜；以假文與假人談，則假人喜；無所不假則無所不喜，滿場是假，短人何辯也。雖天下之至文，其湮滅於假人而不盡見於後世者，又豈少哉！何也？

> 天下之至文，未有不出於童心焉者也。苟童心常存，則道理不行，聞見不立，無時不文，無人不文，無一樣創制體格文字而非文者。詩何必古選？文何必先秦？降而爲六朝，變而爲近體，又變而爲傳奇，變而爲院本，爲雜劇，爲《西廂曲》，爲《水滸傳》，爲今之舉子業，皆古今至文，不可得時勢先後論也，故吾因是而有感於童心者之自文也，更說什麼六經，更說什麼《語》、《孟》乎！〔註111〕

文中提出文藝思想，既是針對當時現實而發，而又具有着深遠影響。李贄首先提出天下的主文，都是「出於童心」的命題，而「童心」即是「眞心」，即是絕假純眞；最初一念之本心」，他反對「宗道、宗經、宗聖」的藝術主張。

〔註110〕〔明〕李贄、張建業譯注：《焚書 續林書》（北京：中華書局，2011 年 1 月 1 版），頁 7。

〔註111〕〔明〕李贄：《焚書 續林書》（北京：中華書局，2009 年 8 月 2 版），卷 3，頁 98～99。

反對「道理聞見」指導人們的藝術創作，他認為如果以「名讀書識義理」而得來的「道理聞見」充斥內心，那麼人就變成了「假人」，寫出文章也是「假人」寫出的文章也是「假文」。因此，以「童心」為主，即發自人們內心的真情實感，就能「無時不文，無人不文」了〔註112〕。又，李贄極重視「小說」、「戲劇」的社會功能。

我們由引文可知，李贄所謂的「童心」，即是指真摯的感情而言。唯有真感情，才能產生至文；小說戲劇，皆以情感真摯而感人肺腑，真是天下之至文。此種文學的論說，自是以道為重的唐宋派所說不出來的。而他所言的「童心」，不就是白居易所說的「情真」、「景真」、「意真」，也與「平淡」、「樸實」、「自然」的文風相同；他的「童心」說在我國文藝思想發展史上占有着重要地位。李贄是三袁的導師，因此，三袁的文學思想受李贄的影響頗深的。

其次，就《焚書‧自贊》云：

> 其性褊急，其色矜高，其詞鄙俗，其心狂癡，其行率易，其交寡而面見親熱。其與人也，好求其過，而不悅其所長；其惡人也，既絕其人，又終身欲害其人。志在溫飽，而自謂伯夷、叔齊；質本齊人，而自謂飽道飫德。分明一介不與，而以有莘藉口；分明毫毛不拔，而謂楊朱賊仁。動與物迕，口與心違。其人如此，鄉人皆惡之矣。昔子貢問夫子曰：鄉人皆之，何如？子曰：未可也。若居士，其可乎哉？〔註113〕

全文中以自嘲的口吻給自己畫像，不但表示了孤高脫俗的高潔品格，也寓含着對道學的諷刺。全文以反話、誇張手法撰寫，勾出一幅形神畢備的人物畫像，文辭恣肆，顯示着晚明小品的另一特色。從容貌到性情，從言行到本質，以一介「離經叛道」的異端形象呈現。作者在文中將自己貶至無以復加、難以見容之田地，是為反襯出自己高標特立的氣節。直攄胸中之獨見，言語真切，嬉笑怒罵，其氣逼人；犀利明快，簡潔明朗，生動幽默，風格不同於他人〔註114〕。然以「淺易」、「真情」、「真趣」、「自然」、「圓熟」的技巧行文，則與白居易「平易自然」的行文風格相似。

〔註112〕張建業譯注：《焚書 續林書》，頁145～153。
〔註113〕〔明〕李贄：《焚書 續林書》（北京：中華書局，2009年8月2版），卷3，頁130。
〔註114〕張建業譯注：《焚書 續林書》，頁260～263。又見吳志達：《明清文學史》明代卷，頁487～493。

（二）袁宗道

袁宗道（西元 1560～1600 年）字伯修，號石浦。一萬曆十四年（西元 1586 年）會試第一，選庶吉士，授翰林編修，曾任太子朱常洛（後爲光宗）進官，官至庶子。袁宗道是公安一派的始倡者，他對前代文人，於唐好白居易，於宋好蘇軾，所以名其書齋爲「白蘇齋」，著有《白蘇齋集》二十二卷。所作〈詠懷效白〉、〈詠懷〉及〈寄三弟〉等詩文，皆以白居易爲效法的對象。如〈寄三弟〉文中云：「……昔然樂天是世間第一有福人，吾那得比之。樂天趣高才大，文價遠至雞林；吾才思寒澀，無所成名，一不同也……」由此可知，袁宗道對白居易的仰慕與推崇。

袁宗道對文學的主張，見於他的〈論文〉上下兩篇，明白指出文學是以「性靈」爲主，非模擬古人所能至，同時提出打擊擬古派的言論。〈論文上〉云：

> 口舌代心者也，文章又代口舌者也。展轉隔礙，雖寫得暢顯，已恐不如口舌矣，況能如心之所存乎？故孔子論文曰：「辭達而已。」達不達，文不文之辨也。唐、虞三代之文，無不達者。今人讀古書，不即通曉，輒謂古文奇奧，今人下筆不宜平易。夫時有古今，語言亦有古今。今人所詫謂奇字奧句，安知非古之街談巷語耶？
>
> 《方言》謂楚人稱知曰黨，稱慧曰𧩅，稱跳曰踅，稱取曰挻。余生長楚國，未聞此言。今語異古，此亦一證。故《史記》、《五帝》、《三王》紀，改古語從今字者甚多：疇改爲誰，俾爲使，格姦爲至姦，厥田厥賦爲其田其賦，不可勝記。《左氏》去古不遠，然傳中字句，未嘗肖《書》也。司馬去《左》亦遠，然《史記》句字，亦未嘗肖《左》也。至於今日，逆數前漢，不知幾千年遠矣，自司馬不能同於《左》，而今日乃欲兼同《左》、馬，不亦謬乎！……昌黎好奇，偶一爲之，如〈毛穎〉等傳，一時戲劇，他文不然也。
>
> 「古文貴達，學達即所謂學古也，學其意不必泥其字句也。」今之圓領方袍，所以學古人之綴葉蔽皮也；今之五味煎熬，所以學古人之茹毛飲血也。何也？古人之意期於飽口腹，蔽形體。今人之意亦期飽口腹，蔽形體，未嘗異也。彼摘古字句入己著作者，是無異綴皮葉於衣袂之中，投毛血於殽核之內也。大抵古人之文，專期

於達；而今人之文，專期於不達。以不達學達，是可謂學古者乎！
〔註115〕

由引文可知，袁宗道對文學之主張，是以時代決定文學的變化；時代變了，文學的形式、語言等，一定要變，一切對古人的模擬抄襲是違背文學發展的趨勢。他認爲「時有古今，語言亦有古今，今人所詫謂奇字奧句，安知非古之街談巷語耶？」一般擬古文人，常陷於句摹字擬，依袁宗道的看法，皆因本身無學問、意見的緣故，也就是作家缺乏思想修養，寫不出有內容的文章，只得在形式上摹秦擬漢了。故云：「學者誠能從學生理，從理生文，雖驅之使模，不可得矣。」又於〈論文下〉云：「……文章亦然。有一派學問，則醞出一種意見，有一種意見，則創出一般言語；無意見則虛浮，虛浮則雷同矣。……夫孔子所云辭達者，正達理耳，無理則所達爲何物乎？無論《典》、《謨》、《語》、《孟》，即諸子百氏，誰非談理者？」（《白蘇齋類集》卷20頁285～286）袁宗道所說的「意見」或是「理」，就是作者家的思想。同時主張作者首先要有思想修養，文章首先要有思想內容，以情眞意誠爲是，而絕不是形式語言上模擬秦漢，這是爲了打擊擬古主義所提出的論說。

袁宗道反對模擬，他所創作的詩文皆以「性情」、「情眞」爲主，這與白居易所謂的「自然」、「平易」、「淺近」、「閒適」的創作主張是相同的。如〈極樂寺記遊〉云：

高梁橋水，從西山深澗中來，道此入玉河。白練千匹，微風行水上，若羅紋紙。堤在水中，兩波相夾。綠楊四行，樹古葉繁，一樹之陰，可覆數席，垂線長丈餘。

岸北佛廬道院甚眾，朱門紺殿亘數十里。對面遠樹，高下攢簇，間以水田。西山如螺髻，出於林水之間。極樂寺去橋可三里，路徑亦佳。馬行綠陰中，若張蓋。殿前剔牙松數株。松身鮮翠嫩黃，班剝若大魚鱗，大可七八圍許。

暇日曾與黃思立諸公遊此。予弟中郎云：「此地小似錢塘蘇堤。」思立亦以爲然。予因嘆西湖勝境，入夢已久，何日掛進賢冠，作六橋下客子，了此山水一段情障乎？是日分韻，各賦一詩而別。（《白蘇齋類集》，卷14，頁192～193）

〔註115〕〔明〕袁宗道撰，錢伯城標點：《白蘇齋類集》（上海：上海古籍出版社，2007年9月），卷20，頁283～284。

本文以遊歷進程與觀覽方位為線索，作者觀察細致，善於刻畫客觀景物。先寫高梁橋及橋下之水，連用兩個比喻。繼言水中之堤及堤上之樹，以「兩波相夾」狀堤，寫出動態；而綠楊「樹古葉繁」，覆蔽數席，垂絲丈餘，顯得陰森幽靜。接著寫岸北鱗次櫛比的寺院，茂繁之遠樹，秀麗的西山，最後才點出極樂寺。作者觀察細致，善於刻畫客觀景物，西山路下的景物優美與夏蔭爽人的氣氛，寥寥數筆即點染出來〔註116〕。由以上論述可知，公安小品文，多具有以清新流麗、情趣盎然的韻味，這也是作者個性、情操活躍紙上的表現。茲舉袁宗道〈岳陽紀行〉為例：

> 從石首至岳陽，水如明鏡，山似青螺，蓬窗下飽看不足。最奇者墨山，僅三十里，舟行二日，凡二百餘里，猶盤旋山下。日朝出於斯，夜沒於斯，旭光落照，皆共一處。蓋江水縈迴墨山中，故帆檣繞其腹背，雖行甚駛，祇覺濡遲耳。過岳陽，欲遊洞庭，為大風所尼。季弟小修秀才，為〈詛柳秀才文〉，多謔語。薄暮，風極大，撼波若雷，近岸水皆揉為白沫，舟幾覆。季弟曰：「其柳才報復耶？」余笑曰：「同袍相調，常事耳。」因大笑。明日風始定。（《白蘇齋類集》，卷14，頁194～195）

本文記述從石首至岳陽，再泛舟遊洞庭湖的風光和自己的感受。作者著力渲染墨山，是為襯托江水縈迴曲折及舟行之遲緩。可謂言山而意在寫水，記山之奇正是為映襯水之奇正。記岳陽前之行程，重在江水縈迴的自然奇趣；岳陽後之行程，重在洪波巨浪中的險趣，以及作者與弟險中作樂的安適心緒。最後以作者的戲謔作結，將風浪之驚險看作是神人的調笑，更是奇思異想，妙趣橫生。

此文之寫作，清新活潑，極富情趣，體現公安派為文重趣、重新奇的特點。起句寥寥數語，卻寫出許多內容，點明遊歷的地點，勾勒出山水的特色，並寫出自己的喜愛與感受。尤其是寫山水的特色，字鍾句煉，於短小篇章中，見識到袁宗道寫遊記的功力，在於短小精粹，又工於修辭。

由上述引文可知，袁宗道的古文特色是「溫雅」，有如春日拂面的輕風，同時有一種雍容和平的氣度。而有求新創新，不襲陳言，不落舊套。姚士麟評伯修詩文，就着眼一個「新」字，稱之「情情新來，筆筆新赴」、「提人新

〔註116〕李茂肅：《三袁詩文選注》（臺北：建宏出版社，1996年1月），頁42。

情，換人新眼」〔註117〕，姚氏所云即是也。

（三）袁宏道

　　袁宏道，字中郎，號石公，明湖北公安（今湖北省公安縣）人。生於穆宗隆慶二年（西元 1568 年），卒於神宗萬曆三十八年（西元 1610 年），年四十二。袁宏道年少聰慧，能詩能文，聞名鄉里。十六歲為諸生時，便在鄉裡組織文學社團，自為社長，倡導詩文。袁宏道萬曆二十年（西元 1592 年）登進士第，曾任吳縣縣令（今江蘇省）國子監助教、禮部儀制清吏司主事，累官至吏部郎中。晚年出任陝西鄉試主考官，不久死去。著有《袁中郎集》四十卷，此外尚有《明文儁》、《瓶花亭錄》等。袁宏道任吳縣令不久，即辭去官職，遍遊吳越，過著「白帢隨人指，青峰送客還」（宿惠山僧房）的生活。他的興趣是遨遊四方，志在山水間，帶有個性開放的積極意義〔註118〕。

　　明神宗後期，宦官專權，政治腐敗。袁宏道不敢起來抗爭，也不願同流合污，只得退守田園，寄情山水。誠如他與〈馮琦書〉所云：「時不可為，豪傑無從著手，其不若在山之樂也。」可見他處世的態度。他寫的山水遊記，清新活潑，表現力強，對當時古文的發展有一定的影響。他的著作最多，得名最甚，排斥擬古派也最力，可說公安派的代表。所以《明史・文苑傳》云：「先是王、李之學盛行，袁氏兄弟獨心非之……至宏道益矯以清新輕俊，學者多捨王、李而從之，目為公安體。」袁宏道認為一代有一代的文學，今不必不如古，除反對句比字擬、以勦襲為復古外，更進一步提出公安派的文學主張，是「獨抒性靈，不拘格套」，見於所作他於〈敘小修詩〉：

> 弟小修詩古逸者多矣，存者僅此耳。餘懼其複逸也，故刻之。……
> 足跡所至，幾半天下，而詩文亦因之以日進。大都獨抒性靈，不拘
> 格套，非從自己胸臆流出，不肯下筆。有時情與境會，頃刻千言如
> 水東注，令人奪魂。其間有佳處，亦有疵處。佳處自不必言，即疵
> 處亦多本色獨造語。然予則極喜其疵處；而所謂佳者，尚不能不粉
> 飾蹈襲為恨，以為未能盡脫近代文人氣習故也。〔註119〕

〔註117〕〔明〕袁宗道撰，錢伯城標點：《白蘇齋類集》（上海：上海古籍出版社，2007年 9 月），頁 6。

〔註118〕李茂肅《三袁詩文選注》前言，頁 1～6。又見吳志達：《明清文學史》明代卷，頁 494～496。

〔註119〕〔明〕袁中郎：《袁中郎全集・序文》（臺北：清流出版印行，1976 年 10 月），頁 2～3。

此文說明透辟，語言精練，文章通過對袁中道詩文的評論，闡述了公安派的文藝觀點，主張「獨抒性靈，不拘格套」，就是抒寫情感而言即是「不拘格套」，也就是創造的精神；真實地反映作者的思想與感情。反對抄襲模擬，反對「文必秦漢，詩必盛唐」的文藝復古思潮。文章說明透辟，語言精練〔註120〕。他主張「文學貴創造」，自然不會模擬。由於他重視「性靈」，因此特別強調天真而自然的趣味。這種重視「自然天真」或「自然趣味」的主張，與白居易所謂的「自然」、「平易」、「淺近」、「閒適」的主張是相同的。如〈虎丘記〉云：

> 虎丘去城，可七八里，其山無高岩邃壑。獨以近城故，簫鼓樓船，無日無之。凡月之夜，花之晨，雪之夕，遊人往來，紛錯如織，而中秋為尤勝。每至是日，傾城闔戶，連臂而至，衣冠士女，下迨蔀屋，莫不靚妝麗服，重茵累席，置酒交衢間。從千人石至山門，櫛比如鱗，檀板丘積，樽罍雲瀉，遠而望之，如雁落平沙，霞鋪江上，雷輥電霍，無得而狀。

> 布席之初，唱者千百，聲若聚蚊，不可辨識。分曹部署，竟以歌喉相鬥，雅俗既陳，妍媸自別。未幾而搖頭頓足者，得數十人而已。已而明月浮空，石光如練，一切瓦釜，寂然停聲，屬而和者，才三四輩。一簫，一寸管，一人緩板而歌，竹肉相發，清聲亮徹，聽者魂銷。比至夜深，月影橫斜，荇藻凌亂，則簫板亦不復用。一夫登場，四座屏息，音若細髮，響徹雲際，每度一字，幾盡一刻，飛鳥為之徘徊，壯士聽而下淚矣。

> 劍泉深不可測，飛岩如削。千頃雲得天池諸山作案，巒壑競秀，最可觴客。但過午則日光射人，不堪久坐耳。文昌閣亦佳，晚樹尤可觀。面北為平遠堂舊址，空曠無際，僅虞山一點在望。堂廢已久，余與江進之謀所以復之，欲祠韋蘇州、白樂天諸公於其中，而病尋作；余既乞歸，恐進之興亦闌矣。山川興廢，信有時哉！

> 吏吳兩載，登虎丘者六。最後與江進之、方子公同登，遲月生公石上，歌者聞令來，皆避匿去。余因謂進之曰：「甚矣，烏紗之橫，皂隸之俗哉！他日去官，有不聽曲此石上者如月。」今余幸得解官，

〔註120〕李茂肅《三袁詩文選注》，頁129。

　　稱「吳客」矣，虎丘之月，不知尚識余言否耶？（《袁中郎全集‧遊
　　記》，頁1～2）

明人陸雲龍評論此篇作品說：「虎丘之勝，已盡於筆端矣，觀繪事（圖畫）不
如讀此之靈活。」這些評論頗有道理。袁宏道的確把虎丘山的中秋月色和遊
人勝的景況描寫得淋灕盡致。紅男綠女，人流如湧，明月浮空，竟以歌喉相
鬥，情景如繪；寫劍泉、文昌閣、平遠堂，也各具特別色。本文的末尾發出
「烏紗之橫，皂隸之俗」的慨嘆，表現了作者鄙棄官吏和清高許的思想感情。
〔註121〕對仕途的看法和追求自由，放情山水的處世態度，又帶有個性上的開
放，這是他的人生觀也是他的生活方式，最爲後人所羨慕的。

　　袁宏道〈識伯修遺墨後〉云：「伯修酷愛白、蘇二公，而嗜長公尤甚。每
下直，輒焚香靜坐，命小奴伸紙，書二公閒適詩，或小文，或詩餘一二幅，
倦則手一編而臥，皆山村會心語，近懶近放者也。余每過抱甕亭即笑之曰：『兄
與長公，眞是一種氣味。』伯修曰：『何故？』余曰：「長公能言，吾兄能嗜，
然長公垂老玉局，吾兄直東華，事業方始，其不能行一也。」伯修大笑，……
昔樂天七十致仕，尚自以爲達，故詩云：「『達哉達哉，白樂天。』此猶白頭
老寡婦，以貞驕人，吾不學也。」因相與大笑，未幾而伯修下世。……世間
第一便宜事，眞無過閒適者。白蘇言之，兄嗜之，弟行之，皆奇人也。甲辰
閏九月九日，弟宏道書梔子樓。」〔註122〕記中以閒適寡慾，也就是眞趣、眞
情稱讚其兄袁宗道（伯修）則有白居易曠達的人生觀，而其閒適的生活態度，
也是學習白居易而來的。袁宏道文中雖是言其兄，同時也是在表現自己的人
生態度、和處世之道。袁宏道自己所創作的詩文，也都以抒寫「性靈」爲依
歸。再如〈晚遊六橋待月記〉：

　　西湖最盛，爲春爲月，一日之盛，爲朝煙，爲夕嵐。今歲春雪
　　甚盛，梅花爲寒所勒，與杏桃相次開發，尤爲奇觀。石簣數爲余言，
　　傅金吾園中梅，張功甫玉照堂故物也，急往觀之。余時爲桃花所戀，
　　竟不忍去湖上。由斷橋至蘇堤，一帶綠煙紅霧，瀰漫二十餘里。歌
　　吹爲風，粉汗爲雨，羅紈之盛，多於堤畔之草，艷冶極矣。然杭人
　　遊湖，止午未申三時，其實湖光染翠之工，山嵐設色之妙，皆在朝

〔註121〕李茂肅選注：《三袁詩文選注》，頁112。
〔註122〕〔明〕袁中郎：《袁中郎全集‧隨筆》（臺北：清流出版社，1976年，11月），
　　　　頁11～12。

日出，夕舂未下，始極其濃媚。月景尤不可言，花態柳情，山容水
意，別是一種趣味。此樂留與山僧遊客受用，安可爲俗士道哉！（《袁
中郎全集・遊記》，頁 19～20）

西湖，在今浙江省杭州城西。周圍三十里，三面環山，溪谷泄注，下有水道，
積而成爲湖。歷來有「武林水」、「金牛湖」、「明聖湖」、「錢塘湖」、「西子湖」
諸稱。巒影波光，景色宜人。自唐以後，名聲漸著。舊以白堤、蘇堤將湖分
爲外湖、裡湖和岳湖〔註123〕。蘇堤上有六橋相望，沿堤桃柳遍植，有「三潭
印月」、「蘇堤春曉」、「平湖秋月」、「雙峰插雲」、「柳浪聞鶯」、「花港觀魚」、
「曲院風荷」、「斷橋殘雪」、「南屏晚鐘」爲西湖十大美景。

　　此篇文章的標題頗嚴謹：先是交代事由「待月」；而後限定時間在「晚上」；
指出地點「六橋」。六橋是：映波、鎖瀾、望山、壓堤、東浦、跨虹橋，依次
座落在西湖蘇堤上，相傳是蘇東坡建造的。袁宏道主要寫晚上在六橋一帶遊
玩，等待月上東山、月照西湖的情景。此類遊記通常寫法有：按時間的推移
安排結構，或按空間的轉換布局謀篇，即讀者或隨著作者的遊蹤去尋覓西湖
月色，或隨著作者的思緒去玩味六橋夜景。對於西湖的桃花、斷橋至蘇堤的
景致、杭人遊湖之盛大、極其濃媚的景色，文中都是實寫；至於文題的「月
景」卻以虛筆書寫，以虛勝實，透顯作者特殊的審美趣味。本文是一篇精致
的山水小品，具有公安派含蓄空靈、清新俏麗的特色，不同於一般遊記古文，
它是公安派最佳的代表作。

　　袁宏道跳出時空的限制，而以審美、感受作線索，串接起幾幅精選的典
型畫面，構成一個空靈美妙的境界來寫作。此即是「獨抒性靈，不拘格套」
最佳的證明。本文也是一篇精致的山水小品，具有公安派含蓄空靈、清新俏
麗的特色。錢伯城在其標點《白蘇齋類集》云：「中郎小品文的特色是清新，
有如夏日清晨的露珠」。〔註124〕

　　袁宏道傳世的古文多有佳作，其中山水遊記率眞自然，清新秀逸，情起
盎然，自成一家，晚明古文家張岱曾稱：「古人記山水手，太上酈道元，其次
柳子厚，近時則袁中郎。」由上述引文可知，袁中郎古文的寫作，文辭清新，
雋永流暢他的古文，淨脫了陳規陋習的束縛，抒寫自己的眞感情，文筆雋秀

〔註123〕劉操南：《古代遊記選注》（臺北：建宏出版社，1996 年 1 月），頁 151。
〔註124〕〔明〕袁宗道撰，錢伯城標點：《白蘇齋類集・前言》（上海：上海古籍出版
　　　　社，2007 年 9 月），頁 6。

生動，絲毫沒有雕鑿的痕跡；言語流暢淺近，接近口語〔註125〕。在晚明小品文史上，別樹一幟爲後世所肯定。

（四）袁中道

袁中道著有《珂雪齋集》二十四卷，他的文學主也以「性情」爲主，即是袁宏道所謂的「性靈」說。其《珂雪齋集・自序》云：「文法秦、漢，古詩法漢、魏，近體法盛唐，此詞家三尺也。予敬佩焉，而終不學之。非不學也，古人之意至而法即至焉。吾先有成法據胸中，勢必不能盡達吾意，達吾意而或不能盡合於古之法，合者留，不合者去，則吾之意其可達於言者有幾？而吾之言其可傳於世者又有幾？故吾以爲斷然不能學也，姑抒吾意所欲言而已。夫古之人豈易言哉？豈惟古人，即本朝諸君子，各有所長，成一家言，敢自謂超乘而上之耶？」文中所謂「抒吾意所欲言」即是，「獨抒性靈」之意〔註126〕。其〈西山十記〉之四云：

> 從香山俯石蹬，行柳路，不里許，碧雲在焉。剎後有泉，從山根石蟺中出，噴吐冰雪，幽韻涵淡。有老樹中空火出，導泉於寺，周於廊下，激聒石渠，下見文礫金沙，引入殿前爲池。界以石梁，下深丈許，了若徑寸。朱魚萬尾，匝池紅酣，爍人目睛，日射清流，寫影潭底，清慧可憐。或投餅於左，群赴於左，右亦如之，咀呷有聲。然其跳達刺潑，遊戲水上者，皆數寸魚。其長尺許者，潛泳潭下，見食不赴，安閒寧寂，毋乃靜躁關其老少耶？水脈隱見，至門左，奮然作鐵馬水車之聲，進入於溪。其剎宇整麗不書。書泉，志勝也。

> 或曰：此泉若聽其噴溢石根中，不從龍口出；其岩際砌石，不令光滑，令披露山骨，石渠不令若槽臼。則剎之勝，恐東南未必過焉。然哉！〔註127〕

本篇爲〈西山十記〉之四。碧雲寺：在北京西山。時袁中郎以國子監生在京。碧雲寺的泉水是北京西山諸景中的最佳景色，吸引了不少的遊客。這篇遊記，

〔註125〕馬積高、黃鈞主編：《中國古代文學史・明清卷》，頁38。
〔註126〕李茂肅選注：《三袁詩文選注》，頁1～6。又見劉大杰：《中國文學發展史》，頁857～866。
〔註127〕〔明〕袁中道等：《晚明二十家小品》（臺北：廣文書局印行，1968年1月），頁72～73。

以「刹宇整麗不書，書泉、志勝」的心情記遊。

袁小修不寫入寺膜拜的情形，而是直接寫大殿前的活水池，才頓時渾身上勁，趕忙地跑到寺後去找寺的靈魂——泉水。一旦抓到泉水，一管筆便倒撞出來，從寺後反奔寺前。水脈有時看見，有看不見，到門左邊忽然像鐵馬、水車的聲音，流入溪水中。而後即寫池中魚兒的跳躍，「萬尾」已覺聲勢浩大，又以一片眩目的「紅」更顯熱烈，而後再以「酣」字點出，真有滿池歡騰，把碧寺的清泉流水和魚兒戲水的情形給寫活了。其次，是〈西山十記〉之五云：

> 香山跨山踰岩，以山勝者也。碧雲以泉勝者也。折而北，爲臥佛峰。轉四，不聞泉聲。然門有老栢，百許森立，實威逼人。至殿前，有老樹二株，大可百圍，鐵幹鏐枝，碧葉虯結，紆羲回月，屯風宿霧，霜皮突兀，千廮萬螺，怒根出士，磊塊詰曲，叩之丁丁作石聲。殿墀周遭數百丈，數百年以來，不見日月。石墀整潔不容睡。

> 寺較古，遊者不至，長日靜寂。若盛夏晏坐其下，凜然想衣裘矣。詢樹名，或云娑羅樹。其葉若藪，予乃折一枝袖之，俟入城以問其黃平倩，必可識也。臥佛蓋以樹勝者也。夫山刹當以老樹、古怪爲勝，得其一者皆可居，不在整麗。三刹之中，野人寧可居臥佛焉。〔註128〕

袁中道遊香山、碧雲二寺後，又遊臥佛寺，因而得以用三寺簡略對比的手法，描寫臥佛寺。重點描寫寺內的娑羅樹，十分具體，有：樹幹、樹枝、樹根、樹葉、樹蔭都描寫到了。刻畫細致，充滿想像〔註129〕，同時將山寺、泉水、樹景，如在目前，亦如置身此境之中。他將老樹的老大、堅、奇寫透、寫活了，可見袁小修寫景的獨到功夫，非他人所能及的、

三袁的古文，最有影響的是遊記。我國古代遊記文本以記實爲主，準確生動地把客觀景物描繪出來。三袁在寫作遊當中，筆端充滿感情，在記實描寫的同時增加了抒情性；而且筆墨靈活，經常把寫景、記事、議論結合在一起。在景物描寫上，不但面面俱到寫實，而是用寫意法攝取客觀景物的神情，這樣就形成了清雋流暢、自然醇美的特色。由上述引文可知，如袁宗道的〈極

〔註128〕〔明〕袁中道等：《晚明二十家小品》（臺北：廣文書局印行，1968 年 1 月），頁 73。

〔註129〕李茂肅選注：《三袁詩文選注》，頁 252。

樂寺記遊〉、〈岳陽紀行〉、袁中道的〈虎丘記〉、〈晚遊六橋待月記〉以及袁中道的〈西山十記〉中，可以明顯地看出，即有「清雋流暢、自然醇美」，時時流露出追求閒適生活的態度。

　　三袁除遊記之外，如尺牘、序文、傳記、短論、隨筆等文，亦具共同特色，稱之爲「小品文」。最鮮明特色是：信手寫來，深入淺出，多半是抒情的筆調，寫眼前事物。其次是風格明朗流麗，活潑自然，與人清新之感。三袁小品文的寫作，語言表現「平易淺近」，以抒情的文字表意，以簡潔風趣的詞句敘懷；雅俗共享，不流於庸俗，此與白居易古文的思想風格相似。

　　總之，三袁生平都有一個共同點，是寄情於自然的山水，在遊山玩水中感受到人生的眞趣，反對現實社會的黑暗無趣。他們又有共同的人生哲學基礎上的觀念，即是禪宗人的哲學，這種觀念又與白居易參佛的思想頗爲接近。其次，三袁的創作思想是任性而發、情眞而直言，抒發個人內心深處的眞實思想與感情，做到個性化、自由化。語言運用，要求寧可用語通俗，也就是以「平易淺淡」、「自然閒適」做爲他們寫作的風格。他們在用語造詞上，力求文辭清新，雋永流暢。此種寫作風格，與白居易清新雋永的小品文寫作風格相似。他們遊山玩水過著閒適的生活，與白居易淺近舒適的生活也相同，這種人生態度對後世文人是有一定的影響。三袁「獨抒性靈」的主張，這種文風在我國古文學史上別樹一幟的。然而他們卻忽視文學與現實的關係，及其社會的功能，他們的創作脫離了現實。因此，他們的小品文的內容也就空泛，這種現象嚴重的將格局給限制了，在晚明文壇上，有如曇花一現，實在可惜。

　　錢謙益說：「中郎之論出，王、李之雲霧一掃。天下之文人才士，始知疏淪心靈，搜剔慧性，以蕩滌擬塗澤之病，其功偉矣！」《四庫全書總目提要》在論及《袁中郎集》時謂：「其詩文變板重爲輕巧，變粉飾爲本色，致天下耳目於一新。」作爲詩文的風尚，以清新閒逸的特徵作爲「公安體」。在清代，如以性靈的首領袁枚，啓蒙時期詩人龔自珍，以及晚清詩人黃遵憲，他們的理論和創作，都在不同程度上受到公安派的影響。〔註130〕

（五）張岱

　　張岱，字宗子，又字石公，號陶庵，又號蝶庵。浙江山陰（今紹興）人。

〔註130〕吳志達：《明清文學史・明代》，頁515。

爲仕宦子弟，自幼聰慧好讀書，頗負文名，卻一生不登仕途，落拓不羈。他不以功名爲念，家有園亭、池沼之勝。他有濃厚的佛家思想，但非佛教的虔誠信徒；喜與和尚、道士、劍客、優伶結交。生於詩書禮儀之家，卻不受儒家禮教束縛，思想自由古漫。熱愛自然風光，喜遊後玩水；愛好戲劇、音樂，有很深的文藝修養。博學能文，弈棋、踢毬、彈琴諸藝也都熟習。明亡，張岱披髮入山，以避世的態度表現他的氣節。他的古文題材廣泛，不僅山水人物，而且茶樓酒肆、歌館、妓院、鬥雞走狗、工藝書畫；地方風俗、文物古跡，舉凡社會生活的各個角落，在他的古文中都有反映〔註131〕。張岱的小品文集，有《琅嬛文集》、《陶庵夢憶》、《西湖夢尋》三書傳世。而其文集所寫多是觀燈、玩月、品茶、賞雪、聽書、看戲等舊日生活瑣事，但對了解明末清初的民情風俗有一定價值。〔註132〕

　　張岱的古文，以「純眞自然」、「眞情有趣」，與白居易「情眞」、「景眞」、「事眞」、「意眞」的創作風格相似。其次，是在用語造詞方面，以「平淡」、「樸素」、「自然」爲主，這與白居易「平易」、「淺近」的寫作風格相近。尤是遊記方面的寫作，更是接近白居易記序清新雋永的小品寫作。如〈西湖七月半〉，對當時杭州的風俗人情、湖光月色，作了細致生動的描寫；對參與七月半活動的五類人，描繪得窮形極態，而且把各類人的心理活動、精神面貌，都刻畫得非常眞實、傳神。文云：

　　　　西湖七月半，一無可看，止可看看七月半之人。看七月半之人，以五類看之：其一，樓船簫鼓，峨冠盛筵，燈火優傒，聲光相亂，名爲看月而實不見月者，看之：其一，亦船亦樓，名娃閨秀，攜及童孌，笑啼雜之，環坐露臺，左右盼望，身在月下而實不看月者，看之：其一，亦船亦聲歌，名妓閒僧，淺斟低唱，弱管輕絲，竹肉相發，亦在月下，亦看月而欲人看其看月者，看之：其一，不舟不車，不衫不幘，酒醉飯飽，呼群三五，躋入人叢，昭慶、斷橋，嘄呼嘈雜，裝假醉，唱無腔曲，月亦看，看月者亦看，不看月者亦看，而無一看者，看之：其一，小船輕幌，淨几暖爐，茶鐺旋煮，素瓷靜遞，好友佳人，邀月同坐，或匿影樹下，或逃囂裏湖，看月而人

〔註131〕馬積高、黃鈞主編：《中國古代文學史・明清卷》，頁39。
〔註132〕吳志達：《明清文學史・明代》，頁525～531。又見馬興榮：《陶庵夢憶・西湖夢尋》（北京：中華書局，2007年4月）點校說明，頁1～2。

不見看月之態，亦不作意看月者，看之。

　　杭人遊湖，已出酉歸，避月如仇，是夕好名，逐隊爭出，多犒門軍酒錢，轎夫擎燎，列俟岸上。一入舟，速舟子急放斷橋，趕入勝會。以故二鼓以前，人聲鼓吹，如沸如撼，如魘如囈，如聾如啞，大船小船一齊湊岸，一無所見。止見篙擊篙，舟觸舟，肩摩肩，面看面而已。少刻興盡，官府席古，皂隸喝道去；轎夫叫，船上人怖以關門，燈籠火把如列星，一一簇擁而去，岸上人亦逐隊趕門，漸稀漸薄，頃刻古盡矣。

　　吾輩始艤舟近岸。斷橋石磴始涼，席其上，呼客縱飲。此時月如鏡新磨，山復整妝，湖復頮面，向之淺斟低唱者出，匿影樹下者亦出。吾輩往通聲氣，拉與同坐。韻友來，名妓至，杯箸安，竹肉發。月色蒼涼，東方將白，客方古去。吾輩縱舟，酣睡於十里荷花之中，香氣拍人，清夢甚愜。〔註133〕

本文分三段敘述，先寫人物，而後寫自己的感受。第一段記五類人，賞月之情況，各有可笑之處。但人皆難以擺脫某種可笑之處，特別是在這樣場合，幾分忘其所以，幾分裝腔作勢。然而這種可笑卻又是可愛的，因為這時候的人較少虛偽，較少險惡的心，更少有敵意。在這種似乎可笑的場合，展開了人類社會輕鬆愉快的一面。完成了對五種人看月的情態描寫後，即是第二段用重彩濃墨寫杭州人遊湖的熱鬧景況。第三段，是作者描述了真正欣賞西湖七月十五月色的人們，意在說明只有他們才能領略西湖的月夜之美。

　　張岱究竟把自己安置那一類呢？顯然是在五類之外。他所見到五類人物，亦有區別：貴門豪富、名娃閨秀、市井閒漢，此三者與月無緣，只有熱鬧，歡笑一番，早早古去；名妓閒僧、文人雅士，頗有閒逸之情，人潮退後，復蕩湖上，流連水光月色。至於張岱雖與後二者同遊，卻更多一層對於清虛境界的愛好、也唯有他們在萬籟俱寂之中，縱舟於湖面之上「酣睡於十里荷花之中，香氣拍人，清夢甚愜」，有言盡意無盡之妙。同時，他是人也看，月也看，到無人、無月時，別有一番悠悠餘味〔註134〕。文中對風雅的人物，做

〔註133〕〔明〕張岱：《陶庵夢憶》（北京：中華書局，2007年4月），卷7，頁83～84。

〔註134〕駱玉明：《歷代小品文鑑賞辭典》（上海：上海辭書出版社，2011年1月），頁735。

無情的挖苦，此類筆法在傳統古文中確是很難見到的。

張岱的小品文是不愛講道理，他只是感受人生，描繪人生，此與白居易晚年寫他閒適的生活十分相近。如〈湖心亭看雪〉一文，表現最爲明顯：

> 崇禎五年十二月，余住西湖。大雪三日，湖中人鳥聲俱絕。是日更定矣，余挐一小舟，擁毳衣爐火，獨往湖心亭看雪，霧淞沆碭，天與雲、與山、與水、上下一白，湖上影子，惟長堤一痕、湖心亭一點、與余舟一芥、舟中人兩三粒而已。到亭上，有兩人鋪氈對坐，一童子燒酒爐正沸。見余大喜曰：「湖中焉得更有此人！」拉余同飲。余強飲三大白而別。問其姓氏，是金陵人，客此。及下船，舟子喃喃曰：「莫說相公癡，更有癡似相公者。」（同註 85《陶庵夢憶》，頁 43）

由此篇遊記中，可知作者的態度、舉止，也是靜靜地體味人生，過着一種閒適淡雅的生活。凡是情緒比較活躍的地方，都是從他人寫出。見知己而大喜的是「客」，喃喃言雪夜遊湖之癡的是「舟子」。他始終是淡淡的，似乎深深有會意於心而難以言說，亦只有令讀者有會於心而已〔註 135〕，此正是他觀察人生，描繪人生；也是張岱「閒適生活」的表現，與白居易「晚年閒適」的生活相似，這也是他人生的態度。

張岱的古文，還擅以簡潔、生動、形象化的語言，描寫人物肖象和精神面貌特徵，把人物的聲容笑貌寫得妙肖如生。如〈柳敬亭說書〉寫柳敬亭說「武松打虎」的一段，簡直把武松說活了：

> 南京柳麻子，黧黑，滿面皰瘤，悠悠忽忽，土木形骸。善說書。一日說書一回，定價一兩。十日前先送書帕下定，常不得空。南京一時有兩行情人，王月生、柳麻子是也。余聽其說〈景陽崗武松打虎〉白文，與本傳大異。其描寫刻畫，微入毫髮；然又找截乾淨，並不嘮叨。哱夬聲如巨鐘，說至筋節處，叱咤叫喊，洶洶崩屋。武松到店沽酒，店內無人，驀地一吼，店中空缸空甕皆甕甕有聲。閒中着色，細微至此。主人必屏息靜坐，傾耳聽之，彼方掉舌，稍見下人咕嗶耳語，聽者欠伸有倦色，輒不言，故不得強。每至丙夜，拭桌剪燈素甆靜遞，款款言之。其疾徐輕重，吞吐抑揚，入情入理，入筋入骨，摘世上說書之耳，而使之諦聽，不怕其齰舌死也。柳麻

　　子貌奇醜，然其口角波俏，眼目流利，衣服恬靜，直與王月生同其

　　婉孌，故其行情正等。（同註 85《陶庵夢憶》，頁 62～63）

如此描寫，不僅再現了虎英雄武松的形象，而且把柳敬亭說書的高超藝術活
靈活現地描繪出來，給人們留下難以忘卻的印象。《陶庵夢憶》中許多短小的
古文，都非常精彩，也都以極其儉省的文字，畫出色彩明麗、優美動人的意
境。如〈天鏡園〉、〈煙雨樓〉等篇，都是絕妙文章。〔註 136〕由上述可知，張
岱的古文在記方面的寫作，近似白居易記文的創作；以「平淡樸實」、「率眞
自然」、「清新透逸」，以「通俗語言」表達，「情趣盎然」，爲其行文特色；所
以能自成一家之言。

　　其次，是《西湖夢尋》爲一部西湖山水園林掌故的小品集，張岱長期生
活在杭州，對於西風湖景，瞭如指掌，爛熟於心。正如王雨謙《西湖夢尋序》
所說：「張陶庵盤礡西湖四十餘年，水尾頭無處不到。湖中典故眞有世居西湖
而不能道者，而陶庵道之獨悉」，此言誠是。如其〈西湖夢尋・自序〉，有一
段描述兵亂後殘破衰敗西湖景象：「余家之寄園，一帶湖莊，僅存瓦礫，則是
余夢中所有者，反爲西湖所無。及至斷橋一望，昔日之弱柳天桃，歌樓舞榭，
如洪水湮沒，百不存一矣。余乃急急走避，謂余爲西湖而來，今所見若此，
反不若保吾夢中之西湖，尚得完無恙也。因想余夢與李供奉異。」〔註 137〕由
此可見，作者寫〈夢尋〉的深情與苦衷。

　　張岱的小品文，以明麗清新中帶有詼諧的筆調而言，近似公安派；而就
其幽情心緒的意境而言，又好像竟陵。張岱的貢獻也正在於將公安與竟陵二
派融爲一體。前人在評論張岱的山水小品文時，不但與袁中郎、鍾惺、譚元
春相比，還與陶淵明、柳宗元、歐陽脩的山水古文比較，指出這類古文的共
同點是「於不要緊之話，卻自韻疏淡。」但其間的區別也是明顯的，就以張
岱的山水小品與柳宗元的《永州八記》比較而論，不但文筆風格有明秀雅麗
與質樸峻峭之別，而且藝術表現手法也不同，正如鄭振鐸《插圖本中國文學
史》所說：「柳宗元柳州山水諸記，只是靜物的寫生，其寫動的人物而翩翩若
活者宗子當入第一流。」這一論斷是很精闢的。〔註 138〕張岱遭遇國破家亡，

〔註 136〕吳志達：《明清文學史》，頁 531。

〔註 137〕〔明〕張岱：《西湖夢尋》（北京：中華書局，2007 年 4 月），頁 119。

〔註 138〕吳志達：《明清文學史・明清卷》（武漢：武漢大學出版社，1991 年，12 月），
　　　　　頁 530。

隱居山中，回想故國往事，用小品文寫出。他的古文雖在清朝創作，但他所寫的卻是明末的事，故其作品的精神仍是晚明的精神，誠屬難得。

四、清代

　　清代是各種舊文學體裁之復興與總結束，以人的一生喻之，恰似迴光返照之一刻。清初古文，以侯方域、魏禧、汪琬爲大家。中期出現桐城、陽湖、湘鄉等派，曾國藩爲清室中興名臣，也是桐城派古文中興之功臣。曾國藩繼承並光大姚鼐之主張，以其勳業才學，登高一呼，羣山四應，使清代古文運動發展至極峰。其影響且及於清末民初，如嚴復、林琴南受義法於吳汝綸，即是桐城一脈；梁啓超、譚嗣同諸人，早期無不受桐城派影響。〔註139〕然能以「平易自然」、「眞情流露」、「抒情寫意」而言，有清一代的文壇，僅鄭燮與袁枚二人最爲傑出。

（一）鄭燮

　　鄭燮字板橋，江蘇興化人。乾隆元年進士，官山東濰縣知縣，有惠政。辭官鬻畫，作蘭竹，以草書中堅長撇法爲蘭葉，書雜分隸法，自號「六分半書」。詩詞屬別調，而有眞摰語；慷慨嘯傲，仰慕明徐渭之爲人。

　　鄭燮有過青年的幻想時期，所謂「讀聖賢書，所學何事？」滿想做個清官，爲國家爲民。當過了十幾年的縣令實踐生活以後，他的幻想破滅了。他苦悶，他徬徨，他對世憤慨，他無情的暴露黑暗，譴責一切不合理的現象。於是在憤慨之餘，逐漸產生了消極出世的思想。這是當時正直文士大夫發展的一般規律。所以後人論他的「怪」，就是他還「怪」當時的政治，雖然他對這種政治是無能爲力的。他只好轉移目標在繪畫上以及詩文上的創作，以渲洩其內心的憤懣。

　　鄭燮古文的特色，以造語「平淺自然」，用字遣詞以通俗爲務，而「眞情」、「眞意」、「眞趣」自然流露其中。表現於文章中。如其〈道情序〉文所云：「楓葉蘆花並客舟，烟波江上使人愁；勸君更盡一杯酒，昨日少年今白頭。自家板橋道人是也。我先世元和公公，流落人間，教歌度曲。我如今也譜得道情十首，無非喚醒癡聾，銷除煩惱。每到山青水綠之處，聊以自遣自歌。若遇爭名奪利之場，正好覺人覺世。這也是風流世事業，措大生涯。不免將來請

〔註139〕葉慶炳：《中國文學史》（臺北：臺灣學生書局印行，1987年8月）頁337～364。

教諸公，以當一笑。……風流家世元和老，舊曲翻新調；扯碎狀元袍，脫卻烏紗帽，俺唱這道情兒歸山去了。」〔註140〕此種不拘格套之精神，較公安派及袁枚尤爲徹底。其古文以家書爲主，頗多「社會寫實」之作。今日所能讀到的，大都來自現實，來自生活，言中有物，有感而發。讀者會感受到他是一位滿懷同情人民大眾的老人，心懷慈悲的長者；尤其讀家書，如親現眼前，或侃侃而談，或垂涕而道。茲舉〈寄弟墨書〉爲例：

> 十月二十六日得家書，知新置田穫秋稼五百斛，甚喜。……吾其長爲農夫以沒世乎！
>
> 我想天地間第一等人，只有農夫，而士爲四民之末。農夫上者種地百畝，其次七八十畝，其次五六十畝，皆苦其身，勤其力，耕種收穫，以養天下之人。使天下無農夫，舉世皆餓死矣。
>
> 吾輩讀書人，入則孝，出則弟，守先待後，得志澤加於民，不得志修身見於世，所以又高於農夫一等。今則不然，一捧書本，便想中舉人，中進士，作官如何攢取金錢，造大房屋，置多田產。起手便錯走了路頭，後來越做越壞，總沒有個好結果。其不能發達者，

〔註140〕〔清〕鄭燮：《鄭板橋全集》（臺中：曾文出版社印行，1975年2月）：「老漁翁，一釣竿，靠山崖，傍水灣；扁舟往來無牽絆。沙鷗點點清波遠，荻港蕭蕭白晝寒，高歌一曲斜陽晚。一霎時波搖金影，驀抬頭月上東山。老樵夫，自砍柴，細青松，夾綠槐；茫茫野草秋山外。豐碑是處成荒塚，華表千尋臥碧苔，墳前石馬磨刀壞。倒不如閒錢沽酒，醉醺醺山徑歸來。老頭陀，古廟中，自燒香，自打鐘；兔葵燕麥閒齋供。山門破落無關鎖，斜日蒼黃有亂松，秋星閃爍頹垣縫。黑漆漆蒲團打坐，夜燒茶爐火通紅。水田衣，老道人，背葫蘆，戴袱巾；櫻鞋布襪相廝稱。修琴賣藥般般會，捉鬼擎妖件件能，白雲紅葉歸山徑。閒說道懸巖結屋，卻教人何處相尋？老書生，白屋中，說黃虞，道古風；許多後輩高科中。門前僕從雄如虎，陌上旌旗去似龍，一朝勢落成春夢。倒不如蓬門僻巷，教幾個小小蒙童。儘風流，小乞兒，數蓮花，唱竹枝；千門捅鼓沿街市。橋邊日出猶酣睡，山外斜陽早已歸，殘杯冷飯饒滋味。醉倒在迴廊古廟，一憑他雨打風吹。掩柴扉，怕出頭，剪西風，菊徑秋；看看又是重陽後。幾行衰草迷山郭，一片殘陽下酒樓，棲鴉點上蕭蕭柳。撮幾句盲辭瞎話，交還他鐵板歌喉。逸唐虞，遠夏殷。卷宗周，入暴秦。爭雄七國相兼并。文章兩漢空陳跡，金粉南朝總廢塵，李唐趙宋慌忙盡。最可歎龍盤虎踞，儘銷磨燕子、春燈。弔龍逢，哭比干。羨莊周，拜老聃。未央宮裏王孫慘。南來薏苡徒興謗，七尺珊瑚只自殘。孔明枉作那英雄漢；早知道茅廬高臥，省多少六出祁山。撥琵琶，續續彈；喚庸愚，警懦頑；四條絃上多哀怨。黃沙白草無人跡，古戍寒雲亂鳥還，虞羅慣打孤飛雁。收拾起漁樵事業，任從他風雪關山。」，頁155～156。

鄉里作惡，小頭銳面，更不可當。夫束修自好者，豈無其人？經濟自期，抗懷千古者，亦所在多有；而好人爲壞人所累，遂令我輩開不得口，一開口，人便笑曰：「汝輩書生，總是會說，他日居官，便不如此說了。」所以忍氣吞聲，只得捱人笑罵。工人制器利用，賈人搬有運無，皆有便民之處；而士獨於民大不便，無怪乎居四民之末也。且求居四民之末而亦不可得也。

愚兄平生最重農夫。新招佃地人，必順待之以禮。彼稱我爲主人，我稱彼爲客戶，主客原是對待之義，我何貴而彼何賤乎？要體貌他，要憐憫救他；有所借貸，要周全他；不能償還，要寬讓他。嘗笑唐人〈七夕〉詩，詠牛郎織女，皆作會別可憐之語，殊失命名本旨。織女，衣之源也，牽牛，食之本也，在天星爲最貴；天顧重之，而人反不重乎！其務本勤民，星象昭昭可鑑矣。吾邑婦人，不能織紬織布，然而主中饋，習鍼線，猶不失爲勤謹。近日頗有聽鼓兒詞，以鬥葉爲戲者，風俗蕩軼，亟宜戒之。

吾家業地雖有三百畝，總是典產，不可久恃。將來順買二百畝，予兄弟二人，各得百畝足矣，亦古者一夫受田百畝之義也。若再求多，便是占人產業，莫大罪過。天下無田無業者多矣，我獨何人，貪求無厭，窮民將何所措手足乎！或曰：「世上連阡越陌，數百頃有餘者，子將奈何？」應之曰：「他自做他家事，我自做我家事，世道盛則一德遵王，風俗偷則不同爲惡，亦板橋之家法也。哥哥字。（《鄭板橋全集》，頁 13～14）

此文就形式而言是實用文，就內容而言是論說文，是作者寄給堂弟鄭墨的信。文中談到家裏的產業，吐露了敬重農夫的心意，同時批評了當時的知識分子：「士爲四民之末」、「今則不然，一捧書本，便想中舉人，中進士，作官如何攪取金錢，造大房屋，置多田產。起手便錯走了路頭，後來越做越壞，總沒有個好結果。其不能發達者，鄉里作惡，小頭銳面，更不可當。」讀者可以清楚看出鄭燮立身處世的人生態度。

又在他的文中，最突出的是使人讀了感到他有一種強烈、豐富、眞摯的「民胞物與」的感情，這種感情深刻地體現在對廣大農民的同情上面。他說的很清楚：「我想天地間第一等人，只有農夫，而士爲四民之末。農夫上者種地百畝，其次七八十畝，其次五六十畝，皆苦其身，勤其力，耕種收穫，以

養天下之人。使天下無農夫，舉世皆餓死矣。」、「愚兄平生最重農夫。新招佃地人，必順待之以禮。彼稱我爲主人，我稱彼爲客戶，主客原是對待之義，我何貴而彼何賤乎？要體貌他，要憐憫救他；有所借貸，要周全他；不能償還，要寬讓他。」可見他對農民的重視與肯定。作爲家書，本是隨意寫來，意行則行，意止則止，不必花稍，多飾語。然這封家書即平實而生動，眞摯懇切之極，而文字卻又行雲流水，自然吞吐，而無古漫姿態，在「意」的縷析上，猶如繭裏而緊圓，脈絡紋理十分清晰。

其次，鄭燮書畫之名著於天下，其文學成就無論是詩是詞抑是文，大抵皆爲其書畫名所掩蓋。但在他所創作的十六通家書中極富價值。書中小引云：「板橋詩文，最不喜求人作敘。求之王公大人，既以借光爲可恥；求之湖海名流，必至含譏帶訕，遭其荼毒栴無可如何，總不如不敘爲得也。幾篇家信，原算不得文章，有些好處，大家看看；如無好處，糊窗糊壁，覆瓿覆盎而已，何以敘爲！乾隆己巳，鄭燮自題。」(《鄭板橋全集》，頁 3) 是知，鄭燮是一位具眞性情的人，「眞心、眞意、眞趣」，對待任何人事物，皆以正面看待，不造假、不虛僞。在他的文章中，我們可以看到他的文學主張，也可以窺察他思想的變化。如〈與江賓谷、江禹九書〉云：

> 文章有大乘法，有小乘法。大乘法易而有功，小乘法勞而無謂。《五經》、《左》、《史》、《莊》、《騷》、賈、董、匡、劉、諸葛武侯、韓、柳、歐、曾之文，曹操、陶潛、李、杜之詩，所謂大乘法也。理明詞暢，以達天地萬物之情，國家得失興廢之故。讀書深，養氣足，恢恢游刃有餘地矣。六朝靡麗，徐、庾、江、鮑、任、沈，小乘法也。取青配紫，用七諧三，一字不合，一句不酬，撚斷黃鬚，繙空二酉。究何與於聖賢天地之心，萬物生民之命？凡所謂錦繡才子者，皆天下之廢物也，而況未必錦繡者乎！此眞所謂勞而無謂者矣。且夫讀書作文者，豈僅文之云爾哉？將以開心明理，內有養而外有濟也。得志則加之民，不得志獨養其身；亦可以化鄉黨而教訓子弟。……何如聖賢精義，先輩文章，萬世不祧也。(《鄭板橋全集》，頁 202～203)

這裡雖把佛教的大乘、小乘作比擬，實際上他是推崇大乘而黜小乘，崇六經而黜百家。很顯然是儒家思想的反映。他不止一次地破口大罵一班不務經世之學的文人才子，也包括他自己在內：「凡所謂錦繡才子者，皆天下之廢物也，」

由文中可知，鄭燮認為文章是經國之大業、不朽之盛事，要能體「聖賢天地之心，萬物生民之命」，不是徒託空言，就能為社稷民生解決問題的。他在〈濰縣署中與舍弟第五書〉云：「……至若敷陳帝王之事業，歌詠百姓之勤苦，剖晰聖賢之精義，描摩英傑之風猷，豈一言兩語所能了事？豈言外有言、味外取味者，所秉筆而快書乎？吾知其必目昏心亂，顛倒拖沓，無所措手足也。」（《鄭板橋全集》，頁24），鄭燮認為能反映民生疾苦，方能稱得上是「文章」。此外，一切都是不必要，沒有多大意義的甚至是害人的，此與白居易為民上書、為生民訴求而創作的精神是相似的。他的古文大都來自現實，來自生活，言中有物，有感而發的。由家書十六封，抑或是「詩鈔」、「詞鈔」、「小品」、「題畫」集中處處可見其真心真意的表現。

鄭燮早年有過一首題〈偶然作〉的七古詩，開頭四句是：「英雄何必讀書史，直攄血性為文章。不仙不佛不聖賢，筆墨之外有主張。」很明白知道鄭燮所憧憬的和所追求的是什麼？同時，在一定程度上，也說明了他的思想抱負乃至做人的基本態度，以純真待人、看待事物。鄭板橋在山東做官的那十餘年，特別在濰縣，遇到到了幾年的災情，老百姓活不下去了，現實的教訓，深刻地使他意識到聖人所謂「達則兼善天下」，不過是一句騙人的空話，老是同情百姓，還像個「七品官」麼？大約他離開山東回揚州賣畫的時候，已六十左右的人了。不得已，惟有「窮則獨善其身」，把同情人民不滿現實的滿腹牢騷曲折地寄託於筆墨之外。「扯碎狀元袍，脫却烏紗帽」，此為鄭燮所以成為「怪」的思想根源。這是當時的政治使然，他對這種政治是無能為力的〔註141〕。

其次，鄭燮與袁枚同時代而年歲稍早，他的詩歌主張與袁枚相近，主張作家要「自樹旗幟」、「直攄血性」，要寫出「歌詠百姓之勤苦，剖晰聖賢之精義，描摩英傑之風猷」。他特別推崇杜甫，對陶淵明、白居易、陸游等寫實詩人也很讚賞。所以他寫過不少具有深刻社會意義的詩篇，如〈逃荒行〉，描寫了山東農民逃荒下關東的悲慘命運。〈還家行〉、〈悍吏〉等詩，反映了農民的痛苦生活和悲慘命運；〈姑惡〉、〈後孤兒行〉，則是揭露了家庭生活中的封建壓迫；〈私刑惡〉，暴露了貪官惡吏對無辜百姓的欺壓拷打。這些詩都能深刻地反映出當時社會的各種矛盾，此與白居易的「新樂府」詩相似，觸及到封建統治的本質。他的詩清新流暢，自由灑脫，很少用典，但含意深厚，真摯

〔註141〕曾文編輯部：《鄭板橋全集》（臺中：曾文出版，1975年2月）頁6。

感人。包括他的一些題畫小詩，都具有鮮明的思想傾向和獨創的藝術風格。
例如：

> 衙齋臥聽蕭蕭竹，疑是民間疾苦聲。些小吾曹州縣吏，一枝一
> 葉總關情。（濰縣署中畫竹呈年伯包大中丞抬）

> 咬定青山不放鬆，立根原在破巖中；千磨萬擊還堅勁，任爾東
> 西南北風。（竹石）

此兩首詩，前首寫出他對民間疾苦的關切，後首則表現了他獨立的人格和堅
毅不拔的意志。畫意與詩情交融，從中可窺見鄭燮的人品。〔註142〕由此可知，
鄭燮的「家書」、「詩文」，本是隨意而寫的，隨意而為的，隨意有情；意行則
行，意止則止，不必修飾，不必多語。以「平實自然」的筆調創作、寫意，
以「平實」、「純真」、「真情」流露，此白居易的「情意真摯」、「平實自然」
的文風是相近的。

（二）袁枚

　　袁枚（西元1716～1797年）字子才，號簡齋，又號隨園老人，浙江錢塘
（杭州）人，少負才名。乾隆四年，舉進士選授翰林院庶吉士，曾做過溧水、
江浦、沐陽、江寧等縣令。四十歲，他的父親去世就辭官，在南京小倉山隨
園築室，過著悠閒自在的生活，以吟詠著作為樂，幾達半世紀之久。性情通
脫，尤好賓客，人稱隨園先生。袁枚是乾嘉時期代表詩人之一，與趙翼、蔣
士銓合稱為「乾隆三大家」。袁枚在文學反對復古、擬古，主張詩文的寫作，
要寫個人性情和靈感，此種文學主張，對清代後期的詩壇影響很大。所謂「性
靈」係指性情和靈感而言，他說：「詩者，性情也。性情之外無詩。」所以往
往任性寫作，反對為格律所拘束，同時對擬古主義所謂「溫柔敦厚」的詩教
很不滿。袁枚以此態度寫古文，富有「感性、理性、情趣」等，也能破除陳
套，暢達而有才氣，注重文章的起伏波瀾，輕巧動人，對後世古文影響深遠。
六十三歲以後，開始大規模的旅遊活動，如蘭亭、太湖、雁宕、鄱陽湖、廬
山、桂林諸山、永州諸勝，他都到過。他自稱「遨遊二萬餘里，東南山川，
殆被麻鞋踏遍。」他的著作很多，涉及面廣有《小倉山房詩文集》八十卷及

〔註142〕馬積高、黃鈞主編：《中國古代文學史・明清》（臺北：萬卷樓圖書有限公司，
　　　　1998年7月），頁492～493。又見游國恩等：《中國文學史》（臺北：五南圖
　　　　書出版社，1990年11月），頁1317～1318。

筆記小說、《隨園詩話》、《新齊諧》等〔註143〕。

　　袁枚對詩文之創作是以崇尚「性情自然」爲主，文字則主張以「平易淺顯」、近似口頭之語言來表達心中之思想與意念。袁枚對「文必秦漢，詩必盛唐」的古典格調、復古、擬古的作風相當的反對，因爲那樣會阻礙文學的發展與進步，更會喪失生活中許多的情趣。袁枚希望詩人能以坦率的性情、平易的態度、淺顯的文字，將所見所聞、所感表達在作品上，令人讀過之後，流露會心的喜愛且感受意味深長，別具一種清新靈巧的風格。

　　袁枚以爲：「古人門戶雖各自標新，亦各有所祖述。如《玉臺新詠》、溫、李、西崑，得力於《風》者也。李、杜排奡，得力於《雅》者也。韓、孟奇崛，得力於《頌》者也。李賀、盧仝之險怪，得力於《離騷》、《天問》、《大招》者也。元、白七古長篇，得力於初唐四子；而四子又得力於庾子山及《孔雀東南飛》諸樂府者也。今人一見文字艱險，便以爲文體不正。不知『載鬼一車』、『上帝板板』，已見於《毛詩》、《周易》矣。」〔註144〕又於〈答祝芷塘太史〉文中云：「……況非天寶之時世而強爲呻吟，無起衰之文章而徒襲磬刻，抑末也。古作家，最忌寄人籬下：陸放翁云：『文章切忌參死句。』陳後山云：『文章切忌隨人後。』周亮工云：『學古人只可與之夜中通夢，不可使之白晝現形。』顧寧人答某太史云：『足下胸中總放不過一韓、一杜，此詩文之所以不至也。』……凡此皆作家獨往獨來，自堅一幟之根本，亦金針度世之古人心。……」（《小山房尺牘》卷10，頁202～205）是知，袁枚對詩文之佳作，應以時代性、平易性之表現爲作家創作的原則。

　　平心而論，詩本性情，必以自然平易爲依歸。唐人白居易的詩有「老嫗皆解」的傳說，可見其詩的平易近人。袁枚既主張詩宜平易，對白居易也自有他喜愛之處。袁枚的「自題」詩就說：「不矜風格守唐風，不和人詩鬥韻工。隨意閒吟沒數篇，被人強派樂天翁。」（《小山房詩集》卷26，頁570）又在〈讀白太傳集三首有序〉說：「人多稱余詩學白傳，自慚平時於公集殊未宣究。今年從嶺南歸，在香亭處借《長慶集》，舟中讀之，始知陽貨無心，貌類孔子。然余性不飲，又不佞佛，二事與太傳異矣。姑三首質太傳，並質好余者。人

〔註143〕游國恩等：《中國文學史》，頁1318～1319。又見王榮初《清代散文選注》（臺北：建宏出版社，1996年1月），頁213。又見劉操南：《古代遊記選注》，頁277。

〔註144〕〔清〕袁枚：《袁枚全集・隨園詩話》（南京：江蘇古籍出版，1993年9月），卷5，頁145。

道儂詩半學公，今看《長慶集》才終。宦途少累神先定，天性多情句自工。手把酒杯仍獨醒，口談佛法豈由衷？誰能學到形骸外，頗不相同正是同。」（《小山房詩集》卷 30，頁 708）是知，袁枚自認與白居易有共同的特性，所以他的詩文在文字上有「坦淡」、「平易」、「通俗」、「淺顯」的寫作風格。〔註 145〕如其〈祭妹文〉：

> ……余捉蟋蟀，汝奮臂出其間，歲寒蟲僵，同臨其穴。今予殮汝葬汝，而當日之情形，憭然赴目。予九歲憩書齋，汝梳雙髻，披單縑來，溫〈緇衣〉一章。適先生爹戶入，聞兩童子音琅琅然，不覺莞爾，連呼則則，此七月望日事也，汝在九原，當分明記之，予弱冠粵行，汝掎裳悲慟。逾三年，余披宮錦還家，汝從東廂扶案出，一家瞠視而笑，不記語從何起，大概說長安登科，函使報遲早云爾。凡此瑣瑣，雖爲陳蹟，然我一日未死，則一日不能忘。舊事填膺，思之淒梗，如影歷歷，逼取便逝。悔當時不將嫛婗情狀，羅縷紀存；然而汝已不在人間，則雖年光倒流，兒時可再，而亦無與爲證印者矣。（《小山房（續）》文集，卷 14，頁 228～230）

祭文以表達哀悼之情爲主，其體裁有用韻與不用韻之別。用韻者或四言，或六言（長短句），或四六體均可；不用韻者多用古文。凡祭家屬者多用古文，以哀戚在心，無暇及於韻律也。本文中間以回憶童年舊事，細細寫來，尤悽惋動人，極寫思念的痛苦，寫兄妹感情的融洽。由引文可知，袁枚爲文以情爲主，主張文字「平易淺顯」而通俗平易自然成了行文的風格。又，祭文往往採用第二人稱角度抒寫，此文亦然。作者以「汝」直稱已死的三妹，就可以隨意地向三妹傾訴衷腸，彷彿三妹正活生生地就在眼前，這種消除了生者與死者之間的界限，便於抒情，顯得特別親切動人。此編祭文眞情流露，所以筆調縱橫跌宕，用語誠懇親切，是一篇很好的抒情文。後世拿它和韓愈的〈祭十二郎文〉、歐陽脩的〈瀧岡阡表〉，並稱爲古文的三絕。〔註 146〕

　　袁枚作爲乾隆年間爲「性靈」詩派的主將，論詩標舉性靈說，而其古文自然也以性靈爲主。其要旨當然以自由靈活地抒發其眞情實感，所以用字遣詞，必然是「語語從肺腑流出」，此〈祭妹文〉就是獨抒靈的代表作。其次，

〔註 145〕簡有儀：《袁枚研究》（臺北：文史哲出版社，1988 年 4 月），頁 146～147。
〔註 146〕姜濤主編：《中國文學欣賞全集‧元明清文》，頁 385。又見王榮初《清代散文選注》，頁 226～227。

他的〈子不語序〉云：

> 怪、力、亂、神，子所不語也。……蓋聖人教人文、行、忠、
> 信而已；此外則「未知生，焉知死」、「敬鬼神而遠之」，所以立人道
> 之極也。《周易》取象幽渺，詩人自記祥瑞，《左氏》恢奇多聞，垂
> 爲文章，所以窮天地之變也，其理皆并行而不悖。
>
> 余生平嗜好，凡飲酒、度曲、樗蒱，可以接群居之歡者，一無
> 能焉。文史外無以自娛，乃廣采游心駭耳之事，妄言妄聽，記而存
> 之，非有所惑也。譬如嗜味者饜八珍矣，而不廣嘗夫蚳醢、葵菹，
> 則脾困；嗜音者備《咸》、《韶》矣，而不旁及於侏儒㑩㑩，則耳狹。
> 以妄驅庸，以駭起惰，不有博奕者乎？爲之猶賢，是亦禪譜適野之
> 一樂也。昔顏魯公、李鄴侯功在社稷，而好談神怪；韓昌黎以道自
> 任，而喜駁雜無稽之談……書成，初名《子不語》，後見元人說部有
> 雷同者，乃改爲《新齊諧》云。（《小山房（續）文集》，卷 28，頁
> 498）

袁枚的思想是比較自由開放，對當時統治學術思想的漢、宋學派都有所不滿，
而特別反對漢學考據。其〈答惠定宇書〉云：「……聞足下與吳門諸士，厭宋
儒空虛，故倡漢學以矯之，意良是也。殊不知宋學有弊，漢學更有弊，宋偏
於形而上者，故心性之說近玄虛；漢偏於形而下者，故箋注之說多附會。雖
捨器不足以明道，《易》不畫，《詩》不歌，無悟入處。……」（《小倉山房・
文集》卷 18，頁 305～306）是知，袁枚爲文以隨意、自然爲是，不同意道學、
漢學、古文家所倡言的載道古文。

袁枚以爲古文可以使學者表現才學，也可以達到致用的目的。唯有致用
才能合乎實際，文學作品才會有生命與價值。因此袁枚論文，不言明道，也
不願徒託空文以自見；與其得人之得，不如自得其得，以求「致用」。袁枚說：

> 然文人學士，必有所挾持以占地步，故一則曰：「明道」，再則
> 曰：「明道」，直是文章家習氣如此。而推究作者之心，都是道其道，
> 未必果文王、周公、孔子之道也。夫道若大路然，亦非待文章而後
> 明者也。仁義之人，其言藹如，則又不求合者。若矜矜然認門面語
> 爲眞諦，而時時作學究塾師之狀；則持論必庸而下筆多滯，將終其
> 身得人之得，而不自得其得矣。竊爲足下憂之。（《小山房・文集》，
> 卷 19，頁 322）

袁枚以爲才學就是爲求「致用」，但當致用不得之時，也只好訴之於文，以表達心中之眞正的想法。此和白居易在〈與元九書〉文中所言「文章合爲時而著，歌詩合爲事而作」，主張「重現實、重教化、重政治、重致用」的理論是相通的；又與白居易認爲文學可以「救濟人病，裨補時闕」的致用功能也相同。白居易〈新樂府序〉又云：「爲君、爲臣、爲民、爲事而作，不爲文而作」，他認爲文學的特徵是爲現實服務、爲「致用」而作。由此可知，白居易與袁枚對於爲文的目的與功能，都有是相同的見解。其次，袁枚〈黃生借書說〉云：

> 黃生允修借書，隨園主人授以書，而告之曰：書非借不能讀也。子不聞藏書者呼？《七略》、《四庫》，天子之書；然天子讀書者有幾？汗牛塞屋，富貴家之書；然富貴人讀書者有幾？其他祖父積、子孫棄者無論焉。

> 非獨書爲然，天下物皆然。非夫人之物而強假焉，必慮人逼取，而惴惴焉摩玩不已，曰：「今日存，明日去，吾不得而見之矣！」若業爲吾所有，必高束焉，庋藏焉，曰：「姑俟異日觀」云爾。

> 余幼好書，家貧難致。有張氏藏書甚富，往借不與，歸而形諸夢，其切如是。故有所覽，輒省記。通籍後，俸去書來，落落大滿。素蟫灰絲，時蒙卷軸，然後嘆借者之用心專，而少時之歲月爲可惜也。

> 今黃生貧類予，其借書亦類予。惟予之公書與張氏之吝書，若不相類。然則予固不幸而遇張乎？生固幸而遇予乎？知幸與不幸，則其讀書也必專，而其歸書也必速。爲一說，使與書俱。（《小山房·文集》卷 22 說、辯、疑，頁 378）

此文所要「說」的道理並不深奧，但作者卻能正說、反說、側說，以及明說、暗說，角度多變，波瀾起伏，抑揚頓挫，搖曳生姿，使人讀來興味盎然，毫不乏味。作者不僅注意以理服人，更重視以情感人，特別是以自己親身經歷勸勉後學。推出論旨，其意也眞，其情也殷，使人讀後爲之折服〔註147〕。

　　又，本文開宗明義以「書非借，不能讀也，」做爲論點。並以三段論述說明：第一段以反說爲主，天子、富貴人家藏書多，能讀書者有幾？皆以棄

書爲是。第二段，作者以「非獨書爲然，天下物亦然」爲過渡句，又提出第二個論據。某人有一物，若是「強借」，因慮人逼取，就會在不安中展玩不已。可是此物一旦已屬於己，反而會束之高閣，不再問津。此以類比法行文，表面說物，其實還是說書。第三段則是以自己爲例，作今昔之比，現身說法，在勸誡晚輩的字裡行間，同時流露出眞切的自疚之情。

全文結構上特別注重對比手法的運用，如以昔日張氏之「吝書」與今日自己之「公書」對比，以黃生今日之「幸」與自己昔日之「不幸」對比，又以自身的早年借書與通籍後藏書甚多，但前後讀書態度不同對比，在層層對比之中說明論旨。而文風的惟情所適，率性而發，娓娓而談，明白輕快，亦值得稱道〔註148〕。

由文可知，袁枚是一位名滿天下的老人，在一名向他求借書的年輕面前能謙遜自省若是，此種精神令人感佩，令人肅然起敬，能不催人上進嗎？袁枚小品文的寫作以抒情爲主，即使論說文也是訴之於感情，而不是理性思考爲特徵，力求於理足義，顯然感受到情思的湧動所致。全文任性說出，信筆直寫，簡而有味的小品文。其次，袁枚的遊記古文之作，也呈現「平易淺近」的行文風格。他於乾隆五十一年，以七十歲高齡遊武夷山，寫下了〈武夷山遊記〉：

> 凡人陸行則勞，水行則逸。然山游者，往往多陸而少水。惟武夷兩山夾溪，一小舟橫曳而上，溪河湍激，助作聲響。客或坐，或臥，或偃仰，惟意所適，而奇景盡獲，洵遊山者之最也。
>
> 余宿武夷宮，下曼亭峰登舟，語引路者曰：「此山有九曲名，倘過一曲，汝必告。」於是一曲而至玉女峰。三峰比肩，翠如也。二曲而至鐵城障，長屏遮進，翰音難登。三曲而至虹橋岩，穴中度柱拱百千，橫斜參差，不腐朽亦不傾落。四五曲而至文公書院。六曲而至晒布崖。崖狀斬絕，如用倚天劍截石爲城，壁立戍削，勢逸不可止……七曲而至天游，山愈高，徑愈仄，竹樹愈密。……一夜魂營營然，猶與煙雲往來。次日至小桃源、伏虎岩，是武之八曲也。聞九曲無甚奇勝滿遂即自崖而返。
>
> 嘻！余學古文者也。以文論山，武夷無直筆，故曲；無平筆，

〔註148〕王英志：《古文鑑賞辭典》頁1907～1908。又見王榮初《清代散文選注》，頁233。

故峭；無復筆，故新；無古筆，故道緊。不必引靈仙荒渺之事，爲
山稱說；而即其超舊之概，自在兩戒外，別豎一幟。余自念老且衰，
勢不能他有所往，得到此山，請嘆觀止。而目論者，猶道余康強，
勸作崆峒、峨嵋想，則不知王公貴人，不過纍拳石，浚盈畝池，尚
不得朝夕玩遊，而余以一匹夫，發種種矣，遊遍東南山川，尚何不
足於懷者？援筆記之，自幸其遊，亦以自止其遊也。（《小倉山房續・
文集》卷 29，頁 521）

這是一篇以寫景抒情見長的遊記之作。武夷山在福建省建陽縣西北，崇安縣
西南，傍崇溪。最高峰爲三仰峰，海拔一千公尺。石壁峭拔溪流繚繞。九曲
山脈蜿蜒東北，上接仙霞嶺，高峰插雲，蹊徑迴迴；下至崇安縣西南，結成
武夷山，漫山遍植茶樹，一望無際茶園，而今已成爲遠近馳名的「武夷山紅
茶」即產於此。武夷山峰巒岩壑，秀拔奇偉。山勢綿互百餘里，有三十六峰，
七十二岩之勝。下繞溪流，回爲九曲，水勢湍急，又多險灘，風景幽勝。乘
舟遊山，景象尤奇。武夷山無直筆，自一曲至九曲，有十五里之遙，一曲、
一彎、一灘，山周圍環繞，有山南山北之分〔註149〕。

　　袁枚的文章，無論是駢是古，或是議論、敘事、抒情、遊記，都以感情
眞摯，生動清新，爲行文準的。而且在某些作品中敢衝破傳統觀念，於有清
一代，他的思想是最新穎的。袁枚小品文的寫作與主張，以性情爲主，力求
語言文字簡易坦率；以直抒胸意，眞情流露，爲古文的特色，此種風格與白
居易的古文是相同的。

　　總而論之，自晚唐以後，白居易詩文在傳播與接受研究上有兩條線索：
第一條線索是白居易古文的內容影響後世，主要是古文淵源、風格特徵、古
文旨趣、作用影響等。如晚唐的諷刺小品文，即是反映民生，不遺餘力。如：
晚唐皮日休：古文長短章，政論寓言，體裁多樣，結構嚴謹，邏輯性強；而
寓言小品，尖銳潑辣，旨意鮮明。陸龜蒙：古文取材新穎，狀寫細緻爲特點，
在此基礎上，引類取譬，剖析論述，深刻精警，富於哲理。羅隱：他的〈野
廟碑〉、〈記稻鼠〉等之作的小品文的最大特點是能諷刺或因事興感，借題發
揮；或解時浩嘆，慷慨激憤；或借古立論，旨在諷今。古文的構思巧妙，議
論新奇，短小精悍，鋒芒凌厲，他的《讒言》之作即是。

　　宋代：歐陽脩：在古文的創作實踐中發展了韓愈古文「文從字順」的一

〔註149〕劉操南：《古代遊記選注》（建宏出版社，1996 年 1 月），頁 285。

面克服了「辭澀言苦」的流弊，而以白居易「平易自然」的文章風格，創造出一種委婉含蓄的寫作要領，不僅促進了宋代古文創作的興旺和繁榮，而且把中國古代古文創作推上了順利發展的康莊大道。曾鞏：他的贈序、書信和敘文，處處表現出一種溫良忠厚的儒者風貌，具有鮮明的個性特色。他古文的風格雍容典雅，結構完整嚴謹，行文委婉周詳，語言平易靈活，對後世有深遠的影響。王安石：他的小品文立論精闢，於曲折中見勁峭，而他的敘事與寫景文也有濃厚的議論色彩。總之，王安石的古文旗幟鮮明，結構嚴謹，說理透徹，概括性高，說服力強，語言樸素，代表著宋代議論文的傑出成就。蘇洵：古文以議論見長，借題發揮，時有創意。他受《戰國策》、《孟子》影響很深，文風縱橫姿肆，雄奇凌厲，論點鮮明突出，論據充分有力，語言犀利流暢。曾鞏曾說：他的文章「煩能不亂，肆能不流。其雄壯俊偉，若決江河而下也；其光耀明白，若引星辰而上也。」曾氏所正是。蘇軾：他的古文顯著特色是波瀾疊出，變化無窮，不論什麼題材在他的筆下都能獨創新意，不同凡響。他的古文都能因物賦形，因事立論，情、景、事理渾然一體，布局構思不拘一格。內容豐富多彩而逸趣層出，風格從容自如而活潑有致。蘇轍：他的古文大抵不務空言，不求藻飾，內容豐厚，論事精確，修辭簡嚴，態度平和，在沈靜澹泊的精神風貌和表達方式中，將其內心的政治思維託其中，汪洋其內而澹泊其外。蘇軾說：他的文章「汪洋澹泊，有一唱三嘆之聲」，正是從內容與形式的矛盾中，掌握文章的精神實質。

明代：李贄：他的古文有鮮明的個人特色，能獨抒己見，立論大坦新穎，文筆辛辣而饒有風趣趣，談笑風生，尖新活潑，篇幅都以短小精悍為主。其文脫口而出，不重辭藻，擺脫傳統古文的格局，自抒己見醒人耳目，具有深刻的思想性和獨到的藝術性。袁宗道：其文崇尚本色，溫雅平淡，真率自然，專力抒寫閒情逸致。袁宏道：其文雋妙獨絕，不拘格套，獨抒性靈，清麗流暢。袁中道：其文清新雋永，盡情發抒，論事鞭闢入裡，必至言盡而後快，其豪放雄渾之風，橫溢字句之中。張岱：古文善以簡潔、生動、形象化的語言，描寫人物與敘述事件、寫景、生動有趣。如〈柳敬亭說書〉、〈西湖七月半〉、〈湖心亭看雪〉即是。其次是《陶庵夢憶》中許多短小的古文，非常精彩，善以用簡潔的文字，畫出色彩明麗，優美動人的意境。

清代：鄭燮：《鄭板橋集》其文有奇氣，情真語摯，坦率自然。袁枚：《小倉山房詩文集》其文不拘義理，筆力橫逸。而其書牘之作，則是論事鞭闢入

理，言情直抒胸臆，文詞典雅清麗，如〈黃生借書說〉即是。

第二條線索是宋代以後，其影響不限於內容而是在寫作的思想精神方面，而是生活態度與人生觀念的轉變。宋代士子為官時受到貶謫，常以白居易「吏隱」態度，調適心情，改變其人生觀。如范仲淹、王禹偁人等即是，尤其是蘇軾儒、釋、道三教合一的人生觀，深深影響後世士子為官的態度，而此觀念的轉變也是受白居易儒、釋、道三教雜糅思想影響所致。其次，宋代歐陽脩所倡導的古文運動，雖以韓愈古文運動為號召，但只限於文從字順、文以載道為訴求；至於古文內容與風格，仍以「平易自然」、「反映民生」、「抒情寫意」為主要內涵，這與白居易所主張的內涵也是相通的。

李贄的文藝思想和創作實踐，是明代中葉社會的產物，在當時文壇上，曾起了積極的作用，尤其是「童心說」的主張，更是深深啟發了袁氏兄弟的文學觀。其「童心說」的理論，與白居易的「眞情、眞意、眞趣」的古文創作不謀而合。袁氏三兄弟的古文，最有影響的是遊記，在遊記文中，也常流露出追求閒適的生活與人生態度。而他們的文學主張是進化的，他們的作品以「平易自然、坦率、大膽、眞實」抒寫自己的眞性靈，敢言人之不敢言，願寫人之不願寫，一切文學上的拘縛和戒律都為他們所不顧。其次，是融合公安、竟陵的張岱等人，以白居易「清新淺易、自然抒情」的主張，做為他創作的源動力。而他以「自由抒情」所創作出來的清新小品，更成了後世學子學習創作的典範。

有清一代，思想最新穎的鄭燮與袁枚，對於小品文的寫作與主張，都有自己獨特的個性表現。他們以「抒情寫意」、「平易自然」、「通俗的語言」、「隨性而為」做為他們創作的準的。鄭燮十六封信內容，以「反映百姓勤苦」、「關懷弱勢」為主；這也是反映了白居易古文創作的主張與實踐，其次，是袁枚的古文也以「眞情、眞意、眞趣」來創作，如〈祭妹文〉、〈子不語序〉、〈黃生借書說〉等文即是。可見白居易古文的影響力，自唐代至清代，歷久不衰。我們對他的古文，實在應該給予重新定位，不要被明代「唐宋」派或八大家的視野所拘限，才能為僵化的文壇價值觀，注入新的源頭活水。

第八章　結　論

　　唐朝是詩文全盛的時代，無論質、量都有驚人的發展和成就。白居易詩
文凡三千八百四十餘篇，為當代文人之冠。白居易在他的文集中，忠實記下
了他的一生，諸如：父母弟兄之親愛、與朋反交往的情誼、立朝之忠直、處
世的不偏不倚、胸懷的曠達、文學的主張、宗教的信仰、淡泊名利的性情、
樂天知命的人生觀等，都廣佈在他的詩文當中。

　　「白居易古文研究」有不同於先前學者所研究白居易相關的古文。本論
文最大的特色是將《白居易集》卷三十八至七十一集中的古文四百八十五篇，
提出研究，歸納其文體有：百道判、策林、奏表、詔誥、祭銘、書傳、記序、
文賦、箴贊等九類。以突顯白居易古文的風格、特色與藝術等，如：寫作的
淵源有：詩經精神、科舉考試、儒家思想、學習陶潛、古文運動、貶謫解脫
等；古文的思想有儒家、政治、思想等；文體與風格有：情理兼文理的百道
判、說理圓融的策林、說理明志的奏表、平實淺易的詔誥、真情流露的祭銘、
說理明確的書論、清新雋永的記序、情理有韻的古賦、韻味濃厚的箴贊等；
至於白居易古文的特色有：經世濟民、關懷女性、兼融佛道、小品平易；其
次，是藝術技巧有；韻古兼具的體製、實用古文的結構、五種主要的句型、
八種修辭技巧等；再次，是白居易古文的評價有：白居易古文的地位、白居
易與古文運動、白居易與宋代的古文運動；最後是白居易古文的影響：對晚
唐的諷刺小品、宋代平實淺近的古文、晚明及清代的小品文等。以下就《白
居易古文研究》一書總結如次：

　　第一章：緒論，旨在讓後人了解白居易古文研究的價值。首先，以客觀
的態度來設定古文的名稱與定義，並申明本論文是以歸納、演繹、比較、分

析的方法，有些章節採「詩文」應用來佐證，來凸白居易「平易淺、樸實、真情、真意」之文風，讓後人認識白居易其人其事。

第二章：爲白居易生平、文集與文論簡述。本章旨在介紹白居易生平與其各種古文體製的著作。至於白居易的文論，他雖不能如詩歌般提出具體理論，但他創作詩歌的理論：如「救濟人病」、「裨補時闕」、「洩導人情」、「文章合爲時而著，歌詩合爲事而作」等主張；在他零星篇章中，都能明顯看到類似的觀點。如《策林》中的〈採詩〉、〈議文章〉，次及〈與元九書〉、〈性習相遠近賦〉、〈獨孤郁守本官知制誥制〉、〈故京兆少尹文集序〉、〈賦賦〉等篇章，都能讀到白居易的文論主張。包括：「歌詩合爲時而作」、「文章爲反映時弊」、「文學致用與教化」、「文藻與儒道並行」等論述。

第三章：探討白居易古文寫作的淵源與古文的思想。白居易在時代激盪、古文運動影響下，其古文的寫作淵源：包括「詩經精神」、「科舉考試」、「儒家思想」、「學習陶潛」、「古文運動」、「貶謫解脫」等；其古文的內容則有：民生、軍事、社會、政治、教育等；寫作表現，端以古文爲主。

至其古文聲望，在當時頗受士人的推崇；尤其是對「奏議」、「章表」、「制誥」、「制詔」、「策文」、「律賦」等實用文體的革新，更爲當代文士與後人所沿襲與模仿。如「新制詔誥」，以「駢散」文體兼用，也是當時官吏、宰臣所樂以接受而推行的「實用文體」，形成爲古文運動中，另一種文體的改革，與韓、柳古文運動互爲表裏。

第四章：論述白居易古文多元化文風。本論文特以現存《白居易集》三十八至七十一卷的古文爲例，歸納其文體有：論說文「百道判、策林、書論」等三種，實用文「奏表、詔誥」等二種，記敘文「祭銘、記序」等二種，抒情文「文賦、箴贊」等二種共九類文體。至於所呈現的風格，則有：「情理兼文理的百道判」、「說理圓融的策林」、「說理明志的奏表」、「平實淺易的詔誥」、「真情流露的祭銘」、「說理明確的書論」、「清新雋永的記序」、「情理有韻的古賦」、「韻味濃厚的箴贊」等，是隨文體而呈現不同的風格。

第五章：探討白居易古文的特色。一是經世濟民：白居易於元和初年任翰林學士期間，或是元和末年及長慶初年，任主客中郎知制誥與中書舍人期間，都遇到有關軍事討伐、科舉考試等，事關國體朝制的重大事件。作爲皇帝身邊有言責的近臣，作爲一位忠於體國有良知的朝臣，白居易都能挺身而出，利用職責提出建言。白居易在其章表、奏狀中所建言者，無非是對君王

提出良策，對貪暴權貴，進行無情打擊與揭發其惡行。白居易敢與跋扈的藩鎮、敗壞朝綱的宦官對抗，不畏權勢、不計利害，以儒家「民本主義」思想為理念，為造福百姓、免於剝削，克盡為官的職責，是仁愛的表現。

白居易經世濟民的思想，是以百姓為主，以儒家民本思想為基礎，建立一套「經世濟民」的政策。以傳統的經濟思想為依託，建立在中唐時期特殊的時代背景之下。它源於現實，但又不完全拘泥於傳統經濟思想，在某些經濟問題與農業、財稅、軍政方面的問題闡述上，甚至有突破傳統思想的界限，提出自己創新的見解與主張。雖然有些見解或意見，未必可行，或只是理想，對當時執政者的保守思想而言，白居易的經世濟民觀念，是正確而且是進步的，誠難能可貴的。由上述論述可知，白居易經世濟民的思想，具有很大的歷史意義，研究白居易的意義具有學術意義，而且對當時社會也具有一定的借鑑意義。

二是關懷女性：白居易是唐代繼杜甫之後，又一位社會寫實主義者。其詩文集中，直接觸及婦女問題者，概略統計約有百餘處；就古文而言，有四十三篇，為數頗夥。白居易以流利又感性的筆調與詞語，將封建制度下婦女的種種悲劇，寄予同情；為婦女命運發出不平之鳴，此為白居易古文創作中，最特別的容內之一，值得後代重視。同時白居易將唐代婦女完美的形象，也一一呈現在篇章中，也值得後人學習。總之，白居易能以深邃的目光觀察社會，以平易筆調剖析婦女生活，真實紀錄、撰寫唐代婦女的問題，這是前代文人所少有，也是唐代作家所罕見，足以說明白居易對婦女問題的重視與關切。

三是兼融佛道：白居易一生自與佛結緣，直至臨終仍與佛門僧眾往來，從未中斷，對佛經之研究亦未曾終止。白居易對於佛學素無排斥之意，在學佛、拜佛、參佛中，白居易對人生有其深切的體會，是在他貶江州之後。學佛對白居易而言，是可補儒學之不足，一則示人以目標，一則示人以方法，二者雖不同，然亦不相悖。其次，白居易將其一生最重視之著作，寫成五份之中，有三份寄存於佛寺中：有〈東林寺白氏文集記〉、〈聖善寺白氏文集記〉及、〈蘇州南禪院白氏文集記〉由此可知，白居易從佛之心是堅貞不移，誠心向佛。

白居易自小讀孔孟書，受儒教薰陶極深，因而言行忠信，以身許國，想為國家有所貢獻。元和初年，白居易任左拾遺之時，直言方行，因而遭小人

讒謗，於元和十年貶江州司馬。遭受打擊，使其思想大爲改變。以前喜歡老莊仰慕道教，但未深入，貶官之後，潛心研究老莊思想，甚至辟穀煉藥。又，白居易胸懷豁達，形成愛好老莊輕視名利以及疏放不羈的思想。他「吏隱」的生活方式，就是學道而來的。白居易對老莊的主張，有所取捨，他不贊成完全柔弱，也不贊成一味剛強。依據白居易的主張，是剛強與柔弱相濟，這是儒道合而爲一觀念的建立。白居易對老莊的主張，雖不盡然依從，但他思想深受老莊思想影響是深厚的。

四是小品平易：小品文本指佛經簡略而言，後爲文士所採用，借指短小的文章而富有情趣、幽默的隨筆雜感，其內容豐富深刻，充滿雋永而稱之。又，小品文的創作是以日常生活取材的對象，對時事、現實投以關注，並對人生進行深刻寄寓與反思。以個人的抒情或嘲諷或說理或幽默爲其寫作的功能。

白居易小品文所呈現的特色，包括：「清新雋永的記序書牘」、「情理兼顧的制誥表奏」、「文小旨大的道判策林」、「言簡意賅的雜記傳奇」、「有情有理的文賦小賦」等。白居易的小品文，因其短小活潑、精到，有眞見解、眞性情，又能伐毛洗髓，由博還約，寥寥數語，含蓋無限；亦率亦眞，亦韻亦趣，具有極大的藝術感染力。如〈江州司馬廳記〉、〈廬山草堂記〉、〈荔枝圖序〉、〈齒落辭序〉等，既給人深刻的心靈啓迪，也教人感受到文辭的懇切率眞。

第六章：論白居易古文的藝術；一是韻古兼具的體製，包括：銘、贊、箴、謠、偈等文體；二是實用古文的結構技巧，有「法理兼顧的《百道判》」、「說理深入的《策林》」、「敘事翔實的詔誥」、「抒情明志的奏表」、「八股雛型的古賦」；三是五種主要句型，包括：複合、排比、問答、陳述、對偶句等；四是八種修辭，包括：類疊、排比兼層遞、譬喻、引用、頂眞、感嘆、設問、對偶等。

第七章：論白居易古文的評價與影響：白居易「淺近古文」的創作，對後世文士古文的寫作，無論是記敘小品文、碑誌祭傳或是判策誥奏賦等，都有深遠的影響。如晚唐「諷刺的小品文」、宋代「平易自然的古文」、明代「清新雋永的小品文」、清代「自然情趣的古文」等，都是受到白居易用語流利、「平易淺近」的古文所影響。

總體而言，白居易古文有其自我的特色，這與他處在紛繁複雜的時代有關，也與他獨特的人生經歷有關，才造就了白居易獨特的價值與文學觀。儒

家入世思想在白居易思想中占了極大的比重，所以當他有機會接近皇帝，實現自己的抱負時，他才能表現得那麼不顧一切。只是「古來聖賢皆寂寞」，白居易終究逃不過奸人佞臣的陷害。遭貶江州之後，白居易性情大變，不僅開始反思自己的前半生，而且以佛道的思想爲基礎，另闢一條新途徑，以「吏隱」爲其晚年生命的寄託。此種生活態度，深深影響後世文士閒適的生存之道；尤其對宋以後的文士影響最爲深遠。

綜合上述，就古文史而言：白居易古文確實被忽視了，但白居易的文章對後世的影響還是有所貢獻的，茲就藝術、思想、人生觀及延伸研究四方面做扼要總結如次：

第一、在藝術風格方面

白居易古文，端愛其文平易近人，愛其爲文以眞實淺易，隨時隨地，發揮儒家「仁愛」、「爲國」、「爲民」之精神；愛其得志則眞心爲民服務；愛其眞性情、不虛僞；愛其怡然瀟灑有個性。白居易古文自然樸實，文美情眞，立意至善，誠可視爲白話文之先驅。白居易古文以「平實」爲務，手法自然；於當時文壇而言，其實用古文可謂氣象一新，影響深遠。其次，是其敘事的記、序、雜文等、抒情的祭文、碑誌銘文等、實用文的策、奏、章、表，書等古文之創作，在唐代古文中，別具特色，殊值留意。他的實用文以「平易淺近」的駢古兼具的風格來寫作，更異於韓、柳所奉行的尊道宗儒的行文風格，在唐代古文運動中，創造另一類實用文的古文運動。

白居易曾自編《白朴》一書，即是專門教授制誥文的作法，人們求訪寶重，過於《六典》。策、判、制誥皆是唐代非常重要的文體，也是以「平實淺易」爲風格的流行文體；而白居易以「駢古兼顧的句法」所作制誥，與當時流行的文風相吻合，故能爲士子所喜愛。其次，由詔誥文中，可得知中唐官制、民情風俗的重要資料與知識。同時由制詔文可以見識到白居易撰寫詔誥文時，仍以儒家思想爲主，呈現「平實淺易」的風格。

白居的文章不求奇麗，不假雕飾，不求用典，多以「情」爲主，用語平易流暢。白居易以「自然、平易、樸實」的文風創作古文，以關懷民生爲務，爲後世文人所喜愛與仿效。如晚唐諷刺小品文的創作即是，尤其是在民生問題的發揮，更是令人拍案稱絕。其次，是白居易晚年文章中對世俗情性的自我摹寫，對宋代以後的文士影響最爲深遠，其「平實自然」的語言，更爲宋人所賞愛。如歐陽脩〈醉翁亭記〉虛字的應用，即是學白居易〈廬山草堂記〉

而來；蘇洵的〈六國論〉、王安石的〈讀孟嘗君傳〉等人的「翻案」文章的寫作，即是仿白居易的說理明確的〈晉諡恭世子議〉、〈漢將李陵論〉而來。又，歐陽脩、蘇軾等人古文賦的創作〈秋聲賦〉、〈前後赤壁賦〉等，即是受白居易駢古兼具的「律賦」古文化所致。

白居易小品文的創作，都是從日常生活中取材，以「眞情、眞意、眞趣」爲創作目標；對現實時勢及時代事件投以關注，並對人生進行深刻寄寓與反思。而其小品文又以個人抒情、嘲諷、幽默爲風格，如〈養竹記〉、〈江州司馬廳記〉、〈遊大林寺記〉、〈齒落辭并序〉等文章的寫作，深深影響到晚明及清代的古文家。

白居易古文包含豐富的信息：他對當時社會、時政的把握，對於當時國計民生的思考，對女性同胞的關懷，對於朝野內外的爭鬥，在他文集中，皆有翔實的記載。特別是對百姓的疾苦與關心著墨最深，更能體現出他古文的光輝。白居易對於六朝綺麗華靡的文風早有不滿，對於駢文的改造，更加用心。他以「詩經」精神爲基礎，以「文章爲反映時弊」、「歌詩合爲時而作」、「文學致用與教化」、「文藻與儒道並行」等儒家的理念，作爲他創作古文的依據，並積極實踐，他的實用文如〈百道判〉、《策林》七十五篇，以及五十八篇的〈奏狀表章〉之作。反映時弊、爲弱者發聲、爲民請命等，將人性的光揮發揮得淋漓盡致。

白居易貶謫後，以「佛家」解脫心中的煩惱，以「道家」知足的思想，充實他生活的內涵，同時做爲他修身養性的食糧。因此，他所創作的古文皆以人性、理性、感悟、情趣，爲靈動力。貶謫以後所寫的記、序、遊記、書牘等文體的創作，篇篇無空言，具有明確針對目標，或具有強烈的時代氣息，或洋溢濃厚的生活情趣，或飽含深沉的抒情意味，誠如元稹所言「長於實」，對後世古文產生極大的影響，尤其對晚明李贄、袁宗道、宏道、中道、張岱等人的小品創作影響深遠。其他如「祭文」的寫作，以眞情爲主，字字血淚，令人讀後爲之惻然。至於與佛教相關，韻古兼具的「贊、箴、謠、偈」等，也都能體現他對佛學的體悟與造詣。

白居易將其濃郁的感情貫注於文章中，體現「尚情」之藝術風格，無怪乎施鳩堂於所作《白居易研究》書中云：「香山之性格，若以『知』、『情』、『意』之中以一言適之，則香山實屬於『情』之人乎！……可謂辭藻富瞻，詩情如

湧之天才詩人耶！」〔註1〕施氏所言正是，就其古的文而言，不也是「情」乎！

第二、在內容思想方面：

後人研究白居易的生平、思想、文學等事跡時，都認爲白居易思想不單純，其實白居易的思想變化，是隨機應變而有不同的主張與見解。因此，認爲白居易既服膺儒、釋、道三家之教義，其思想必須是矛盾的。然而事實並非如此，白居易認爲儒家思想，是可以包容佛道思想的，他在《策林・六十七・議釋教》一文中，即已清楚表明他兼容並具的論點。他說：「……然則根本枝葉，王教備焉，何必使人去此取彼？若欲以禪定復人性，則先王有恭默無爲之道在。若欲以慈忍厚人德，則先王有忠恕惻隱之訓在。若欲以報應禁人僻，則先王有懲惡勸善之刑在。若欲以齋戒抑人淫，則先王有防欲閒邪之禮在。雖臻其極則同歸，或能助於王化；然於異名則殊俗，足以貳乎人心：故臣以爲不可者以此也……」（卷 65，頁 1368）即是。白居易見憲宗有「中興之志」，他以爲當時的政治革新是有機會再造「貞觀之治」。想達到這種境地，唯有施實《詩經》「教化」的精神，就能達到興盛的遠景，因此，他的政治思想在不少論著與詩歌裏都有所表現，他在元和年間爲準備應制舉著成《策林》七十五篇，是他的政治思想最有系統的論述，而且明確的表達出來。如《策林》十四〈辨興亡之由〉中以「君苟有善，人必知之。知之又知之，其心歸之。歸之又歸之，則載舟之水，由是積焉。君苟有惡，人亦知之。知之又知之，其心去之。去之又去之，則覆舟之水，由是作焉。」由此可知，白居易是向往盛世，必先由君王做起，如水能載舟覆舟的比喻即是。

其次，是節制縱欲的問題，他在《策林》二十一「人庶之貧困者，由官吏之縱欲也；官吏之縱欲者，由君上之不能節儉也」。又說：「君之靜躁，爲勞逸之本；君之奢儉，爲人富貧之源。故一節其情，而下有以獲其福；一肆其欲，而下有以罹其殃。」此爲白居易提醒統治者，應該要有認識到人民群眾的巨大威力，真正懂得人心向背，才是決定政權的興衰存亡之道。

再次，是納諫用人方面，白居易《策林》七十論納諫說得好：「天子之耳，不能自聰，合天下之耳聽之，而後聰也。天子之目，不能自明，合天下之目視之，而後明也。天子之心，不能自聖，合天下之心思之，而後聖也。若天子唯以兩耳聽之，兩目視之，一心思之，則十步之內，不能聞也；百步之外，不能見也；殿庭之外，不能知也；而況四海之大，萬樞之繁者乎？」此爲白

〔註1〕 施鵰堂：《白居易研究》（臺北：天華出版社，1981 年 10 月），頁 128。

居易想締造貞觀盛世治的政治思想。因此，白居易的宣傳也就不遺餘力。

　　白居易〈與元九書〉云：「文章合為時而著，歌詩合為事而作。」主張直接關照當下重大的社會政治問題，用他的古文反映時代的社會變遷。他的作品涉及到當時社會各層面，揭露出許多社會弊端達到了「救濟人病，裨補時闕」的目的，為權貴所「切齒」充分發揮了《詩經》反映民生的功能，真正成為反時代的「鏡子」。關於社會問題，如關懷婦女的古文，賦稅的弊端，干預現實的政治問題，如藩鎮的跋扈，宦官的專權等，企圖對社會不良現象加以糾正。此為白居易撰寫古文的主要動力，如他的《策林》、〈百道判〉、五十八篇〈奏狀表章〉的寫作即是。

　　白居易的思想在基本上是以儒家「仁義」為主。他在《策林》六十主張以「禮、樂、詩、書救學者之失」，又，《策林》六十一主張「黜子書」，更是明白地提倡與尊崇儒學的表現。白居易的政治思想基本上歸屬於儒家，是無可懷疑的。白居易經世濟民的思想，以傳統的經濟思想為依託，建立在中唐時期特殊的時代背景之下。它源於現實，但又不完全拘泥於傳統經濟思想，在某些經濟問題上加以論述，如：農業、財稅、水利、軍政、吏治等現實，甚至有突破傳統思想的界限，提出自己創新的見解與主張。白居易經世濟民的思想，具有很大的歷史意義，對當時社會也具有一定的借鑑意義。

　　白居易早年懷「兼濟」之志，文章皆為「為時」、「為事」而作，以諷諫時世、裨補時闕，為其寫作的動機。一旦仕途失利，即忽絕宦情，優遊自適，尋山水風月，耽詩琴書，及再召還，亦不自強求顯達。便不再抱有幻想，兼志思想漸漸沒落，轉而求諸「獨善」其身。在琴酒、風月、山水中暫寄浮生，求得閒適之趣，而以佛教「樂天、知足、安命」為其閒適生活的人生追求，更以道教「吏隱」處世態度做為生活的依託。

　　第三、白居易人生觀：

　　白居易政論文章策林七十五篇之創作，其思想內容則是儒家思想之表現，如為君為聖之道、施政化民之略、矜民恤情之核、禮樂文教之功等，無不是儒家愛民、親民理念之延續；又，其所創作之翰林制詔與中書制誥之應用文，雖為皇帝、宰相所撰寫之文，然於文化價值而言，亦有倡言忠君孝親、推崇弘恩博愛、標舉婦道母儀及宣揚釋道二教之教義；至於白居易賦文十五篇之創作與詩歌之寫作，乃寄寓儒、佛、道三家思想。

　　以人而言，白居易可謂古文的思想是先進的。白居易以儒家思想立身朝

廷，以佛老修心養性，他以吏隱、樂天、知足、安命的態度處世，由此衍生，因而能左右逢源，進退而有餘裕。白居易自幼稟受孔孟遺教，言行忠信，以身許國的白居易，卻因直言方行而遭人讒謗，貶謫江州。他遭到這樣的打擊，思想自然會有所改變：以前剛直用事，以後轉爲柔屈；以前信佛不深，以後篤信佛禪；以前雖也仰慕老莊，但未深入，以後則潛心研究，致力辟穀煉丹之術。白居易遭遇仕途坎坷、政治受挫折時，兼濟天下、積極用世的熱情便消退，虛無恬淡的道家思想由是而產生，與看破人生，超越塵俗的佛教思想冥合，逐漸占據他整個思維。所以他到了晚年，便集儒、釋、道三教於一身，過著處行於儒、置心於佛、浪跡於道的生活。

　　就白居易的性格與思想而言，本極率眞和平，灑脫淡恬之人物，實非有思慮才略的政治家。他侍憲宗之時，面爭於朝廷，不避死而行忠諫的態度，殆出於他剛毅嚴正性格所然，又決非弄智略，欲逞政治的野心所爲。實因白居易感知遇之恩，欲奉公致誠使然。有此舉措皆因他本性率眞直摯性格所致。

　　檢視白居易一生，經歷「貞元改革」、「江州貶謫」、「牛李黨爭」、「甘露事變」、「朝官宦官爭權」等事件，皆能安生立命於其間。除儒家「獨善其身」之修爲外，端緣具有道家「自然無爲」的態度、與佛教「樂天、知足、安命」之觀念使然，才能無入而不自得。

　　白居易對佛家、道家之論述，是以儒家觀念評論佛、道二家思想。白居易對事務之判斷往往視情況不同，而有不同主張，首先以儒家爲主，然後隨機應變、隨機而爲。因此，可知白居易雖有儒家、佛家、道家三種不同教義之思想，存其心中於應用時則無矛盾不協調，依然有其先後之順序，由其現存詩文集中可知。白居易在〈醉吟先生傳〉文中，清楚說明，晚年以「醉吟先生」自號，並以「嗜醉、耽琴、淫詩」三大嗜好爲伴。又於文中明白告知世人「凡酒徒、琴侶、詩客，多與之遊。遊之外，棲心釋氏，通學小中大乘法。與嵩山僧如滿爲空門友。平泉客韋楚爲山水友，彭城劉夢得爲詩友，安定皇甫朗之爲酒友。每一相見，欣然忘歸。」(《白居易》卷70，頁1485)此爲白居易晚年日常生活的寫照。

　　白居易的人生觀又深刻地，打上了老子、莊子與佛教哲學思想的烙印。白居易的人生觀中最可注意的是一種知足思想。在他的〈池上篇序〉所云：「大和三年夏，樂天始得請爲太子賓客，分秩於洛下，息躬於池上。凡三任所得，四人所與，(即陳岵授酒、崔玄亮送琴、姜發教曲、楊歸厚送石)洎吾不才身，

今率爲池中物矣。每至池風春，池月秋，水香蓮開之旦，露清鶴唳之夕，拂楊石，舉陳酒，援崔琴，彈姜《秋思》，頹然自適，不知其他。酒酣琴罷，又命樂童登中島亭，合奏《霓裳・古序》聲隨風飄，或凝或古，悠揚於竹烟波月之際者久之。曲未竟，而樂天陶然已醉，睡於石上矣。睡起偶詠，非詩非賦，阿龜握筆，因題石間。視其粗成韻章，命爲《池上篇》云爾。」（《白居易》卷 69，頁 1450）白居易晚年的古文的創作，多寫其閒適的生活。「樂天、知足、安命」的生活方式與態度，使得白居易在士人文化的演變歷程中占有相當重要的地位。

晚唐、宋代、明清時的文士生活，凡「閒趣吟詠」、「淡泊情懷」的生活情趣，都是學習白居易「吏隱」生活而來。如范仲淹、王禹偁、歐陽脩、蘇軾、三袁（袁宗道、袁宏道、袁中道）、張岱、鄭燮、袁枚等人他們所追求安逸的生活，他們閒適的居家生活與人生觀即是，受白居易「吏隱」處世的態度所致。特別是蘇軾將他這種人生理想與人格魅力都進一步昇華，將個體的生命體推進到一個更深刻的境界。

晚年的白居易，始終沒有和宦官集團同流合污，也沒有介入牛黨爭。立朋黨比周之間，又超然自高，好就閒古，終不汲汲於名利見之，白居易眞意志剛強之人也。在《舊唐書・白居易傳》云：「大和已後，李宗閔、李德裕朋黨事起，是非排陷，朝升暮黜，天子亦無如之何。楊穎士、楊虞卿與宗閔善，居易妻，穎士從父妹也。居易愈不自安，懼以黨人見斥，乃求分務，識者多之。」〔註 2〕又於《新唐書・白居易傳》中所云：「觀居易始以直道奮，在天子前爭安危，冀以立功，雖中被斥，晚益不衰。當宗閔時，權勢震赫，終不附離爲進取計，完節自高。而元稹中道微徼險得宰相，名望漼然。嗚呼！居易其賢哉！」〔註 3〕

後人對白居易處理爭黨的態度，給與很高的肯定和評價，其人格之高尚令人敬佩。誠如楊宗瑩先生於其所作《白居易研究》書中提到：「白居易不汲汲於進，而志在於退，又能見機而爲，及時湧退，故能在黨爭數十年之中，安然屹立於洛陽家中。在『甘露之變』中，株連甚廣，而白居易卻能置身於

〔註 2〕〔後晉〕劉昫：《舊唐書・白居易傳》（臺北：鼎文書局，1979 年 12 月），卷 166，列傳 116，頁 4341～4358。

〔註 3〕〔宋〕歐陽脩等：《新唐書・白居易傳》（臺北：鼎文書局，1979 年 12 月），卷 170，列傳 119，頁 4300～4305。

事外，悠遊於池上之樂，此與所奉行『獨善其身』與『吏隱』態度有關，白居易之所以能處世如此，『強哉矯！』二字，可當之無愧矣！」〔註4〕

第四、延伸研究：

本論文寫作期間，發現白居易的古文有許多值得再研究、探討如：

一、古文方面：白居易「詔誥文」研究（針對寫作技巧而言）、後人對白居易「古文」的接受、「白朴」研究、「元白古文與傳奇之研究」等。

二、財經方面：白居易《策林》的「財經思想」、白居易的「領導學」研究。

三、思想方面：白居易〈百道判〉的政治思想與社會觀、《白賦》的道家思想等。

四、著作方面：《白孔六帖》的研究，當中的「帖」，與數字的「六」關係為何？為何有「六」這個數字，目的何在？又《白孔六帖》與《歷代類書之比較研究》

白居易自幼即受受儒家思想影響，主張君子賢人治國，倡導仁政愛民，渴慕「兼善天下」之志，在其思想上逐漸形成了關心國事與民生疾苦，有心為國、為民做一番事業。在他古文中，時時可見到他慈悲的胸懷與人性的光輝。他始終堅持自己的道德理念，所堅守自己的政治思想，他高尚人品的人格更是後人最應學習的。白居易為一代宗詩，其詩文人品，前人已備加禮讚；今人研讀其詩文，亦備敬其人格。讀白居易之詩者，未有不讀其文；知白居易者，未有不敬其人。本論文以自己的想法、看法、寫法，依據所得的材料，下筆論述自己的小觀點。或有言人所未言；或有與他人意見相似，或有部分為個人所獨見，甚或某些見解可能會與他人雷同者，只能說是「英雄所見略同」罷了。當然，不免會有異於他人的見解。抑或有些許新發現，足為白居易古文研究略盡棉薄之力，皆賴先行學者斬棘披荊，引開前路；指導教授啓蒙發昧，循誘後生有以致之，萬不敢自我邀功也。

〔註4〕楊宗瑩《白居易研究》（臺北：文津出版社，1985 年 3 月），頁 276～277。

主要參考書

編輯說明：

1、本參考書目分六大類。包括：「古人著作」、「今人著作」、「學位論文」、「期刊論文」、「論文集論文」。

2、「古人著作」，別立「唐人別集、總集」項，餘依四部分類，各類則以朝代先後排序。「今人著作」亦大略依四部分類，各類則以出版時間排序。

3、「學位論文」、「期刊論文」、「論文集論文」三類，皆以出版時間排序。

4、本參考書目登載引用於本文中之著作、論文，其他著作、論文則擇要錄之。

一、古人著作

（一）唐人別集、總集

1. 〔唐〕白居易：《白氏長慶集》，臺北：臺灣商務印書館，1967 年。

2. 〔唐〕白居易：《白居易集》，新北市：漢京文化事業有限公司印行，1984 年 3 月。

3. 〔唐〕白居易：〔清〕汪立名編訂：《白香山詩集》，臺北：中華書局，1981 年 2 月。

4. 〔唐〕白居易、顧學頡校點：《白居易集》，北京：中華書局，1985 年 6 月。

5. 〔唐〕白居易、朱金城箋校：《白居易集箋校》，上海：上海古籍出版社，1988 年 12 月。

6. 〔唐〕白居易〔清〕汪立名編訂：《白香山詩集》，臺北：世界書局 2006 年 9 月。

7. 〔唐〕長孫無忌：《唐律疏議》，臺北：臺灣商務印書館發行，1965 年 5 月。

8. 〔唐〕韓愈：《韓昌黎先生集》，臺北：河洛圖書出版社，1975 年 3 月。

9. 〔唐〕柳宗元：《柳河東集》，臺北：河洛圖書出版社，1975 年 12 月。

10. 〔唐〕李商隱、錢振倫等箋校：《樊南文集》，上海：上海古籍出版社，1979 年 6 月。

11. 〔唐〕魏徵：《隋書》，臺北：鼎文書局印行，1979 年 12 月。

12. 〔唐〕元稹：《元稹集》，新北市：漢京文化事業有限公司印行，1983 年 10 月。

13. 〔唐〕杜佑：《通典》，臺北：臺灣商務印書館，1987 年 12 月。

14. 〔唐〕劉禹錫：《劉禹錫集》，北京：中華書局，1990 年 3 月。

15. 〔唐〕元稹、冀勤點校：《元稹集》，北京：中華書局，1992 年 3 月。

16. 〔唐〕李林甫《唐六典》臺北：三民書局，2002 年 11 月。

17. 〔唐〕劉禹錫、瞿蛻園箋證：《劉禹錫集箋證》，上海：上海古籍出版社，2005 年 4 月。

18. 〔唐〕吳競、謝保成集校：《貞觀政要集校》，北京：中華書局，2003 年 11 月。

（二）經部

1. 〔周〕左丘明著，〔晉〕杜預注，〔唐〕孔穎達正義：《春秋左傳正義》，臺北：新文豐出版社，1988 年 7 月。

2. 〔漢〕毛亨、鄭玄箋，〔唐〕孔穎達疏：《毛詩正義》，臺北：新文豐出版公司，1988 年。

3. 〔漢〕鄭玄注，〔唐〕孔穎達等正義：《禮記正義》，臺北：新文豐出版公司，1988 年。

4. 〔漢〕趙岐注，〔宋〕孫奭疏：《孟子注疏》，臺北：新文豐出版公司，1988 年 7 月。

5. 〔魏〕何晏注宋，邢昺疏：《論語注疏》，臺北：新文豐出版公司，1988 年 7 月。

6. 〔清〕紀昀：《四庫全書總目提要》，新北市：藝文印書館，1976 年 6 月。

7. 〔清〕阮元：《十三經注疏》，北京：中華書局，1979 年 11 月。

8. 〔清〕孔廣森：《大戴禮禮記補注》，濟南：山東友誼書社，2002 年 3 月。

（三）史部

1. 〔漢〕司馬遷：《史記》，臺北：鼎文書局印行，1979 年 12 月。
2. 〔漢〕班固：《漢書》，臺北：鼎文書局印行，1979 年 12 月。
3. 〔唐〕房喬等：《晉書》，洪氏出版社，1974 年 10 月。
4. 〔後晉〕劉昫等：《舊唐書》，臺北：鼎文書局，1979 年 12 月。
5. 〔南朝〕沈約：《宋書》，臺北：鼎文書局，1979 年 12 月。
6. 〔南朝〕范曄：《後漢書》，臺北：鼎文書局，1979 年 12 月。
7. 〔宋〕孟元老：《東京夢華錄》，臺北：古亭書屋，1975 年 8 月。
8. 〔宋〕歐陽修、宋祁：《新唐書》，臺北：鼎文書局，1979 年 12 月。
9. 〔宋〕釋普濟：《五燈會元》，臺北：文津出版社，1986 年 1 月。
10. 〔宋〕司馬光：《資治通鑑》，北京：中華書局，1997 年 11 月。
11. 〔宋〕脫脫等：《宋史》，新北市：藝文印書館、景淵閣。
12. 〔宋〕贊寧：《宋高僧傳》，北京：中華書局，1987 年 1 月。
13. 〔宋〕王讜、周勛初：《唐語林校證》，中華書局，1987 年 1 月。
14. 〔宋〕王溥：《唐會要》，臺北：臺灣世界書局，1989 年 4 月。
15. 〔宋〕王保定：《新譯唐摭言》，臺北：三民書局，2005 年 1 月。
16. 〔明〕徐師曾：《文體明辨序說》，臺北：長安出版社，1978 年 12 月。
17. 〔明〕吳訥：《文章辨體序說》，臺北：長安出版社，1978 年 12 月。
18. 〔清〕紀昀：《四庫全書總目提要》，北京：中華書局，1965 年 6 月。
19. 〔清〕王夫之：《讀通鑑論》臺北：河洛圖書出版社，1976 年 3 月。

（四）子部

1. 〔晉〕王弼：《老子注》，臺北：世界書局，1984 年 7 月。
2. 〔清〕郭慶藩：《莊子集釋》，臺北：世界書局，1974 年 8 月。
3. 〔清〕王先謙：《荀子集解》，臺北：世界書局，1955 年 11 月。
4. 〔清〕孫星衍：《孫子十家注》，臺北：世界書局，1955 年 11 月。
5. 〔宋〕劉義慶撰，〔梁〕劉孝標注，楊勇校箋：《世說新語校箋修訂本》，北京：中華書局，2006 年 10 月初版 2 刷。

（五）集部

1. 〔漢〕洪興祖、蔣驥：《楚辭補注》，臺北：長安出版社，1978 年 12 月。
2. 〔晉〕摯虞：《文章流別志論》，新北市：藝文印書館。
3. 〔晉〕陶淵明撰，郭維森、包景誠注譯：《陶淵明集》，臺北：地球出版社，1994 年 8 月。

4. 〔晉〕陶潛撰，楊家駱編：《陶淵明詩文彙評》，臺北：世界書局，1953年11月。

5. 〔晉〕陶淵明、溫洪隆注譯：《新譯陶淵明集》，臺北：三民書局，2002年7月。

6. 〔晉〕陶淵明、丁仲祜：《陶淵明詩箋注》，新北市：藝文印書館，2005年10月。

7. 〔梁〕劉勰著，范文瀾註：《文心雕龍注》，臺北：學海出版社，1991年1月。

8. 〔宋〕蘇軾：《蘇東坡全集》，臺北：世界書局，1963年4月。

9. 〔宋〕王應麟、翁元圻注：《翁注困學紀聞》，臺北：臺灣商務印書館1971年3月。

10. 〔宋〕洪邁：《容齋隨筆》，新北市：漢欣文化事業有限公司，1994年3月。

11. 〔宋〕李昉：《太平御覽》，臺北：臺灣商務印書館，1974年10月。

12. 〔宋〕李昉：《太平廣記》，臺北：明倫出版社，1975年元月。

13. 〔宋〕蘇軾：《蘇東坡全集》，臺北：河洛圖書出版社，1975年9月。

14. 〔宋〕蘇轍：《蘇轍全集》，臺北：河洛圖書出版社，1975年10月。

15. 〔宋〕范仲淹：《范文正公集》，臺北：河洛圖書出版社，1975年12月。

16. 〔宋〕歐陽脩：《歐陽脩集》，臺北：河洛圖書出版社，1975年12月。

17. 〔宋〕王安石：《王安石全集》，臺北：河洛圖書出版社，1975年12月。

18. 〔宋〕胡應麟：《少室山房筆叢》，臺北：河洛圖書出版社，1975年12月。

19. 〔宋〕胡元任：《苕溪漁隱叢話》，臺北：長安書局，1979年6月。

20. 〔宋〕洪邁：《容齋隨筆》上海：上海古籍出版社，1996年3月。

21. 〔宋〕羅大經：《鶴林玉露·唐宋史料筆記》，北京：中華書局，1997年12月。

22. 〔宋〕莊綽：《雞肋編·唐宋史料筆記》，北京：中華書局，1997年12月。

23. 〔宋〕姚鉉：《唐文粹》，臺北：世界書局，1989年5月。

24. 〔宋〕李昉：《二李唱和集》，臺北：新文豐出版，1989年3月。

25. 〔宋〕王溥：《唐會要》，臺北：三民書局，2002年11月。

26. 〔宋〕范仲淹：《范仲淹全集》南京：鳳凰出版社，2004年11月。

27. 〔宋〕蘇軾，劉文忠評注《東坡志林》北京：中華書局，2007年9月。

28. 〔宋〕徐鉉：《騎省集》，臺北：臺灣商務印書館、景淵閣。

29. 〔宋〕王應麟撰，〔清〕翁元圻注《翁注困學記聞》，臺北：臺灣商務印書館印行。

30. 〔明〕袁中郎：《晚明二十家小品》，臺北：廣文書局印行，1968 年 1 月。

31. 〔明〕袁中郎：《袁中郎全集》，臺北：清流出版，1976 年 10 月。

32. 〔明〕吳訥：《文章辨體序說》，臺北：長安出版，1978 年 12 月。

33. 〔明〕徐師曾：《文體明辨序說》，臺北：長安出版，1978 年 12 月。

34. 〔明〕張岱：《陶庵夢憶》、《西湖夢尋》，臺北：頂淵文化事業有限公司，2005 年 6 月。

35. 〔明〕張岱：《陶庵夢憶》《西湖夢尋》，北京：中華書局，2007 年 4 月。

36. 〔明〕袁宗道、錢伯城標點：《白蘇齋類集》上海：上海古籍出版社，2007 年 9 月。

37. 〔明〕李贄：《焚書 續焚書》北京：中華書局，2009 年 8 月 2 版。

38. 〔明〕李贄著，張建業譯：《焚書 續焚書》北京：中華書局，2011 年 1 月 1 版。

39. 〔清〕錢大昕：《潛研堂文集》，臺北：臺灣商務印書館印行，1968 年 12 月。

40. 〔清〕李調元：《賦話》，臺北：廣文書局有限公司，1970 年元月。

41. 〔清〕陳鴻墀：《全唐文紀事》，臺北：世界書局，1971 年 3 月。

42. 〔清〕章學誠：《文史通義》臺北：史學出版社，1972 年 4 月。

43. 〔清〕姚鼐輯，王文濡校註：《評註古文辭類纂》，臺北：華正書局，1974 年 7 月。

44. 〔清〕董誥主編：《全唐文》，臺北：文友書店印行，1974 年 8 月。

45. 〔清〕鄭燮：《鄭板橋全集》，臺中：曾文出版社印行，1975 年 2 月。

46. 〔清〕胡震亨：《全唐詩》，臺北：宏業書局，1977 年 6 月。

47. 〔清〕林雲銘：《古文析義》，臺北：廣文書局，1978 年 2 月。

48. 〔清〕何文煥編：《歷代詩話》，新北市：藝文印書館，1978 年 8 月。

49. 〔清〕袁枚：《小山倉房文集》，臺北：文海出版社，1979 年 3 月

50. 〔清〕陳騤：《文則》臺北：莊嚴出版社，1979 年 3 月。

51. 〔清〕袁枚：《袁枚全集》，上海：上海古籍出版社，1980 年 1 月。

52. 〔清〕曾國藩：《曾文正公全集·文集》，臺北：大俊圖書有限公司，1982 年。

53. 〔清〕劉熙載：《劉熙載集》華東師範大學出版，1993 年 3 月。

54. 〔清〕《叢書集成續編》，臺北：新文豐出版公司印行，1989 年 4 月。

55. 〔清〕袁枚：《袁枚全集》南京：江蘇古籍出版社，1993 年 9 月。

二、今人專著

（一）白居易專書

1. 郭虛中：《白居易評傳》，臺北：正中書局，1936 年 10 月。

2. 陳友琴：《白居易詩評述彙編》，北京：北平科學出版社，1958 年 10 月。

3. 蕭文苑：《論白居易的詩歌理論及其創作》，北京：人民文學出版社，1959 年。

4. 陳友琴：《白居易》，臺北：中華書局，1961 年 3 月。

5. 陳友琴：《白居易資料彙編》，北京：中華書局，1962 年。

6. 劉維崇：《白居易評傳》，臺北：臺灣商務印書館，1973 年 12 月。

7. 劉本棟：《白居易》，臺北：林白出版社，1979 年 7 月。

8. 施鳩堂：《白居易研究》，臺北：天華出版社，1981 年 10 月。

9. 陳　香：《白居易的新樂府》，臺北：國家出版社，1982 年 5 月。

10. 楊宗瑩：《白居易研究》，臺北：文津出版社，1985 年 3 月。

11. 黃錦珠：《白居易──平易曠達的社會詩人》，臺北：幼獅文化事業公司，1988 年 11 月。

12. 彭安湘：《白居易研究新探》，重慶：西南師範大學出版社，1989 年 1 月。

13. 廖美雲：《元白新樂府研究》，臺北：臺灣學生書局，1989 年 6 月。

14. 陳友琴：《白居易》，臺北：萬卷樓出版公司，1992 年 6 月。

15. 謝思煒：《白居易集綜論》，北京：中國社會科學出版社，1997 年 8 月。

16. 蹇長春：《白居易評傳》，南京：南京大學出版社，2002 年 5 月。

17. 嚴杰編選：《白居易集‧詩選》，南京：鳳凰出版社，2006 年 11 月。

18. （日）靜永健、劉維治譯：《白居易寫諷諭詩的前前後後》，北京：中華書局，2007 年 10 月。

19. 陶敏、魯茜：《新譯白居易詩文選，》臺北：三民書局，2009 年 11 月。

20. 肖韋韜：《白居易生存哲學研究》，南京：南京大學出版社，2009 年 12 月。

21. 陳寅恪：《元白詩箋證稿》，臺北：世界書局，2010 年 1 月三版。

22. 毛妍君：《白居易閒適詩研究》，北京：中國社會科學出版社，2010 年 6 月。

（二）經學

1. 楊伯峻：《論語譯注》，北京：中華書局，1980 年 8 月。

2. 侯家駒：《周禮研究》，臺北：聯經出版事業股份有限公司，1987 年 6 月。

3. 杜若明：《詩經注釋》，北京：華夏出版社，1989 年 11 月。

4. 鄭佩香主編：《四書集解新譯》，臺南：正言出版社，1990 年 4 月。

5. 張高評：《左傳導讀》，臺北：文史哲出版社，1995 年 10 月再版 2 刷。

6. 郭丹：《左傳漫談》，新北市：頂淵文化事業有限公司，1997 年 8 月。

7. 顧寶田注譯：《新譯穀梁傳讀本》，臺北：三民書局，1998 年 4 月。

8. 雪克注譯：《新譯公羊傳讀本》，臺北：三民書局，1998 年 4 月。

9. 王文錦：《禮記譯解》，北京：中華書局，2001 年 6 月。

10. 郁賢皓、周福昌注譯：《新譯左傳讀本》，臺北：三民書局，2002 年 9 月。

11. 宋鼎宗：《春秋胡氏學》，臺北：萬卷樓圖書有公司，2004 年 4 月。

（三）史學

1. 陳仁安：《中國近世文化史》，上海：商務印書館，1936 年 1 月。

2. 中國文學史編：《中國文學史》，北京：人民文學出版社，1962 年 7 月 1 版。

3. 傅勤家：《中國道教史》，臺北：臺灣商務印書館，1974 年 1 月。

4. 朱東潤：《中國批評史大綱》，臺北：開明書局，1975 年 2 月。

5. 羅根澤：《中國文學批評史》，臺北：學海書局，1976 年 2 月。

6. 陳柱：《中國古文史》，臺北：臺灣商務印書館，1976 年 4 月。

7. 李方晨：《中國通史》，臺北：三民書局，1977 年 3 月。

8. 劉大杰：《校定本中國文學史》，臺北：華正書局股份有限公司，1977 年 7 月。

9. 郭紹虞：《中國文學批評史》，臺北：泰盛書局，1977 年 10 月。

10. 郭紹虞：《中國文學批評史》，臺北：文史哲出版社，1979 年 6 月。

11. 劉大杰：《中國文學史》，臺北：華正書局，1979 年 3 月。

12. 韋政通：《中國思想史》，臺北：大林出版社，1980 年 4 月。

13. 勞思光：《中國哲學史》，臺北：三民書局，1981 年 1 月。

14. 郭紹虞：《歷代文論選》，臺北：木鐸出版社，1983 年 6 月。

15. 胡適：《白話文學史》，臺北：遠流出版社，1986 年 6 月。

16. 李曰剛：《辭賦流變史》，臺北：文律出版社，1987 年 2 月。

17. 葉慶炳：《中國文學史》，臺北：學生出版社，1987 年 8 月。

18. 郭預衡：《中國散文史》，上海：上海古籍出版社，1989 年 10 月。

19. 游國恩等：《中國文學史》，臺北：五南圖書出版公司，1990 年 11 月。

20. 敏澤：《中國文學理論批評史》，吉林：吉林教育出版社，1991 年 4 月。

21. 吳志達：《明清文學史》，武漢：武漢大學出版社，1991 年 12 月。

22. 漆緒邦：《中國散文通史》（上冊），長春：吉林教育出版社，1992 年 10 月。

23. 牛鴻恩等：《中國散文通史》，吉林：吉林教育出版社，1992 年 11 月。

24. 黃保眞等《：中國文學理論史》，臺北：洪葉文化事業有限公司，1993 年 12 月。

25. 郭預衡：《中國散文簡史》，北京：北京師範大學出版社，1994 年 3 月。

26. 傅錫任等：《中國文學史初稿》，臺北：福記文化圖書有限公司，1995 年 1 月。

27. 孫望、常國武：《宋代文學史》，北京：人民出版社，1996 年 9 月。

28. 馬積高、黃鈞主編：《中國古代文學史》，臺北：萬卷樓圖書有限公司，1998 年 7 月。

29. 敏澤著：《中國文學理論評史》，長春：吉林教育出版社，1999 年 3 月。

30. 袁行霈等：《中國文學史》，臺北：五南圖書出版，2003 年 8 月。

31. 劉衍：《中國古代散文史》，北京：高等教育出版社，2004 年 6 月。

32. 載運、龔書鐸主編：《中國通史》，新北市：中經社出版，2005 年 2 月。

33. 譚家健：《中國古代散文史稿》重慶：重慶出版社，2006 年 1 月。

34. 薩孟武：《中國社會政治史》，臺北：三民書局，2007 年。

35. 馬茂軍：《宋代散文史論》，北京：中華書局，2008 年 4 月。

36. 孔慶茂著：《八股文史》，南京：鳳凰出版社，2008 年 12 月。

37. 熊禮滙等主編：《中國古代散文二十四講》，武漢：武漢大學出版社，2010 年 3 月。

（四）文學

1. 高明主編：《宋文彙》，臺北：中華叢書編審委員會印行，1967 年 11 月。

2. 蔣伯潛：《：體裁與風格》，臺北：世界書局，1967 年 12 月。

3. 薛鳳昌：《文體論》，臺北：臺灣商務印書館印行，1969 年 3 月。

4. 孫兆民：《古文評註》，臺南：綜合出版社，1969 年 12 月。

5. 邱燮友等：《散文結構》，臺北：蘭臺書局，1970 年 6 月。

6. 姜濤：《中國文學欣賞》，臺北：臺灣時代書局，1974 年 11 月。

7. 過商侯：《古文評註》，臺中：曾文出版社，1975 年 7 月。

8. 周振甫：《文章例話》，臺北：蒲公英出版社。

9. 季薇：《散文研究》，臺北：益智書局，1979 年 4 月。

10. 馮書耕等：《古文通論》，臺北：中華叢書編審委員會，1979 年 4 月。

11. 姜濤主編：《中國文學欣賞全集》，臺北：莊嚴出版社，1979 年 12 月。

12. 高風：《文心雕龍分析研究》，臺南：龍門圖書有限股份公司，1980 年 10 月。

13. 藍天蔚主編：《唐宋元明清名人小品》，臺北：清流出版社，1980 年 6 月。

14. 方孝岳：《中國散文論》，臺北：清流出版社，1981 年 5 月。

15. 田素蘭：《袁中郎文學研究》，臺北：文史哲出版社，1982 年 3 月。

16. 衛泳等：《明清小品》，臺南：文國書局，1984 年 8 月。

17. 黃本驥編：《歷代職官表》，臺北：洪氏出版社，1983 年 11 月。

18. 朱任生：《古文法纂要》，臺北：商務印書館印行，1984 年 9 月。

19. 楊鴻銘：《歷代古文析論・唐宋之部》，臺北：文史哲出版社，1984 年 12 月。

20. 陳必祥：《古代散文文體概論》，臺北：文史哲出版社，1985 年 10 月。

21. 張仁青：《應用文》，臺北：文史哲出版社，1987 年 7 月。

22. 簡有儀：《袁枚研究》，臺北：文史哲出版社，1988 年 4 月。

23. 曹淑娟：《晚明性靈小品研究》，臺北：文津出版社，1988 年 7 月。

24. 林安弘：《儒家禮樂之道德思想》，臺北：文津出版社，1988 年 11 月。

25. 鄭佩香編：《古文觀止》，臺南：正言出版社，1990 年 4 月。

26. 褚斌杰：《中國古代文體概論》，北京：北京大學出版社，1990 年 10 月。

27. 程祥徽著：《語言風格》，臺北：書林出版有限公司，1991 年 1 月。

28. 顏美雲主編：《古文觀止導讀》，臺南：晨光出版社，1991 年，8 月。

29. 范文瀾注：《文心雕龍注》，臺北：學海出版，1991 年 11 月。

30. 童超：《豪華落盡見真淳──陶淵明》，臺北：萬卷樓圖書有限公司，1991 年 2 月。

31. 啓功：《說八股》，北京：中華書局，1992 年 9 月。

32. 廖仲安著：《陶淵明》，臺北：萬卷樓圖書有限公司 1992 年 9 月。

33. 陳蒲清：《寓言文學理論、歷史與應用》，臺北：駱駝出版社，1992 年 10 月。

34. 黃春貴：《宋代古文運動探究》，臺北：八德教育文化出版社，1992 年 6 月二版。

35. 張毅：《文學文體概說》，北京：中國人民大學出版社，1993 年 1 月。

36. 方元珍著：《王荊公散文研究》，臺北：文史哲出版社，1993 年 3 月。

37. 沈時蓉、詹杭倫著：《雨村賦話校證》，新北市：新文豐出版有限公司，1993 年 6 月。

38. 顧鑒塘等著：《中國歷代婚姻與家庭》，臺北：商務印書館印行，1994 年 6 月。

39. 陳霞村、閻鳳梧譯注：《唐宋八大家文選》，臺北：建安出版社，1994 年 4 月。

40. 楊成鑒：《中國詩詞風格研究》，臺北：洪葉文化事業有限公司，1995 年 7 月。

41. 王榮初：《清代散文選注》，臺北：建宏出版社，1996 年 1 月。

42. 劉操南、平慧普選注：《古代遊記選注》，臺北：建宏出版社，1996 年 1 月。

43. 李茂肅：《三袁詩文選注》，臺北：建宏出版社，1996 年 1 月。

44. 龔克昌：《白居易詩文選注》，臺北：建宏出版社，1996 年 2 月。

45. 歐明俊主編：《明清名家小品精華》，合肥：安徽文藝出版社，1996 年 12 月。

46. 李光連：《古文技巧》，北京：中國青年出版社，1997 年 4 月。

47. 吳承學：《晚明小品文研究》，南京：江蘇古籍出版社，1998 年 7 月。

48. 謝冰瑩等：《新譯古文觀止》，臺北：三民書局，1997 年 3 月。

49. 馬積高：《賦史》，上海：上海古籍出版社，1998 年 9 月。

50. 王玉波：《中國古代的家》，北京：商務印書館，1998 年 9 月。

51. 任寅虎：《中國古代婚姻》，北京：商務印書館，1998 年 9 月。

52. 閻愛民：《中國古代家教》，臺北：臺灣商務印書館，1998 年 9 月。

53. 高世瑜：《中國古代婦女生活》，臺北：臺灣商務印書館，1998 年 9 月。

54. 簡宗梧：《賦與駢文》，臺北：臺灣書店印行，1998 年 10 月。

55. 鄺健行：《科舉考試文體論稿：律賦與八股文》，臺北：中山學術文化基金會，1999 年 5 月。

56. 趙伯陶：《明清小品》，桂林：廣西師範大學出版社，1999 年 6 月。

57. 啓功、張中行、金克木：《說八股》，北京：中華書局，2000 年 6 月。

58. 馬積高：《歷代辭賦研究》，北京：中華書局，2001 年 4 月。

59. 張少康：《文賦集釋》，北京：人民文學出版社，2002 年 9 月。

60. 蔡芳定：《北宋文論研究》，臺北：文史哲出版社，2002 年 12 月。

61. 張惠民：《蘇軾文化人格與文藝思想》，北京：人民出版社，2004 年 2 月。

62. 田啓文：《晚唐諷刺小品文之風貌》，臺北：文律出版社有限公司，2004 年 3 月。

63. 邱燮友等編：《國學導讀》，臺北：三民書局，2004 年 7 月。

64. 陳飛主編：《中國古代散文研究》，福州：福建人民出版社，2005 年 6 月。

65. 蘭喜并：《老子解讀》，北京：中華書局，2005 年 10 月。

66. 馬興榮：《陶庵夢憶·西湖夢憶》，北京：中華書局，2007 年 4 月。

67. 陳重業：《古代判詞三百篇》，上海：上海古籍出版社，2009 年 10 月。

（五）文法與修辭專書

（1）文法專書

1. 楊樹達：《中國修辭學》，臺北：世界書局印行，1961 年 4 月。

2. 黃永武：《字句鍛鍊法》，臺北：臺灣商務印書館印行，1969 年 8 月。

3. 劉淇：《詞詮》，臺北：臺灣商務印書館發行，1977 年 1 月。

4. 蔡宗陽：《應用修辭學》，臺北：萬卷樓圖書有限公司，1998 年 5 月。

5. 蔡謀芳：《表達的技巧·語法十七講》，臺北：文津出版社有限公司，1998 年 10 月。

6. 路燈照、成九田：《古詩文修辭例話》，臺北：臺灣商務印書印行 ，1987 年 10 月。

7. 沈謙：《修辭學》，新北市：空中大學，1990 年 12 月。

8. 鄭子瑜：《唐宋八大家古文修辭偶疏舉要》，臺北：書林出版有限公司，1995 年 8 月。

9. 黃慶萱：《修辭學》，臺北：三民書局印行，1999 年 8 月。

10. 陳正治：《修辭學》，臺北：五南圖書出版股份有限公司，2000 年 9 月。

11. 何永清：《現代漢語語法新探》，臺北：臺灣商務印書館發行，2008 年 11 月。

（2）修辭專書

1. 宋文蔚：《文法津梁》，臺北：蘭臺書局，1977 年 10 月。

2. 朱任生：《古文法纂要》，臺北：臺灣商務印書館發行，1984 年 9 月。

3. 楊鴻銘：《歷代古文析評·唐宋》，臺北：文史哲出版社，1984 年 12 月。

4. 湯廷池：《古代漢語句法論集》，臺北：臺灣學生書局印行，1988 年 3 月。

5. 張志公：《語法與修辭》，臺北：新學識文教出版中心，1998 年 10 月。

6. 許世英：《中國文法講話》，臺北：臺灣開明書店，1998 年 9 月再版。

7. 劉蘭英、孫全洲主編：《語法與修辭》，臺北：新學識教育出版社，1998 年 10 月 3 版。

8. 仇小屏：《文章章法論》，臺北：萬卷樓圖書有限公司，1998 年 11 月。

（六）結構專書

1. 方祖燊等：《散文結構》，臺北：蘭臺書局，1970 年 6 月。

2. 謝无量：《實用文章義法》，臺北：華正書局，1979 年 6 月。

3. 許恂儒：《作文百法》，臺北：廣文書局，1980 年 12 月。

4. 李曰剛：《辭賦流變》，臺北：文津出版社，1987 年 2 月。

5. 陳必祥：《古代散文文體概論》，臺北：文史哲出版社，1987 年 10 月。

6. 陳滿銘：《文章結構分析》，臺北：萬卷樓圖書，1999 年 5 月。

7. 仇小屏：《篇章結構類型論》（上下），臺北：萬卷樓圖書，2000 年 2 月。

8. 陳滿銘：《大學辭章學》，福州：福建人民出版社，2004 年 12 月。

9. 王凱符：《八股文概說》，北京：中華書局，2006 年 11 月第二次印刷。

（七）唐宋文史

1. 羅根澤：《隋唐文學批評史》，臺北：商務印書館，1966 年 8 月 1 版。

2. 羅聯添等編：《隋唐五代文學批評史資料彙編》，臺北：成文出版社，1979 年 6 月。

3. 高步瀛：《唐宋文舉要》，新北市：漢京文化事業有限公司，1984 年 5 月。

4. 楊鴻銘：《歷代古文析評·唐宋部》臺北：文史哲出版社，1984 年 12 月。

5. 羅聯添：《唐代文學論集》，臺北：臺灣學生書局，1988 年 7 月。

6. 呂武志：《唐末五代散文研究》，臺北：臺灣學生書局，1989 年 2 月。

7. 葛曉音：《唐宋散文》，上海：上海古籍出版社，1990 年 2 月。

8. 錢冬父：《唐宋古文運動》，臺北：國文天地雜誌社，1991 年 7 月。

9. 王士菁：《唐代文學史略》，長沙：湖南師範大學出版社，1992 年 4 月。

10. 黃春貴：《唐代古文運動探究》，臺北：八德教育文化出版社，1992 年 6 月二版。

11. 方元玲：《王荊公散文研究》，臺北：文史哲出版社，1993 年 3 月。

12. 郭紹林：《唐代士大夫與佛教》，臺北：文史哲出版社，1993 年 9 月。

13. 楊昱瑋：《唐代音樂文化之研究》，臺北：文史哲出版社，1993 年 9 月。

14. 李從軍：《唐代文學演變史》，北京：人民文學出版，1993 年 10 月。

15. 郭預衡主編：《中國古代文學史長編·隋唐五代卷》，北京：北京師範學院出版社 1993 年 11 月。

16. 呂武志：《杜牧散文研究》，臺北：臺灣學生書局，1994 年 5 月。

17. 傅璇琮：《唐代科舉與文學》，臺北：文史哲出版社，1994 年 8 月。

18. 漆緒邦等編：《中國古文通史上下冊》，吉林：吉林教育出版社，1994 年 12 月。

19. 王運熙等：《隋唐五代文學批評史》，上海：上海古籍出版社，1994 年 10 月。

20. 孫望、郁賢皓編：《唐代文選上中下冊》，上海：上海古籍出版社，1994年10月。

21. 喬象鍾、陳鐵民等：《唐代文學史》（上下冊），北京：人民文學出版社1995年。

22. 董乃斌編：《唐代文學史上下冊》，北京：北京人民文學出版社，1995年12月。

23. 張搙之編：《唐代文選》，臺北：建宏出版社，1996年1月。

24. 王水照編：《宋代文選》，臺北：建宏出版社，1996年1月。

25. 王更生：《歐陽脩散文研讀》，臺北：文史哲出版社，1996年5月。

26. 華寶魁著：《李商隱傳》，瀋陽：遼海出版社，1998年4月。

27. 王更生：《韓愈散文研讀》，臺北：文史哲出版社，1998年9月。

28. 王偉忠：《劉禹錫古文研究》，臺北：自印，2000年9月。

29. 王更生：《蘇軾散文研讀》，臺北：文史哲出版社，2001年2月。

30. 余恕誠《李商隱文編年校注》，北京：中華書局，2002年3月。

31. 聶石樵：《唐代文學史》，北京：北京師範大學出版社出版發行，2002年。

32. 陳飛：《唐代試策述》，北京：中華書局，2002年4月。

33. 蕭瑞峰、彭萬隆：《劉禹錫 白居易》，上海：上海古籍出版社，2002年10月。

34. 孫琴安：《唐詩與政治》，上海：上海人民出版社，2003年7月。

35. 李希泌主編：《唐大詔令》上下冊，上海：上海古籍出版社，2003年12月。

36. 劉楚華主編：《唐代文學與宗教》，香港：中華書局，2004年5月。

37. 王仲犖撰：《隋唐五代史》，新北市：頂淵文化事業有限公司，2005年6月。

38. 朱孟陽編：《唐二十王朝》，北京：京華出版社，2005年10月。

39. 王更生：《曾鞏散文研讀》，臺北：文史哲出版社，2006年6月。

40. 劉文忠：《東坡志林》，北京：中華書局，2007年9月。

41. 聶石樵：《唐代文學史》，北京：中華書局，2007年12月。

42. 許總：《唐宋詩派論》，南昌：江西人民出版社，2008年3月。

43. 胡可先：《唐代重大歷史事件與文學研究》，杭州：浙江大學出版社，2007年12月。

44. 楊軍：《元稹集編年箋注》，西安：三秦出版社，2008年12月。

45. 王輝斌：《唐代文學探論》，合肥：黃山書社，2009年8月。

46. 陳寅恪：《元白詩箋證稿》，臺北：世界書局，2010年3月1刷。

47. 左漢林:《唐代樂府制度與歌詩研究》,北京:商務印書館,2010 年 7 月。

48. 謝思煒:《白居易文集校注》,北京:中華書局,2011 年 1 月。

三、博、碩士學位論文

(一)博士論文

1. 張修容:《中唐樂府詩研究》政治大學,博士論文,1991 年。

2. 謝思煒:《白居易集綜論》北京師範大學,博士論文,1996 年。

3. 傅興林:《白居易散文研究》北京師範大學,博士論文,2007 年 12 月。

4. 蕭偉韜:《白居易生存哲學綜論》陝西師範大學,博士論文,2008 年。

(二)碩士論文

1. 呂正惠《:元白比較研究》,臺灣大學,碩士論文,1974 年。

2. 馬銘浩:《唐代社會與元白文學集團關係之研究》,淡江大學,碩士論文,1980 年。

3. 俞炳禮:《白居易諷諭詩之研究》,臺灣師範大學,碩士論文,1981 年。

4. 張長臺:《劉夢得研究》,東吳大學,碩士論文,1982 年。

5. 陳仲祥:《唐人論詩研究》,文化大學,碩士論文,1986 年。

6. 黃亦眞:《白詩研究》,文化大學,碩士論文,1987 年。

7. 韓庭銀:《白居易詩與釋道之關係》,政治大學,碩士論文,1987 年。

8. 林明珠:《白居易敘事詩研究》,東吳大學,碩士論文,1993 年。

9. 唐任伍:《唐代經濟思想研究》,北京師範大學,碩士論文,1996 年。

10. 姜素英:《白居易散文研究》,臺灣師範大學,碩士論文,1998 年。

11. 胡淑貞:《白居易賦研究》,逢甲大學,碩士論文,2003 年。

12. 李妮庭:《閒樂:宋初白居易接受研究》,東華大學,碩士論文,2003 年。

13. 侯配晴:《白居易敘事詩美學研究——以諷諭詩、感傷詩爲主》,臺北市立教育大學,碩士論文,2005 年。

14. 林巧玲:《白居易碑誌文研究》,中興大學,碩士論文,2006 年 6 月。

15. 倪春雷:《論宋代文人對白居易接受》,曲阜:曲阜師範大學,碩士論文,2007 年 4 月。

16. 徐柏泉:《白居易經濟思想研究》,重慶:重慶師範大學,碩士論文,2007 年 4 月。

17. 胡作法:《白居易散文初探》,合肥:安徽大學,碩士論文,2007 年 4 月。

18. 謝仲偉:《論白居易散文》,曲阜:山東師範大學,碩士論文,2007 年 4 月。

19. 文佳：《白居易詩歌在南宋的傳播與接受》，桂林：廣西大學，碩士論文，2007 年 6 月。

20. 肖瑩星：《元白派散文研究》，南昌：江西師範大學，碩士論文，2009 年 5 月。

21. 賴詠鈴：《白居易蘇杭行勝之研究》，臺北：中國文化大學，碩士論文，2011 年 6 月。

四、期刊論文

1. 陳寅恪：〈白樂天之思想行爲與佛教關係〉《元白詩箋證稿》，1950 年 11 月。

2. 任嘉禾：〈談白居易的寫作方法〉《文學遺產選集》第 1 冊，1956 年。

3. 雷原：〈白居易論文學藝術的社會本質〉《甘肅日報》，1957 年 6 月。

4. 谷響：〈詩人白居易的佛教生活〉《現代佛學》第 9 期，1958 年 9 月。

5. 羅聯添：〈白居易散文作品校記〉《臺大文史哲學報》，1959 年 6 月。

6. 羅聯添：〈白居易年譜考辨〉《大陸雜誌》第 31 卷第 3 期，1965 年 8 月。

7. 葉慶炳：〈武元衡之死與白居易之貶〉《出版月刊》第 25 期，1967 年 12 月。

8. 羅聯添：〈白居易作品繫年〉《大陸雜誌》第 38 卷第 3 期，1969 年 2 月。

9. 陳寶條：〈白居易的社會詩〉《中國詩季刊》第 4 卷第 2 期，1973 年 6 月。

10. 梁容若：〈白居易的生平與作品〉《文壇》第 55 卷第 3 期，1980 年。

11. 王秉鈞：〈試論白居易的政治思想〉《蘭州大學學報》第 3 期，1980 年。

12. 周明：〈白居易對社會本質的探索和表現〉《文學評論叢刊》第 13 期 1982 年。

13. 吳汝煜：〈談劉禹錫禹白居易晚年的酬唱詩〉《光明日報》，1984 年 4 月 7 日。

14. 寒長春：〈《百道判》及學術價值——兼論白居易的早期思想〉《西北大學學報》，1984 年第 3 期。

15. 張元亨：〈白樂天的社會思想〉《世界日報副刊》，1985 年 11 月。

16. 傅素蓮：〈白居易的遊踪及其旅游散文〉《海南師範學院學報》，1989 年 4 期。

17. 蔡正發：〈白居易散文概述〉《雲南民族學院學報》，1991 年第 3 期。

18. 葛曉音：〈中唐文學的變遷〉（上）《古典文學知識》，1994 年第 4 期。

19. 葛曉音：〈中唐文學的變遷〉（下）《古典文學知識》，1994 年第 5 期。

20. 霍存福：〈張鷟《龍筋鳳髓判》與白居易《甲乙判》異同〉《法治與社會》，1997 年第 2 期。

21. 吳佳芬：〈讀〈與元九書〉後談白居易的文學主張〉《中國語文》，2000年1月。

22. 李寶玲：〈皓首同歸兩心知——試論劉禹錫與白居易的際遇與詩藝〉《逢甲人文社會學報》，2000年第1期。

23. 李志紅：〈《草堂記》與白居易的園林意象〉《鄭州大學學報》（哲學社會科學版），第37卷第6期，2004年11月。

24. 傅興林：〈論白居易《百道判》的思想價值〉《陝西師範大學學報》（哲學社會科學版），第34卷第6期，2005年11月。

25. 傅興林：〈論白居易《百道判》的文學價值〉《南京師範大學學報》，2005年第3期。

26. 劉曙初：〈論元白文與傳奇的交叉影響〉《阜陽師範院學報》，2005年6期。

27. 傅興林：〈白居易《策林序》考釋〉《西北大學學報》（哲學社會科學版）第36卷第2期，2006年3月。

28.傅興林：〈白居易《百道判》的藝術成就〉《南都學壇（人文社會科學學報）》第36卷第2期，2006年3月。

29. 盧英宏：〈詩文雙璧傳千秋——白居易反戰詩文簡論〉《雲夢學刊》第28卷第3期，2007年5月。

30. 王相民：〈既尊法理又合人情——白居易的判詞寫作特色〉《蘭臺世界（理論版）》，2007年第2期。

31. 陳冬梅：〈試論白居易文論思想的偏激性〉《安徽文學》（下半月），2008年12期。

32. 尚永亮：〈論白居易的政治體認、人生解悟與「獨善」觀——以白氏之貶及其超越意識爲中心〉《湖北師范學院學報》（哲學社會科學版），2008年第5期。

33. 鄧濤：〈唐代散文與新聞傳播〉《商丘職業技術學院學報》，2009年1期。

34. 譚淑娟：〈關於張鷟《龍筋鳳髓判》文風問題探討——兼論與白居易《百道判》比較〉《江海學刊》，2010年第3期。

35. 陳登武：〈再論白居易「百道判」——以法理推理爲中心〉《臺灣師大歷史學報》，2011年45期。

36. 黎愛群：〈從《百道判》看白居易的思想價值觀〉《作家雜誌》，2012年第6期。

五、論文集論文

1. 羅聯添：〈白居易秦中吟〉《唐代文論集》，臺北：臺灣學生書局，1989年6月，頁497～520。

2. 羅聯添：〈長恨歌與長歌傳『共同機構』問題及其主題探討〉《唐代文論集》，臺北：臺灣學生書局，1989 年 6 月，頁 521～538。

3. 羅聯添：〈白居易詩評論分析〉《唐代文論集》，臺北：臺灣學生書局，1989 年 6 月，頁 539～586。

4. 羅聯添：〈白居易與弗道關係重探〉《唐代文論集》，臺北：臺灣學生書局，1989 年 6 月，頁 587～646。

5. 羅聯添：〈白居易中日制詔年月考〉《唐代文論集》，臺北：臺灣學生書局，1989 年 6 月，頁 647～682。

6. 周勛初：〈元和文壇的新風貌〉《唐代文研究》，桂林：廣西師範大學出版社，1992 年 8 月，頁 305～321。

7. （日本愛媛大學）西村富美子：〈論白居易的『閒居』〉《唐代文研究》，桂林：廣西師範大學出版社，1992 年 8 月，頁 322～329。

8. 朱金城：〈試論白居易詩歌的藝術價值〉《唐代文研究》，桂林：廣西師範大學出版社 1992 年 8 月，頁 330～337。

9. 梁德林：〈白居易研究〉《唐代文研究年鑑》，桂林：廣西師範大學出版社，1992 年，頁 104～113。

10. 路劍：〈中晚唐小品文選〉《唐代文研究年鑑》，桂林：廣西師範大學出版社，1992 年，頁 199～202。

11. 傅璇琮：〈平實創新〉《唐代文研究年鑑》，桂林：廣西師範大學出版社，1992 年，頁 285～296。

12. 姜光斗：〈中唐文學〉《唐代文研究年鑑》，桂林：廣西師範大學出版社，1992～3 年，頁 67～90。

13. 周建國：〈白居易與中晚唐的黨爭〉《唐代文研究年鑑》，桂林：廣西師範大學出版社，1992～3 年，頁 229～231。

14. 尚永亮：〈論白居易所受佛老影響及超越途徑〉《唐代文研究年鑑》，桂林：廣西師範大學出版社，1992～3 年，頁 232～236。

15. 朱琦：〈論韓愈與白居易〉《唐代文研究》，桂林：廣西師範大學出版社，1994 年 11 月，頁 177～203。

16. 何丹尼：〈唐代法律與白居易《新樂府》、《秦中吟》〉《唐代文研究》，桂林：廣西師範大學出版社，1994 年 11 月，頁 204～216。

17. （日）靜永健：〈白居易詩四分類試論〉《唐代文研究》，桂林：廣西師範大學出版社，1994 年，頁 454～467。

18. （日）入谷仙介：〈關於《琵琶行》創作〉《唐代文研究》，桂林：廣西師範大學出版社，1994 年，頁 468～479。

19. （日）西村富美子：〈白居易詩中『北窗』的問題〉，桂林：廣西師範大學出版社，1994 年，頁 480～488。

20. 張金亮：〈白居易閒適詩創作心態芻議〉《唐代文研究》，桂林：廣西師範大學出版社 ，1996 年 9 月，頁 468～479。

21. （日）西村富美子：〈關於白居易詩歌創作年代的幾個問題〉《唐代文研究》，桂林：廣西師範大學出版社，1996 年 9 月，頁 422～432。

22. （日）芳村弘道：〈白居易杭州刺史轉任考〉《唐代文研究》，桂林：廣西師範大學出版社，1996 年 9 月，頁 433～440。

23. 李芳民：〈中唐文學研究〉《唐代文研究年鑑》，桂林：廣西師範大學出版社，1998 年，頁 17～36。

24. 劉國盈：〈韓愈和白居易交遊考〉《唐代文研究年鑑》，桂林：廣西師範大學出版社 1998 年，頁 136～139。

25. 張哲俊：〈母氏與嬗變：從《長恨歌》到《楊貴妃》——悲劇與宗教的關係〉《唐代文研究年鑑》，桂林：廣西師範大學出版社，1998 年，頁 158～162。

26. 殷祝勝：〈元白研究〉《唐代文研究年鑑》，桂林：廣西師範大學出版社 ，1998 年，頁 95～105。

27. 簡宗梧：〈賦體之典律作品及其因子〉《逢甲大學人文社會學報》，臺中：逢甲大學人文社會學院 第六期，2003 年 5 月，頁 1～28。

28. 殷祝勝、張寧：〈白居易 元 稹研究〉《唐代文研究年鑑》，桂林：廣西師範大學出版社， 2011 年，頁 135～148。

六、重要工具書

1. 臧勵龢主編，許師愼增補：《中國名人大辭典》，臺北：臺灣商務印書館，1977 年。

2. 徐鶴仙主編：《辭海》臺北：臺灣中華書局，1978 年 7 月。

3. 羅聯添編：《唐代文學論著集目》，臺北：臺灣學生書局，1979 年 7 月。

4. 張錦郎：《中文參考用書指引》，臺北：文史哲出版社，1980 年 4 月初版。

5. 朱東潤主編：《古文鑒賞辭典》，南京：江蘇文藝出版社，1987 年 11 月。

6. 王彬主編：《古代散文鑒賞辭典》，北京：農村讀物出版社，1987 年 12 月。

7. 關永禮主編：《唐宋八大家鑒賞辭典》，太原：北岳文藝出版社，1989 年 10 月。

8. 霍旭東：《歷代辭賦鑒賞辭典》，安徽：文藝出版社，1992 年 8 月。

9. 傅璇琮、張忱石等編撰：《唐五代人物傳記資料綜合索引》，臺北：文史哲出版社，1993 年 12 月。

10. 林尹、高明主編：《中文大辭典》，臺北：中國文化大學出版，1993 年 10 月九版。

11. 王熙元等主編：《中國文學辭典》，臺北：百川書局印行，1994 年 9 月 2 月。

12. 歐明俊主編：《明清名家小品精華》，合肥：安徽文藝出版社，1996 年 12 月。

13. 陳振鵬、章培恒主編：《古文鑒賞辭典》，上海：上海文辭出版社，1998 年 4 月。

14. 老鐵主編：《中國帝王辭典》，臺北：建安出版，2003 年 1 月。

15. 金性堯、程千帆等：《古文小品文鑒賞辭典》，上海：上海文辭出版社，2011 年 1 月。